KITEN BOOKS

奇想天外の本棚

山口雅也＝製作総指揮

Gストリング殺人事件

ジプシー・ローズ・リー

柿沼瑛子 訳

国書刊行会

GYPSY ROSE LEE

THE G-STRING MURDERS

目次

【炉辺談話】『Gストリング殺人事件』

山口雅也（Masaya Yamaguchi）

　ようこそ、わたしの奇想天外の書斎へ。ここは――三方の書棚に万巻の稀覯本が揃い、暖炉が赤々と燃え、読書用の安楽椅子が据えられているという――まさに、あなたのような読書通人《ウェル・リード・コノサー》にとって《理想郷《シャングリラ》》のような部屋なのです。

　――そうです、旧版元の反古《ほご》により三冊で途絶した《奇想天外の本棚》を、生死不明のまま待っていてくれた読者《ワトスン》の皆さん、どうか卒倒しないでください。私の執念と新たな版元として名乗りを上げた国書刊行会の誠意ある助力によって、かの名探偵ホームズのように三年ぶりに読書界に《奇想天外の本棚》が生還を果たしたのです。

　甦った《奇想天外の本棚》（KITEN BOOKS）は、従来通り読書通人《ウェル・リード・コノサー》のための叢書というコンセプトを継承します。これからわたしは、読書通人のための「都市伝説的」作品――噂には聞くが、様々な理由で、通人でも読んでいる人が少ない作品、あるいは本邦未紹介作品の数々をご紹介します。ジャンルについても、ミステリ、SF、ホラーから普通文学、戯曲まで――をご紹介してゆくつもりです。つまり、ジャンル・形式の垣根などどうでもいい、奇想天外な話ならなんでも出す――ということです。

新装《奇想天外の本棚》の第二弾はジプシー・ローズ・リーの『Gストリング殺人事件（*The G-String Murders*, 1941）』です。

この作品については、三年前の叢書立ち上げ以前から、ツイッターで「読んでみたい」という要望が寄せられていた話題作です。その話題の中身については、一般には「伝説のストリッパー」が書いた珍重すべき探偵小説ということなのでしょうが、ミステリ通人の間では、クレイグ・ライス代作説の当否ということで、長年、取り沙汰され……おや、誰かが書斎の戸口に現れました。

「ようこそ、おいで下さいました」

お客様は、世界のミステリ通が集うインターネット・グループ Golden Age Detection（G・A・D）の友人である酔眼俊一郎《すいがんしゅんいちろう》さんでした。彼はジプシー・ローズ・リーの自伝やG・A・Dの共通の友人であるジェフリー・マークス氏のリー評伝も読んでいる世界的なレヴェルのミステリ通人なのです。ですから、この後は彼に語っていただくことにしましょう。では、万雷の拍手をもって酔眼さんをお迎えください――。

*

酔眼俊一郎（Shunichiro Suigan）

『Gストリング殺人事件』の原書（サイモン&シュスター社、一九四一年刊）巻末にある「著者に関するノート」を要約すると、こんな事が書かれています。

「ハリウッドにいたころゴシップ欄にゲストコラムを書いてみないかと誘われた。それを聞いていた二十世紀フォックスの広報記者が、ジプシーの名で勝手にコラムを書いてしまった。私には書けないと思われたのだと考えた彼女は、自分にも出来ることを示そうとした。それが『Gストリング』執筆の切っ掛けだった」と。

ところが、一九四一年、この本が出版されると同時に代作者がいるはずだとの風説が流れたのですから、さぞかし彼女はショックを受けたことでしょう。

「誰に書いてもらったんだい？」という不躾な質問に、ジプシーが「誰に読んでもらったの？」と、やり返したという記事が残っています（ロジャー・カーンによるコラム *Strip Teaser* 〈一九五六年〉）。


当時、彼女は女性誌『ハーパーズ・バザー』編集者のジョージ・デイヴィスと恋仲で、彼は彼女に様々な文学書、哲学書、『資本論』まで読ませた文学上の師でもありました。二人はブルックリンにあるデイヴィスの家に文学者を下宿させ、泊まり込みの文学サロンを主催、そこは「二月の家」と呼ばれる文学者のコミューンとなっていました（シェリル・ティッペンス著 *February*

House〈二〇〇五年〉）。ジプシーはそこで当代の人気作家達と交流を深め、特にカーソン・マッカラーズとは互いのプロットを共有し合う仲となります。マッカラーズの代表作『結婚式のメンバー』は、ジプシーの意見でプロットを変更しています（V・S・カー著『孤独な狩人――カーソン・マッカラーズ伝』国書刊行会）。

また、ジャネット・フラナーとは友達以上の友達と呼ばれる仲で、第二章まで書き上げられた『Gストリング』を読み、サイモン&シュスター社に売り込んだのは彼女です。その事もあり、後のピュリッツァー賞受賞者でパリ在住のルポルタージュ作家である彼女までも、ジプシーの代作者候補リストに入れられる事になります。

知的でウィットに富んだストリッパーとして人気を得、一九四〇年のニューヨーク万博でも公演した当代のセックス・シンボルが書いたミステリ小説はベストセラーとなります。

すると、デイヴィスの助手をしていた若手ミステリ作家ドロシー・ウィーロックが報酬を要求する訴訟を起こすと言い出しました。彼女はデイヴィスの提案で『Gストリング』の章立ての下書きを書いたと主張したのです。しかし、実際には草稿はジプシーにより全て書き直されており、共同で執筆する話はあったが実際には行われなかったとジプシーは否定、結局両者は和解しました。

ジプシーは多くの人からの助言や提案を受け入れた事を認めています。しかし、全ての文字は自分自身で書き込んだものだと主張しています。

本書中で描かれている「（アメリカン）バーレスク」は、ヨーロッパでいう風刺劇とは異なり、女性を中心とした、歌と踊りと艶笑喜劇そしてストリップ、で構成されたショーで、その内部の詳細な描写はこの小説の大きな魅力です。「Gストリング」とは、絹製のストリッパー最後の衣装で、バタフライという局部を隠す飾り布の付いた、今で言うTバックの一種である「紐パン」の事です。これを凶器にするという発想は実際に手にした人でないと思い付かないだろう、ということは、代作を主張する人には考慮の外だったようです。

『Gストリング』の映画化である *Lady of Burlesque*（一九四三年）制作の際には、当初クレイグ・ライスが脚本作りに参加していたと言われています。それもライス代作説の根拠の一つとされているのですが、彼女がどこまで参加していたのかは不明です。脚本は風紀是正団体からのクレームで再三にわたり改変を重ねることになり、物語の発端となる新品の便器も洗面台へと変更させられています。ジプシーは「自分の本の映画化に満足できる作者などいない」と、傍観していたようです。主演が美人女優バーバラ・スタンウィックだというのには満足していたようですけどね。

ハリウッドでのジプシーはトレーラー・ハウスやバンガローに住まい、私生活でも派手さを求められるハリウッドのスタイルに馴染めないでいました。ハリウッドもセクシー女優に知性や演技を望んでいませんでしたし、本領であるコメディには出演させず、名前も本名であるルイーズ・ホヴィックを名乗らせました。

ジーン・ケリー主演の舞台ミュージカル *Pal Joey*（一九四〇年）には、取材記者がジプシー・ローズ・リーにインタビューした事を自慢し、その内容を歌うZipというナンバーがあります。

その中でジプシーはひたすら教養をひけらかし、同年代のライバル俳優達の事を「一体誰なの(Who the hell)」と無視します。

Pal Joey の映画版であるフランク・シナトラ主演『夜の豹』(一九五七年)では、リタ・ヘイワース演じる裕福な未亡人が、実は元バーレスク・ダンサー「脱ぎ屋(Undresser)のヴァネッサ」だと知ったシナトラの奸計で、チャリティーでダンスをする羽目になり、このナンバーを歌うように改変されています。そして彼女はジプシーと同じ経歴を語り、Zip(シュッ)と着衣を脱ぎ捨てる振りをしながら歌うのです。

これらの事は、ジプシーに対する一般の人の見方とは異なる、業界内での見方を示している様に思います。彼女は当時「まともな文章など書けるはずがないストリッパー」、そして「知識・教養をひけらかすスノッブ」という、相反する二種類の偏見の目で見られていたわけです。

ジプシーは一九一一年の生まれですが、本人は正確な出生年を知りませんでした。それは、娘たちが舞台に立つ際、児童労働法に引っ掛からぬよう出生年を実際より前に、列車に乗る際には割引きされるよう実際より後に、母親が出生証明書を改竄していたからです。

ジプシーの一歳年下の妹エレンは、生まれて十八ヶ月で爪先立ちでダンスを踊れた天才でした。後に舞台俳優として大成するジューン・ハヴォックです。彼女は一家で組んだ一座の花形で「ベイビー・ジューン」と呼ばれるボードヴィルの子役スターとなりました。やがてハロルド・ロイド映画の制作者ハル・ローチの映画に出演する為、母親と一緒にハリウッドへ向かいます。その為に一座は解散となり、残されたジプシーは、学校で正規の初等教育を受けられたわけです。

母親のローズ・エヴァンジェリン・ホヴィックは猛烈なステージママとして有名ですが、エキセントリックな性格の持ち主で、何をしでかすか予測不能な人でした。ジプシーとその時代を取材した、カレン・アボット著 *American Rose* によると、ジューンと駆け落ちした男を銃で撃とうとしたり（幸い安全装置が掛かっていて弾は発射されませんでした）、母ローズの友人が猟銃で撃たれ、死んだ事件では殺人の容疑者となりました（後に自殺であると処理されました）。この一家にとって、殺人や犯罪捜査は想像上のものではなく身近に存在するものだったのです。

四〇年代の彼女のコラムには、自伝を書く可能性を考え、書かれたことに対して一切訴えないという念書の作成を母親に頼んだことが書かれています。母親からは公証された念書が送られてきましたが、欄外に「これを書いた時、私は病気で正気ではなかった」と手書きされていたそうです。

後年ジプシーは、母親を評して「完璧な主人公」「バビロンの空中庭園やロードス島の巨石と並ぶ世界の不思議の一つ」と書いています。一九四二年刊行、ジプシー・ローズ・リーの第二作『ママ、死体を発見す』（ライス名義での邦訳あり）を読んだ方なら、この物語の主役といえる母親エヴァンジーのモデルが、母ローズなのは容易に想像がつくでしょう。

作家としてのジプシーは、小説・戯曲やコラムでも自分の身の回りの題材でしか書けない人でした。その点において、彼女はアマチュア作家だったといえるのかもしれません。

一九五七年、ジプシーは回想録を出版します。この本は全米でベストセラーとなり、各紙の書評欄で絶賛され、ある新聞は彼女を「インテリジェント・ストリッパー」と称えました。やっと彼女は「書ける人」であると認められたわけです。

余談ですが、この回想録の舞台化であるブロードウェイ・ミュージカル *Gypsy: A Musical Fable*（一九五九年）では、母ローズの描き方をめぐりジプシーとジューンが対立し、以降十年にわたり不仲となってしまいます。この姉妹の軋轢にヒントを得て作られたのが、ヘンリー・ファレル原作の名作スリラー映画『何がジェーンに起ったか？』（一九六二年）だったと言われています。

もう一つ余談を。この回想録は息子エリックに献じられています。彼は大人になってから『Gストリング・マザー』という母親の追想録を書いていますが、その著者名はエリック・リー・プレミンジャー。彼は、『ローラ殺人事件』（一九四四年）で監督デビューする前の、脚本家時代のオットー・プレミンジャーとジプシーとの間に生まれた子でした。そのことは一九六六年までエリック本人にも秘密にされていたそうです。

さて、回想録の成功によりジプシーは作家として認められ、彼女の願いはやっとかなえられたわけですが、ミステリ畑では違ったようです。

スタインブレナー&ペンズラー編 *Encyclopedia of Mystery and Detection*（一九七六年）、ジョン・M・ライリー編 *Twentieth-Century Crime and Mystery Writers*（一九八〇年）、アレン・J・ヒュービン編 *Crime Fiction, 1749-1980*（一九八四年）等、名だたるミステリ作家事典で、ジプシー・ローズ・リー名義の二作はクレイグ・ライスが代作したものとして記載されています（但し、典拠は示されていません）。例外はバルザン&テイラー著 *A Catalogue of Crime*（一九七一年）で、この本ではジプシー・ローズ・リー作として記載されています。

ライスとジプシーは二人でヴァカンスに行くほど仲が良く（ライスはジプシーのトレーラーの中で執筆したこともありました）、ジプシーの広報をしていたこともあります。何より作風が似ているし、しかもこれはミステリ小説です。ミステリ者（コアなミステリ・ファン）たちは『Gストリング』出版時から代作者候補の筆頭にライスを挙げてきました。

しかし、ライス代作説を唱えるなら、「ライスなら書けた、論拠はある」と指摘する前に、まず最初に「ジプシーは書かなかった、または、書けなかった」という根拠を示さねばならないでしょう。しかしライス代作説には、そもそもジプシー側の資料に当たった形跡が見当たらないのです。

二〇〇一年のライス評伝 *Who Was That Lady* で、著者のジェフリー・マークスは、ライス代作説は偏見に由来するものだと異議を唱えました。しかし、それに対するミステリ者の反応は「バーレスク・スターが自分で小説を書いたという、ありえない結論に達している」（ジョン・L・ブリーン、二〇〇二年五月二十七日『ワシントン・エグザミナー』アーカイブ）というものでした。

二〇〇九年、ノレイリー・フランケルがジプシー・ローズ・リー伝 *Stripping Gypsy* を出版しました。これはジプシー伝の決定版といえるもので、ニューヨーク公共図書館に保管されている、ジプシーの書簡類等を綿密に調査したものです。

それによりますと、サイモン&シュスター社のミステリ部門「インナーサンクタム」の女性編集者リー・ライトは、ジプシーとライス双方の編集担当でしたが、ジプシーに代作者がいるとの風説が流れた時に、真っ先に行動を起こしました。

彼女はジプシーと自分との間に交わされた書簡を、小冊子にまとめて配布したのです。それは、ジプシーが設定や文章に苦慮する様子が見てとれるもので、著者と編集者の間で交わされた悩みや助言が、ウィットに富んだ温かな文章で綴られています。その中には、犯行動機についてのリー・ライトからのダメ出しがあり、ジプシーからの「もっと考えてみる」との返信も含まれています。

クレイグ・ライスからの電報や手紙も残っています。

『Gストリング』を読んだ後の電報では賛辞を惜しまず、「息を呑んだわ！(Breathless!)」「どうやったら書けるの？(How do you do it?)」「頭が良い人ね (smart girl)」という感想が書かれています（一九四一年十月三日付）。

また、『タイム』誌一九四六年一月号のクレイグ・ライス特集記事の中で、ハメット以降唯一のアメリカ女性ミステリー作家であるとライスを称揚しつつ、「例外は、彼女が『ママ、死体を発見す』と『素晴らしき犯罪』を書いている時に一緒に夏を過ごした、ジプシー・ローズ・リーである」と、この二作ともライスが書いたと読める文章が載りました。その時、ライスはジプシーに宛てて、「(その記事は) 私が書けば良かった」「『タイム』誌には誤りであると連絡したから、あなたからも抗議して欲しい」という手紙を書いています（一九四六年一月二十四日付）。

ライス代作説には、結論ありきで論理を組み立てるミステリ者特有の愛すべき悪癖が見えます。

そこには、ライスが書いたのであって欲しいという、新たなバイアスがかかっているように私には思えるのです。

一九四一年前後の資料を調べていくと、当時ジプシーの周りで様々な動きがあったことが見えてきます。

先述の編集者ジョージ・デイヴィスは、文学者コミューン「二月の家」の中で編集者・企画者としての役割も果たしていました。彼は巡業先のジプシーに楽屋内でタイプライターで執筆している写真を撮るよう指示し、ドロシー・ウィーロックにジプシーと共同執筆する先述の話を持ちかけます。彼には、作家ジプシーの売り出しにサポートライターを付ける、という腹案があったように思われます。しかし、彼がサイモン&シュスター社に『Gストリング』の話を持ち込んだ時には、すでにサイモン&シュスター社はジャネット・フラナーにより、ジプシー作ミステリの売り込みを受けた後でした。ジャネット・フラナーの薦めでデイヴィスはリー・ライトと会い、ジプシーの出版契約を結び、以降編集者としての仕事はリー・ライトへと引き継がれます。

ミステリ小説には、このジャンル特有のノウハウがあり、デイヴィスがミステリ作家にサポートさせようとした考えもわかります。実際、リー・ライトにダメ出しを受けた『Gストリング』の犯行動機は、スリラーには成ってもフーダニットには成らないものでした。その点について、ジプシーは親友であるクレイグ・ライスに助言を求めたであろう事は充分に考えられます。しかし、助言と代作では次元の違う話です（リー・ライトのジプシーに対する最初の仕事は、彼女の薦めるミステリ小説を読ませる事でした)。

一方、サイモン&シュスター社側にも大きな動きがありました。S&S社は従来、青表紙の文芸書、赤表紙のロマンス小説、緑表紙のミステリ小説という色分けで出版してきましたが、これをミステリ小説一本にまとめることにしたのです。また、ラジオ放送のミステリ・ドラマシリーズに「インナーサンクタム」の名称使用を許可する代わりに、クレイグ・ライスやジプシー・ローズ・リー等、自社のミステリ小説の告知宣伝をさせる提携を結んだのがこの年です。一九四一年一月から一九五二年十月まで放送された『インナーサンクタム・ミステリ』がそれです(初回放送の出演者はボリス・カーロフ。残念ながら、放送されたエピソードの大部分は失われており、その一部をピーター・ローレが紹介する形に再編集した版が現存するのみ)。この二社の提携に、ラジオ業界にいてドラマ批評もしていたクレイグ・ライスが関与した可能性が考えられます。

こうした事が、「書ける人」だと認められたい、というジプシーの思いとは別に彼女の周りで動いており、そうした事柄が「代作説」という疑惑を生み出す温床となったように思います。

二〇二一年末にジェフリー・マークスが *Who Was That Lady* の第二版を出版し、そこでは一章をライス代作説への異議申し立てに割いており、フランケルの資料を引用して自説を補強しています。

二十一世紀になり、ライス代作説はクレイグ・ライス研究者とジプシー・ローズ・リー研究者の双方から否定されたわけです。

この問題に疑問が残っているとするなら一つだけです。

それは、ジプシー・ローズ・リー名義で出版された二冊の本を書いたのが、ジプシー・ローズ・リーであっては、なぜいけないのか？　というものです。

そして、一つだけ衆目が一致している点があります。

それは、これら二冊のミステリ小説は、ライスが書いたと思えるような愉しいミステリーだということです。

ジプシー・ローズ・リーは、後年『ニューヨーカー』誌の常連寄稿家となり、自身の名を冠したテレビ番組でホスト役を務め、一九七〇年に肺がんで亡くなりました。死の間際に残した言葉は「この病気は母からの最後のプレゼントね」だったそうです。近年、彼女は自立した女性の代表として再評価されています。

なお、『Gストリング殺人事件』には、黒沼健氏により完訳された汎書房版（一九五〇年）及び、それを転載した『別冊宝石』一一六号（一九六六年）の既訳があります。これは、アメリカン・バーレスク等の風俗も綿密に取材された優れた訳業でしたが、残念なことに永らく入手困難な本となっていました。それが今回新訳版となり読者の元へ届けられる事を、ミステリ者の一人として、実に嬉しく思うのであります。

*

——酔眼氏の徹底究明によってライス代作説について、おわかりいただけたかと思いますが、最後にわたしの方から、本書の内容について一言。

特に女性読者の皆様、「ストリッパーが書いた」という惹句を目にして敬遠するなかれ。本作は、ボーヴォワールが『第二の性』を著す以前の一九四一年に、アメリカの知的で自立した女性の生きざまというフェミニズム・テーマを、声高でなく面白おかしく描いた文学的価値もあるミステリ良作なのです。

さて、我々の前口上はこれくらいにして……そろそろ、開幕のベルが鳴っております。読者の皆さんをジプシー・ローズ・リーのバーレスク劇場へご案内することに致しましょう。

Gストリング殺人事件

主要登場人物

ジプシー・ローズ・リー……オールド・オペラ劇場のストリッパー。主人公
ジージー・グレアム……オールド・オペラ劇場のストリッパー。ジプシーの親友
ロリータ・ラ・ヴェルヌ……オールド・オペラ劇場のストリッパー。〈黄金の声を持つ女神〉
ドリー・バクスター……オールド・オペラ劇場のストリッパー。〈ダイナミック・ドリー〉
ジャニーン……オールド・オペラ劇場のストリッパー。バーレスク芸術家組合の書記
サンドラ・スレード……オールド・オペラ劇場のストリッパー
アリス・エンジェル……オールド・オペラ劇場のストリッパー
プリンセス・ニルヴァーナ……オールド・オペラ劇場のストリッパー
ビフ・ブラニガン……主役コメディアン。ジプシーの恋人
ラッセル・ロジャーズ……相手《ボケ》役コメディアン。色男
マンディ……二番手のコメディアン
ジョーイ……マンディの相方
サミー……バーレスクの舞台監督
ジェイク……オールド・オペラ劇場の小道具係
H・I・モス……オールド・オペラ劇場の支配人
モーイ……オールド・オペラ劇場の売店係
スタチー……オールド・オペラ劇場のドアマン
ハーミット……オールド・オペラ劇場の裏方
シギー……Gストリング販売業者
ルーイ・グリンデロ……バーの経営者。ラ・ヴェルヌの愛人
ハリガン……巡査部長
ジガーズ……ハリガンの部下
マイク・ブラネン……ハリガンの部下

第一章

　バーレスク劇場に死体がごろごろ転がっている光景なんてそう忘れられるものじゃない。少なくともすぐには忘れない。でも、そのときには大したこととは思わなかった小さな出来事はいとも簡単に忘れてしまう。

　わたしの場合がそうだ。生きているかぎり、わたしはあの青黒く膨れあがった顔や、ねじれた裸の体、むくんだ首からイヤリングのように垂れさがるGストリングのきらめきを忘れることはないだろう。今だって、時折、人間の体がステージにぐちゃりと叩きつけられる音や、ドリー・バクスターの悲鳴が耳のなかによみがえり、冷たい汗をびっしょりかいて目を覚ます。

　殺人にいたるまでのさまざまな出来事なんてもっと覚えていられない。たとえばあの手入れがいい例だ。あれがいつもの警察の手入れじゃなかったなんて、どうしてわたしにわかるだろう。

　それからドリー・バクスターとロリータ・ラ・ヴェルヌ。たしかにあのふたりはしょっちゅう喧嘩していた。けれど、いつもの髪の毛のひっつかみあいや、口汚いいがみ合いが、ついには死を招くなんてどうして想像することができただろう。

そもそもプリンセス・ニルヴァーナがオールド・オペラ劇場で初日を迎えたときから何かが起こりかけていることに気づくべきだった。あの女だって楽屋の壁の注意書きくらい見ていたはずだ。あんなふうに楽屋の壁じゅうにぺたぺた貼ってあったんだから。「長いメッシュパンツ着用のこと」「腰を突き出さない」「腰を回さない」「へそは隠すこと」どうやったってあれを見過ごすことなんてできやしない。あの女が自分の出番で最後の一枚まで脱いだときは、よほどこの一座をやめてやろうかと思ったものだ。

もちろんやめたりはしなかったけれど……とりあえず、そもそもの発端から話を始めたほうがよさそうだ。とはいってもわたしがショービジネス界に足を踏み入れたときではなく、オハイオ州コロンバスで電報を受け取ったときからの話だ。

オハイオ州コロンバス　ゲイエティ劇場
ジプシー・ローズ・リー様
二月十二日ヨリ　ニューヨークシティ・オールド・オペラ劇場。給料百二十五ドル。ブロードウェイ進出ノ好機。大至急シャシン送レ
H・I・モス

いかにも彼らしい電報だった。六つのバーレスク劇場のオーナーであり、この世界では興行主として揺るぎない地位を誇るH・I・モスは電報でも「出演ノ意思アリ？」などと訊いたりはしない。

彼のもとで働き始めてから二年ほどになるが、自分の署名の前に「敬具」と記したこともなければ、名前のハーバートもしくはイサドール・モスと書いた試しもなかった。

「バーレスクというのは金のない男向けのレビューなのさ」というのが彼の十八番《おはこ》のせりふだったが、はたして本当にそう思っていたのかどうかはわからない。彼はH・I・モスを冠した興行が「家族で楽しめる健全なエンターテインメント」であるだけでなく、ブロードウェイに進出しても決して引けを取らないと自負していた。もしも劇作家ユージン・オニールにいいバーレスクの台本が書けそうだと思えば、オニールは彼にとって重要人物になる。だが、もし『ダイナモ』『奇妙な幕間狂言』のような作品しか書けないと知れば、モスは肩をすくめてこういうだろう。

「あんなくだらない劇なんぞ誰が見るものか！　それより女だ！　それこそが大衆の求めるものなのさ」

まあ、その点については彼が正しいのかもしれないけれど。

劇場のなかでもオールド・オペラは彼の一番のお気に入りだった。劇場はこれまで幾多の苦難をかいくぐってきたが、そのモットーは常に「女《ガールズ》！　女《ガールズ》！　女《ガールズ》！」だった。もう少し小さな活字でさらに「笑い！　笑い！　笑い！」と書かれていたが、その下にはさらに小さな活字で「毎週木曜日はボクシングの夕べ」とつけ足されていた。

モスは彼のいうところの「健全なエンターテインメント」を強調するのも忘れなかった。初めて会った晩、彼はその点についてもわたしに念を押した。それはわたしの名前をローズ・ルイーズからジプシー・ローズ・リーに変えさせた晩でもあった。

「ルイーズというのはストリッパーにしちゃお上品すぎやしないかね」と彼はいったものだ。「そりゃバーレスクにだって上品さというものは必要さ。だが、あまりやりすぎても困る」

わたしだって本当はバーレスクの一座になんて入りたくはなかった。ボードビルの役者は誰だってそうだ。もし、そういう役者がいたら、それはよほどにっちもさっちもいかなくなって飢え死にしかけていると思っていい。実はわたしもそうだった。まあ、飢え死にとはいかないまでも、食糧切符が切れかける直前となれば、それに近い状態といっていい。そうでなくとも当時のわたしは富の街トレドのウサギ小屋のようなホテルから追い立てを食らっていたのだ。

H・I・モスにしてみれば、わたしがストリッパー志望だろうがなかろうが、たいした問題ではなかった。彼は自分をスター発掘者とみなしていた。いうなればデイヴィッド・ベラスコ〔アメリカの劇作家・演出家・俳優〕とフロー・ジーグフェルド〔アメリカの演劇プロデューサー。大がかりなレビューショーで知られる〕を足して二で割り、少しばかりナポレオン的風味をきかせたようなものだと。

「必ずやきみの名前をブロードウェイのネオンサインに輝かせてみせる」会ってからかっきり一分半で彼はそう宣言した。

それは歴代の元オーナーたちがやけっぱち半分にナイトクラブと呼んでいた安酒場でのわたしの最後の晩だった。照明は暗く、五人しかいないオーケストラは、新しいボスがわたしの将来の計画を描いているあいだ、のべつまくなしに次から次へと演奏を続けていた。彼のいうところの下積みの内容を聞かされていると、まるでこれからバレエかオリンピックのトレーニングでも受けるような気分になってきた。

「経験。きみに必要なのはそれだよ」二重焦点レンズごしにわたしを見つめていた瞳が、まるで夢見るように閉じられる。「それから衣裳だ。羽根飾りにびろうど、髪にはダイヤモンドを散りばめる」バンドの歌手に負けじと声を張り上げる彼の禿げ頭に、赤と青のライトが反射した。

わたしが真の興味らしきものを抱き始めたのは、話がいよいよ核心に入り、契約についての段取りになったときだった。頭にダイヤモンドを散りばめるのも悪くはないけれど、正直いってそのときのわたしは少しばかり空腹だったのだ。

「まずは地方回りをしてから、一年ほどトレドのわたしの興行に出てもらう。そしてこのわたしH・I・モスがブロードウェイに進出できると判断したら、オールド・オペラ劇場に出てもらおう！」

彼はそこで言葉を切り、わたしが感極まった目をして「まさかオールド・オペラだなんて！」と喉を鳴らすのを待っていた。だが、あいにくわたしはその劇場を知らなかったので、こう答えるしかなかった。「それでギャラはどれくらいいただけるんでしょうか？」

「二十週分は保証する。このH・I・モスがきみをスターに育てあげようというんだから、金の話などよそうじゃないか」

彼は大仰な身振りでわたしに契約書を渡した。それは少しばかり文字が薄れたカーボンコピーで、とりわけ金額の数字の部分はひどく薄れていたが、わたしはサインした。なんといっても二十週も仕事があるのだ。質に入れた洗濯物を受けだすチャンスがようやくめぐってきた気がした。

それから二年後わたしは先ほどの電報を受け取り、それまでに文字の薄れたカーボンコピーに何度となくサインしてきた。六か月ごとの昇給をのぞいて、文面はほとんどすべて同じだった。

百二十五ドル！　わたしにとっては大金だ。それにオールド・オペラの名前に感極まった表情を浮かべることもできるようになっていた。電報を読み返すわたしの手は震えていた。そのときはついにゴールが見えてきたという興奮のせいだと思っていた。だが、今となってはそれが不吉な胸騒ぎだったことがよくわかる。

別にジプシーを名乗っているからというわけではないが、わたしはよくお茶占いをした。わたしの右の掌には、異性への関心と感受性が高いことを示す金星帯があるし、生まれながらに幸運の印といわれる二重の羊膜をかぶって生まれてきた。

紅茶のカップの底にナイフの形が見えたのはその朝のことだった！

「暴力による死」わたしはルームメイトで一番の親友であるジージー・グレアムにいった。すると彼女はいつものようにわたしを笑った。「それから旅と出ているわ」とわたし。

今度は笑わなかった。彼女は一気に紅茶を飲み干すと、カップをわたしに差し出した。「わたしのも占ってよ、ジッピー。ナイフはいいから、その旅とやらがわたしのにも出てるか見てちょうだい」

「出ていてもなくても」とわたしはいった。「わたしが旅をするならあなたも一緒よ」

わたしたちはずっと一緒だった……それははるか昔、ジージーとわたしがシアトル子供劇団に入ったときから始まっていた。わたしたちは男の子と女の子のコンビを組んでショーを行った。小柄でブロンドで優美なジージーは少女役。当時から彼女ほど可愛らしくもなく、あまり美的とはいえない歯の矯正用ブリッジをつけていたわたしは自動的に少年の役になった。

それ以来ジージーは何度かの変身をとげている。このときは赤毛に染めて、性格もそれにふさわしい癇癪持ち女になっていた。でも、わたしにとってのジージーは、四匹のモルモットと一匹のハツカネズミとカメレオンと一緒に巡業していたころの彼女だった。

ジージーのカップの底にはナイフも旅も出ていなかったが、お茶の葉占いがいつも真実を語っているとはかぎらない。わたしたちは、H・I・モスにジージーがいかに多芸であるかを電報で売り込んだ。当然ながら彼女も仕事を得た。歌えて、踊れて、おまけにギターの演奏ができるストリッパーが一週七十五ドルで雇えるのなら、こんなにお得な取引きはない。

かくしてわたしたちはブロードウェイ進出に向けて胸躍らせながら荷造りを始めたのだった。

正確にいえば、オールド・オペラはモスがほれぼれと語っていたほどの劇場ではなかったが、バーレスク劇場としては上等な部類だった。一八九〇年代にオペラだけが上演されていたころには、エレガンスの権化とみなされていたかもしれない。

ファサードは灰色の大理石、長方形のゆったりとしたロビー。右手には幅広の大階段があり、バルコニー席や仕切られたボックス席に続いていた。赤い絨毯は擦り切れ、金箔がはげ落ちた天井の天使たちが時代を感じさせる。ところどころ大理石が欠け落ち、漆喰《しっくい》でぞんざいな修理がなされていた。壁には等身大のさまざまなポーズを取る裸女の着色写真が飾られている。わたしは左から三番め、つば広の日よけ帽をかぶり、男たちの目を引き寄せるには十分だが、警官の目は逃れおおせる程度の大きさの花束を抱えていた。

階段の向かいにはキャンディの売店があり、葉巻や紙巻煙草、キャンディバーが山と積まれていた。カウンターの隣にはコカ・コーラの自動販売機が据えつけられている。

売店を仕切っているのは元ギャングのモーイだ。ギャングとしては三下の域を出なかったが、生活を支えてやるよりも、仕事をあてがったほうが安上がりだと判断した身内に送り込まれてきたのだ。商売をしている時間は洗いざらしの白い上衣を着ていたが、いったん舞台がはねるとど派手なチェック柄に着替えていた。いつも緑色のフェードラをかぶっていたが、わたしたちがコーラを買うときは一割引きにしてくれたので、楽屋では人気があった。

劇場の表構えだけは見苦しくない程度に修復されていたが、楽屋はたまに箒でさっと掃く程度で、役者の待遇などほとんど顧みられることはなかった。

コーラスガールは舞台のすぐ脇のひとつ部屋に押しこめられていた。主役級とショーガールたちはその上の部屋に、そして男たちの部屋は三階にあった。めったに使われない狭苦しく、じめじめした、換気の悪い地下室から伸びる通気パイプが、コーラスガールの楽屋、わたしたちの楽屋、男たちの楽屋を貫いて劇場の屋根へと続いていた。

他の階にいる連中と話したいときは、この通気パイプは電話代わりに使われた。だが、内輪でのおしゃべりのときには、メイク落とし用のタオルを押し込まなければならなかった。そうしないとわたしたちの声はすべての階に筒抜けになってしまうからだ。

オールド・オペラの舞台に立つようになってから二十八週目の金曜日、わたしたちはいかにモスを口説いて新しいトイレを入れさせるかについて話し合っていた。これまでにもしばしば話題には出てきたが、いよいよ急を要する事態になりつつあり、通気パイプにタオルを詰めるほどの秘密というほどのものでもなかった。

わたしたちがいい考えはないかと頭をひねっていると、通気パイプを通じて主役コメディアンのビフ・フラニガンのがなり声が聞こえてきた。「なあ、お嬢さんたち、そんなふうにぎゃあぎゃあ騒ぎたてるより、おれたち男連中が一ドルずつ出し合って玉座〔便器の意味がある〕の手付金を作るってのはどうかな?」

もしビフが別の職業についていて、わたしがストリッパーでなければ、きっとわたしたちはつきあうか、もしかしたら恋人同士になっていたかもしれない。だけどバーレスクの世界のロマンスというのは一般のそれとはかなり違う。何しろランチをともにできるのは夜中なのだ。だからといってわたしがビフにロマンチックな感情を抱いていなかったというわけじゃない。でも、そのときのわたしはなんというか、変な気持ちがした。いくら必要な話だったからとはいえ、彼の口から玉座なんて言葉を聞くなんて。

ここのおんぼろトイレはまさに博物館ものだった。おそらく室内に設置されたトイレとしては世界最古のものではないだろうか。コレクターには垂涎《すいぜん》ものかもしれないけど、あいにくとこっちにはそういう趣味はない。だからビフの提案は熱狂的に迎えられた。十四人の女たちが通気パイプの前に集合して、口々にビフと男たちへの感謝を叫んだ。十五人めの〈黄金の声を持つ女神〉ことロリータ・ラ・ヴェルヌがどれくらいの金額になるかを計算しようと、賛同者の名前を書き記し始めた。

「まずは殿方から始めましょうか」その言葉は彼女の口から出るといかにもという感じがした。売店のモーイだけが、この劇場で彼女が色目を使わない唯一の男性だったが、なぜそんなにつれなくするのかわたしには理解できなかった。彼女が懇意にしている、バーの経営者ルーイ・グリンデロよりはよっぽどいい男なのに。

別に同僚のセックスライフをとやかくいうつもりはないけれど、それにしてもラ・ヴェルヌの場合は度が過ぎていた。そりゃ、彼女がもっと若かったらいいけれど、いくらしっかりお化粧して一分の隙もなく着飾っていても、目の下のたるみや、塩が入っていた麻袋のように垂れさがった首の皮膚だけは隠しようもない。その手もまた彼女の外見を裏切っていた。やたらに骨ばり、因業ばばあよろしく、まるでダイヤモンドが埋めこまれているかのように鉛筆をがっちりと握りしめている。

「ラッセル・ロジャーズ」彼女が書きながら名前を読み上げる。

彼は新しく入ってきた相手役《ボケ》専門のコメディアンで「月の下でお会いしましょうね」といいたくなるような色男タイプだった。自分はバーレスクにはもったいないと思い込んでいるらしく、わたしたちが常連の〈ピアーレス〉や〈バロン〉ではなく、高級な〈サーディス〉を行きつけにしていた。いつも原稿でいっぱいのブリーフケースを持ち歩き、それらは「この夏ウッドストックで試演される予定のセンセーショナルな戯曲」だの「ロンドンで昨年爆発的ヒットになった作品をアメリカで上演するための版権」だのが入っているとのことだった。

だが、原稿そのものにはついぞお目にかかったことがなく、膨れ上がったブリーフケースの中身は二冊の使い古した電話帳なのではないかとわたしは睨んでいた。生まれつき疑い深い性格なのだ。

「ラッセル・ロジャーズ」ラ・ヴェルヌが唇を少し上げて繰り返す。

かぎ針でベッドカバーを編んでいたジージーが顔をあげていった。「それならさっき聞いたわ。みんなにも聞こえてたわよ」

「じゃあ、次はマンディね」ラ・ヴェルヌが急いでいった。彼は二番手の喜劇役者だったが、戦争神経症を患っていた。丸い、いかにも幸せそうな顔をして、妻と三人の子供がいる。ラ・ヴェルヌはそそくさと彼の名前を書きつけた。

「それからジョーイとフィル、それに――ビフ」

彼女はそこでいったん言葉を切り、わたしに意味ありげな視線を投げた。

「ビフには二倍払ってもらわなくちゃ」彼女は陰険な笑みをくれながらこうつけ加えた。「あんなにしょっちゅうここに入り浸ってられたんじゃね」

「そんなことをいうんなら、ここのメンバーじゃないけど、ルーイだってそうじゃない。ラッセルにもギャラを全部つぎ込んでもらわなくちゃ」わたしはいってやった。「上の男連中は彼がどんな顔をしてたかも忘れかけてるみたいだし」

「へええ、そう」ラ・ヴェルヌは小馬鹿にしたような口調で答えた。「だったら誰かさんも彼がどんな顔をしてるかさっさと忘れちゃえばいいのに。世の中には自分が飽きられたことにも気がつかない図々しい女もいるからね」

戸口にドリー・バクスターが立っているのを知ってたら、わたしだってラッセルの名前なんて持ち出したりはしなかった。ふたりは別れたらしいが、彼女のほうはまだ未練があるらしい。ラ・ヴェルヌは一座に加わった最初の一週間というもの、ラッセルを次の彼氏にマークしていた。それから数週間もすると、彼女はラッセルと同棲していることをちらりと匂わせた。

ドリーはこれまでふたりのことについては一切黙殺していたが、今宵の彼女はただならぬ緊張に唇をひきつらせ、頬には青みを帯びた斑点が浮かんでいるのを見て、わたしは不安になった。

わたしは口をはさんだ。「あのね、今ちょっとラ・ヴェルヌと冗談にいってたのよ。上の男連中からどれくらい新しいトイレの――」

「ええ、終わりのほうは聞いたわ」例の青みがかった斑点を除いて、ドリーの顔は血の気を失っていた。ちょうど自分の舞台を終えたところと見え、衣裳のスカートをめくりあげて肩にかけている。縮れたピンク色の髪が腫れぼったい目の上に垂れ、体に塗りたくったドーランには汗の筋ができていた。彼女は〈ダイナミック・ドリー〉という別名のとおり、スピード感のある激しい演技で知られ、激しく腰をグラインドさせたり突き出したりする踊りは二階のバルコニー席をも熱狂させたものだった。

だが、今、Gストリングから小さな袋を外し、五ドル札を抜き出すその姿にはどこか悲壮感のようなものさえ漂っている。「ラスの分はわたしが出すわ」彼女はラ・ヴェルヌを睨みつけながらいった。「これまでもずっとそうしてきたんだし」

「そりゃまたご立派なこと」ラ・ヴェルヌが気取った口調で答える。「お金の力がないと男を引き留めておくこともできないってわけね」

ドリーの動きはあまりに素早く、わたしたちには止めようがなかった。彼女の腕がさっと宙を切り、ネイル用のやすりが鈍い光を放ったかと思うと、ラ・ヴェルヌの肩に一筋の血が降りかかった。

「このぶりっ子のあばずれが！　おまえなんてずたずたにしてやる！」

ジージーとわたしは彼女を押さえて廊下まで引きずるようにして連れていった。

ラ・ヴェルヌはメーキャップ用のテーブルに突っ伏していた。白粉《おしろい》箱に血が滴《したた》っている。聖セシリアの絵のようなポーズを取った女性の写真が――ベールからオルガンに落ちかかる薔薇までそっくりだった――彼女に微笑みかけていた。ラ・ヴェルヌは訴えかけるようにその女性に話しかけた。

「あの女ときたら、わたしの顔に傷をつけようとしたのよ」彼女はすすり泣きながらいった。「ずっとわたしの美貌をねたんできたんですもの。ああ、わたしの顔が――わたしの顔が」

これがラ・ヴェルヌ以外の誰かだったら、さぞかし胸を打つ光景だったに違いない。その写真の女性が、ラ・ヴェルヌが生まれ落ちると同時に亡くなった彼女の母親であることはみんな知っていた。彼女はその写真をいつも手元に置いていた。夜劇場を出るときも、写真を持って一緒に帰り、翌日また写真とともに出勤してくるのだった。

彼女が肌身離さず持ち歩いている思い出の品はこの写真だけではなかった。彼女にとっては聖書とコーランにも等しい大切な銀行の通帳のほかに、アルコールに漬けた母親の胆石も持ち歩いていた。最初のうちは薄気味悪かったけど、そのうちにおはじき玉だと思うようにした。

ラ・ヴェルヌが写真に話しかけるのはこれが初めてというわけではない。何かつらいことが起こるたびに、彼女は写真にむかって、長々と、愛しげに語りかけるのだった。決しておセンチなタイプではなかったが、母親に対する感情だけはいつも純粋だった。理由はわからない。わかっているのは、見る者をいい加減うんざりさせることがあり、今回もそうだということだった。

一方のドリーはわたしたちから自由になろうと暴れ、大声でわめき散らしていたので、ドアマンのスタチーまでが駆けつけて、集まった野次馬に加わっていた。野次馬たちのなかには裏方のほとんどがいたので、わたしは彼らにドリーを一緒に押さえていてくれるように頼んだ。ジージーは出番が近づいていたので下におりなければならず、人手が足りなかったのだ。

「美貌をねたんでるだって？」ドリーは叫んだ。「あんなどこの馬の骨ともわからないあばずれを誰がねたんだりするものか！」

男ふたりがドリーを押さえたが、今度はラ・ヴェルヌをなんとかしなければならなかった。というのも彼女は椅子から躍り上がるやいなや、ドリーに飛びかかろうとしたからである。

「ちょっとばかり言い過ぎただけじゃないの」わたしはなおも必死に説得した。「別にあなたのお母さんがどうとか……」

わたしが肩に手をかけると、ラ・ヴェルヌは痛みに身をぴくりと震わせた。そしてぐったりと椅子に身をあずけた。ストリッパー仲間のサンディが、ジージーのジンのボトルをわたしに手渡した。

「ほら、これで消毒するといいわ」と彼女はいった。「これアルコールでしょ。病院なんかでもよく使ってるじゃない」

わたしがジンを傷口にたらすと、ラ・ヴェルヌは金切り声をあげたが、それは痛みによるものというよりは、みなの注目を引きつけたいというのが本音らしかった。そうでなくとも部屋に戻ろうと暴れるドリーは、阻止しようとする男たちの関心を十分に引きつけていた。

「この薄汚い猫かぶり女が！」ドリーが叫ぶ。「いつもそうやって後生大事に母親の写真を持ち歩いているくせに、父親のがないのはどういうわけさ？」

男たちのひとりがドリーの口をふさごうとしたが遅すぎた。彼らは一杯飲んで忘れろよといいながら、とりあえず彼女を上階まで引きずりあげていった。

だが、猛り狂ったドリーの声は、通気パイプの向こうからなおも聞こえてきた。「あの女は娼婦で母親もおんなじさ」

わたしはあわてて通気パイプにタオルを詰めたが、数秒もしないうちにそれは必要なくなった。道具方たちは『アンダー・ザ・シー』のバレエのセットの準備に入り、ショーはいつもどおりに進行していた。

するとラ・ヴェルヌはぴたりと泣くのをやめて、次の役に入り始めた。それは悲劇のスコットランド女王のメアリーに少しばかりジャンヌ・ダルクを足したような感じだった。

「お母様、わたしにはまだ声が残されているわ」

「ええ、ええ、それに男殺しの美貌もね」わたしはご機嫌取りにいい加減うんざりしていた。声もおのずから冷ややかになっていった。「ほんのかすり傷じゃない。どっちにせよ悪いのはあなたよ。あんなふうにドリーをいたぶるのをやめないと、今にとんだとばっちりが返ってくるかもしれないわよ」

「彼女がやらなかったら、わたしがするわ！」すさまじい剣幕で部屋に入ってきたのはジージーだった。スパニッシュハットの縁からぶら下がる無数の小さな飾り球が、風車よろしくくるくる回っている。突進してくる彼女とすれ違いざま風が起こった。

「それをよこして」彼女はジンのボトルをひっつかんだ。そして首からリボンでかけてあるギターを外した。「あんたたちがうしろでぎゃあぎゃあ騒いでるのを尻目に、あのろくでもない助平どもを前に『ラ・パロマ』を演《や》るのはそりゃあ大変だったんだから！　たかだかトイレのことであたしのショーは台無しだわ！」

　ラ・ヴェルヌが涙でぐしゃぐしゃになった化粧を直すためにその場を離れると、ジージーは突然大声で笑いだした。

「ねえ、ジッピーったら。あんただってあの喧嘩が始まったときに、天井から這い降りてくるハーミットの姿を見てたら、絶対に笑い死んでたわよ。あの爺さんときたら、せっかくの見物を一瞬たりとも見逃すまいっていうんで、あやうく首の骨を折るところだったのよ。足元の梯子に集中しなくちゃいけないのに、ずっとうしろを見ているもんだから、何度足を踏み外しそうになったことか！」

　ジージーは椅子にどんと腰をおろすと、化粧テーブルに両方の脚を投げかけた。「それでドリーが〈黄金の声を持つ女神〉のことを……」

「しいっ」わたしはジージーを小突いて、目で合図した。ラ・ヴェルヌがきっと全身をこわばらせるのがわかった。ちょっとしたきっかけでまた爆発が始まるのは明らかだった。

　ジージーはわたしの合図を読み取った。「それで、あの言い合いが始まるやいなや、爺さんはさっさとステージを降りて脱兎のごとくこの楽屋めがけて駆けつけたってわけ。信じられる？　あの年寄りがよ！　おまけに出会いがしらにぶつかったのが誰だと思う？　あのスタチーなのよ。あのふたりが鉢合わせしたときはまったく見物だったわ。ふたりとも嬉しそうにわたしたちの悪口を言い始めちゃってさ。わたしたちの楽屋の前で鉢合わせしたもんだから、最初はお互い決まり悪そうだったけど。すっかり意気投合しちゃって、ステージ入口横のスタチーの持ち場に行ってから、さんざん好き勝手を言い始めたの。まあ、あの爺さんたちがなんていったと思う……」

その内容を思い出してジージーが吹き出したが、わたしにはとてもそんな気にはなれなかった。ステージ脇の踊り場に立っているときのスタチーの顔が思い浮かぶ。その顔にはまぎれもない嫌悪が浮かんでいた。まるで丸裸にされたような気分がした。

スタチーとハーミットはこの劇場の一番の古株だ。みんながあのふたりはこの劇場の契約に含まれていたんだろうといっていたが、それは本当かもしれない。スタチーはオールド・オペラがまだオペラ専用劇場だった全盛時代からここで働いていたのだ。かつては歌手だったが、声になんらかのトラブルが起きたらしい。その役はしだいに格下げされ、ついにはドアマンに成り下がってしまった。

〈隠者〉ことハーミットも同じくらい昔からここにいた。彼はずっと道具方を務めていたが、歳を取るにしたがって力仕事ができなくなり、舞台天井で幕をあげおろしする係になっていた。幕のいくつかは機械化されていたが、多くはいまだに砂嚢の錘《おもり》を上げ下げする原始的な方式が取られていた。彼は舞台天井からその幕のあげおろしを操作していた。肉体的には負担ではないが、孤独な仕事だ。いったん天井にあがると、あとは夜のショーがはねるまでそこから降りてくることはなかった。

どちらの老人もバーレスクの役者たちにそれほど好意は持っていなかった。ふたりが顔を合わせれば話題はいつもかつての栄光をしのぶ愚痴ばかりで、彼らからしてみればわたしたちは侵略者のようなものかもしれなかった。最初のころはきっと奇声をあげて押し寄せる蛮族にしか見えなかったかもしれないし、そのことで彼らを責める気にはなれなかった。

「爺さんたちときたら、頭を振りながら、入れ歯をカタカタいわせちゃってさ」ジージーは続けた。彼女はハーミットの物まねを始め、さらにほんものっぽく見せるために、立ち上がらなければならなかった。上唇を歯にかぶせ、膝を曲げて、よたよたと歩きまわる。「まったくもって」彼女は甲高いしわがれ声を出した。「この場にリリーが居合わせなくて幸せというものじゃよ。自分の楽屋がどんな連中に使われてるのかを見ずにすむとはな」

ついにはラ・ヴェルヌまで吹き出した。

「ふたりときたら、あの女の写真の前でいつも頭を振ってるの。スタチーが椅子のうしろの壁にいつも掛けている、例の槍を持った写真よ。それにハーミットときたらラ・ヴェルヌみたいに、写真に話しかけているの」

「なんですって！」ラ・ヴェルヌは白粉のパフを落として、ジージーに向き直った。最初わたしはハーミットがラ・ヴェルヌと同じことをしているというので怒ったのかと思ったが、すぐにわたしたちに学をひけらかそうとしているのだとわかった。

「あんたのいう写真の女性は、ブリュンヒルド姫の衣裳をつけたリリー・レーマンよ」もしラ・ヴェルヌがブリュンヒルド姫〔ワーグナーの歌劇『ニーベルングの指輪』に登場する甲冑をつけた女戦士〕だったとしても、これほどまでに憤慨した顔はしなかっただろう。

ジージーはふんと鼻を鳴らした。「でも、ちっとも色っぽくないじゃない。第一あんな御大層な衣裳じゃ脱ぐのが大変よ」

「彼女はストリッパーじゃないの。歌手だったのよ」傷ついたプリマドンナは冷ややかな視線をジージーに投げた。「世の中にはバーレスク以外のショービジネスというものが存在するのよ」

だが、この皮肉もジージーには通用しなかった。「それくらい知ってるわ」と彼女はいった。「映画でしょ、ラジオでしょ……」

「それにグランド・オペラ。リリー・レーマンはオペラ歌手なんですからね」

「じゃあ、その女はバーレスク劇場で何をやってたのよ」ジージーが訊ねる。

「そのころはバーレスク劇場じゃなかったのよ、お馬鹿さん。立派なオペラハウスだったの」

ジージーがその様子を頭に思い浮かべようとしたそのとき、出演を終えたショーガールたちがわいわいおしゃべりしながら入ってきた。ちょうどバレエの場面が終わったところで、みな海藻の衣裳をつけている。アリスを除けば、八人は姉妹といっても通りそうなほどよく似ていた。全員ブロンドで身長は一八〇センチを超えている。彼女たちはH・I・モスの秘蔵っ子であり、全員それを心得ていたので、いつもストリッパーたちの顰蹙《ひんしゅく》を買っていた。

「あたしにいつも香水をプレゼントしてくれるお客さん見なかった？」女性のひとりが衣裳を脱ぎ

ながらいった。

八人のなかで一番美人のアリス・エンジェルが口を尖らせた。いつも口を尖らせているか目を赤くしているところしか見たことがない。要するにそういうタイプなのだ。何でもないことでしょっちゅうそんな顔をするのだが、今の彼女にはそうするだけの理由があった。

その香水男はこの数週間ほど彼女のお気に入りだった。《ジャー・キス》〔フランスのケルコフ社から発売された香水〕の香りはちっとも好きではなかったが、彼女に寄せる熱意は気に入っていた。

「きっとわたしがそういう女じゃないってわかったんですよぅ」アリスは真珠を縫い付けた衣裳を脱いで、慎重な手つきで椅子の背にかけた。彼女はバレエで真珠の精を演じており、ショーのなかではみなの羨望の的となっていた。

「とにかくぅ、わたしもリハーサルで忙しくてそんなつまらないことにかまってられないんですぅ」彼女は気取った無頓着な口調でのたまった。「モスにもいわれたんですよぉ、わたしさえ都合がつけば、すぐにわたし用の特別な演目をさせてくれるんですってぇ」そういってジーンを小馬鹿にするように見た。「おあいにくさまぁ」

ジーンはさして感心した様子もなかった。「ところでトイレの話はどうなったの？」と彼女が訊ねた。

わたしたちは例の計画について話した。

ジージーは天秤よろしく片方の手に鏡を、もう一方の手に眉毛抜きを持っていた。「みんな一ドルずつ出し合うことになったの」眉を抜きながら彼女はいった。それからくすくす笑いだした。

「ねえ、ジップ。あのリリー何ちゃらはどうやって鉄の鎧を脱いだ……」

その様子を思い浮かべただけで耐えられなくなったようだった。彼女は文字どおり笑い転げた。

「新しいトイレになったら、古いのをクリスマスプレゼントみたいに包装して、あのゾンビみたいなコンビに送ってやりましょうよ」

「誰のことですぅ？」アリスが訊ねると、ジージーはいったん口をつぐんで息を整えた。

「もちろんハーミットとスタチー爺さんよ」と彼女はいった。「きっと思い出のスクラップブックに大切にはさんでくれるでしょうよ」

第二章

ビフとわたしが夜のショーの二幕で『ピクルズ使い』を演《や》っている最中に、舞台監督がステージの袖から必死に手を振っているのが見えた。ひどく動転している様子だったので、何かトラブルがあったのはたしかだった。わたしはフットライトに目を落とし、赤いライトが点灯していないかどうかを確かめた。それはロビーに風紀取締り係が来てるから、すぐに体を隠すか、その場からずらかるかしろという合図だった。もし見慣れない警官、もしくは取締り関係者らしき人物が入ってきたら、チケット係は即座にバックステージの照明係にブザーで教え、照明係は赤いライトをつけて、わたしたち出演者に警告を送るという仕掛けになっていた。

だが、赤いライトはついていなかった。だから、わたしにも何が起こっているのかさっぱりわからなかった。

ラッセルはビフの相手役を演じていたが、彼が客席の正面に目をやったことにわたしは気づいた。わたしもその視線の先を追う。後方の暗闇にボタンやバッジが光り、そこには警官が——少なくとも二十人はいた。まるで警官の大会か何かが押しかけてきたみたいだった。

そこにＨ・Ｉ・モスが通路を急ぎ足でやってくるのが見えた。もはや疑いの余地はなかった。いつもの口だけの戒告だけではすまされず、もっと深刻な事態になりそうだった。

ラッセルの声はかすかに震えていたが、それでも芝居を続けていた。「だんな、こいつを彼女の鼻先にぶらさげてやるだけでいいんですよ。そうすればなんだってあんたの思い通りになるでしょうよ」

「何でもかい？」警官の前なので、ビフはいつもの助平たらしい流し目を控えた。「じゃあ、そいつを俺に売ってくれないか？」

「これはたいそうな貴重品でしてね」ラッセルは続ける。「けど、見たところだんなは正直そうなお方だし、あたしもあんたが気に入った。よろしい、お分けしましょう。百ドルで」

ビフはラッセルの手に金を押し込んだ。それは本来ラッセルの退場の合図となるはずだったが、逃げだすタイミングとしては絶好だった。舞台の袖に下がりながら彼はようやく最後のせりふを吐いた。「忘れないでくださいよ。そいつを彼女の鼻先にぶらさげるんです」

ビフは紐にくくりつけたピクルズをうやうやしげにぶら下げていた。「なんだって思い通りか」彼はわたしに近づきながらつぶやいた。「何でもね」彼はピクルズをぶらぶらさせた。

「舞台が真っ暗になったら」彼はひそめた声でいった。「石炭用シュートに飛び込め。こいつは本式の手入れだぜ」

わたしは呆然と彼の顔を見つめるばかりだった。

ビフは大きな声でせりふを続ける。「あんたの金をよこせ」

わたしはポケットからお金を出すために下を向いた。ビフが物欲しげにわたしの脚を見つめている。「石炭用のシュートってどこにあるの?」わたしは囁き声で訊ねた。

ビフはポケットに金をしまいこんだ。「次はキスしておくれ」

わたしがキスのために口を尖らせると、彼は聞こえるか聞こえないかの声で唇越しにささやいた。「地下の貯蔵室だ。空き部屋の隣、廊下をずっといったところにある」

ビフは演技を続け、金を数えながら、意味のないせりふをわたしの耳元に囁いていた。とても集中するどころではなかったが、ともかくわたしは彼の頬を引っぱたいた。それをきっかけに舞台は暗転して、わたしは退場することになっていた。オーケストラはミルトン・エイガーの『ハッピー・デイズ・アー・ヒア・アゲイン』を演奏し、このような非常時にはそれがショーの終わりをつげ、お客たちの退場をうながすはずだった。

「地下の貯蔵室、空き部屋の隣」わたしは何度も自分に言い聞かせた。

バックステージは真っ暗だった。たぶん照明係がライトを全部落としてしまったのだろう。出演者たちを逃がすためだろうが、わたしはすっかりパニックに陥ってしまった。今自分がどこに向かってるのか見当もつかない。方向感覚はまったく失われていた。

暗闇のなかを騒々しく動きまわっている気配がした。誰かにぶつかったが、わたしは相手を確かめようともしなかった。ただひたすら走った。こんなことをしてたら、いつ警官にぶつかるかもしれなかった。でも、そんなことかまっちゃいられない。

すると手が、丸みを帯びた冷たいものに触れた。冷水器だ。もうこれで大丈夫。地下室に向かう階段はすぐ左手にあるはずだった。わたしは鉄の手摺りを探った。

ようやく足が螺旋《らせん》階段の一番上に届いたと思ったとたん、一本の手がわたしの肩をぐいとつかみ、もう一本が首に回された。気がつくと二本の親指がわたしの声帯をぐいぐい押さえつけていた。わたしは思いきり爪を立ててやったが、親指はますます食い込むばかりだった。

突然、自分の目の前も真っ暗になった。食いこんでいた手が離れると同時にわたしは意識を取り戻した。自分が叫び声をあげていたのにも気がつかなかった。

すると、すべての明かりがぱっとついた。耳元でとどろくような声がした。

「どこに行こうってんだい？」

誰かが万力のような力でわたしの腕をつかんでいた。わたしは首だけねじって、その手に嚙みついた。そいつの手に生えている赤い剛毛は、まるでシュレデッド・ホイート〔小麦を細い糸状に加工して牧場の藁のように丸めたシリアル〕のように歯に引っかかった。わたしはそれにはかまわず、さらに嚙みつこうとした。頭をかがめたわたしの目にうつったのは厚底の靴に、太い脚、それにスカートだった！

「嚙むんじゃないよ、このあばずれが」婦人警官が吠え立てる。「さもなきゃこっちも嚙みついてやるよ」

「だからって首を絞めることはないでしょ」

わたしは首を回してちゃんと動くかどうか試してみた。首は無事だったが、慎重に動かさなければならなかった。わたしは怒りにまかせて、婦人警官の太い脚めがけてキックをかましてやった。

婦人警官はわたしのもう一方の腕もつかむと、乱暴に揺さぶり始めた。これまでカンザスでサイクロンに巻き込まれたこともあるし、カリフォルニアの大地震も体験した。さらにはエレベーターに乗ったまま一気に四階分落下したこともあったが、これに比べればそんなのは子供騙しもいいところだった。

手荒く扱われているのはわたしだけではなかった。警官の一人は半裸のサンドラと格闘中だった。別の警官は舞台の袖でラッセルと取っ組み合っている。ジージーは警官の頭をぼこぼこに殴りつけていた。これほどまで怒り心頭に達していなかったら、わたしはその警官に少しばかり同情していたかもしれない。

「逃げようったって無駄だぞ」殴られながらも警官は叫んだ。「この劇場は包囲されている」

鋭いホイッスルの音が響きわたり、青い制服の警官たちがさらにフットライトめがけて押し寄せてきた。

「やめろ！　抵抗するんじゃない！」そういいながらエプロンステージに上ってきたのはモスだった。「手向かいはやめて、わたしに万事まかせてくれ」

とたんに乱闘はぴたりとやんだ。警官たちはさっと姿勢を直し、女たちははだけたキモノの襟《えり》を合わせた。全員がモスのまわりに集まってきた。男たちのなかにはまだ文句をつけている者もいれば、ヒステリックなくすくす笑いを上げている女たちもいた。

わたしを捉えていた毛むくじゃらのアマゾネスが、わたしを前に突き飛ばした。「あんたの薄汚いお仲間どもと一緒に並びな」

モスは体を震わせ、くしゃくしゃのハンカチで顔を流れ落ちる汗を拭いながら、演説を始めた。

二重焦点レンズごしに見えるその目は、まるでスミス・ブラザーズの咳止めドロップのようだった。

「H・I・モスはこれまでのショービジネスのキャリアにおいて、自分の抱える役者たちを決して落胆させたことはない」

控えめな喝采の声が起こった。フィルが叫ぶ。「そうだ、そうだ」

小柄な男はそれを制するように丸々太った手をあげた。「きみたちは一時間で釈放されるだろう。わたしが約束する」

今度はもっと大きな喝采が起こった。

「しかも、きみたちは囚人護送車などで行くのではない！」この発言がみなの頭に十分理解されるのを待ってから続けた。「わたし、H・I・モスはポケットマネーをはたき、警察まできみたちを送るキャデラックを頼んでおいた」

「われらがボス、モス殿のために万歳三唱！」マンディが叫んだ。耳を聾さんばかりの喝采が起こった。

モスは微笑を浮かべ、わずかに腰をかがめてこの喝采を受けた。「このモスの傘下で働くアーティストたちを警察の護送車に乗せたりはしない」

警察署までのドライブははったりの応酬だった。いつものようにジョークが飛び交っていた。

「今日はさっさと乗れてラッキーだったよ。前回乗ったときはずっと立ちっぱなしだったしね……」

「こんないい旅ってないよ。何しろ無料《ロハ》なんだぜ……」

前を行く車に乗っている警官にわたしはひそかな同情を覚えていた。ラ・ヴェルヌとラッセルはジージーとともにすでに乗車していたが、そこへドリーが肘で押しのけるようにして、彼らの横に割り込んできたのである。窓ごしに取っ組みあう腕が見えた。ドリーがあの調子ならば、ラッセルはさぞかし痛い目にあっているだろう。少しばかり溜飲が下がる思いがした。

ビフはわたしたちの車の補助席に座っていた。彼は手にしたボトルをあおりながら、陽気な声で『囚人の歌』を歌っていた。「もしも俺に天使の翼があったなら……」

サンドラ・スレードとジャニーンがそれに加わって歌いだした。「刑務所の塀なんぞひとっ飛びに越え……」

警察署に近づくと、ビフは身を乗り出して、前の席に座っている警官の肩を叩いた。「ねえ、きみは公共に仕える僕《しもべ》なんだよな？」

警官は冷ややかな目で彼を見返した。

「そうだが」と男は答えた。

ビフはおおげさなウィンクをしてみせてこういった。

「じゃあ、水を一杯もらえないかね？」

「おまえらのようなハイエナどもにふさわしいのはクッション壁の独房さ」と制服を着た護送者はいった。

警察署の灰色の壁が見えたとたん、わたしは現実世界に引き戻された。正面の入口に通じる階段は、新聞社のカメラマンと野次馬でふさがれていた。わたしたちの一行が何台も車を連ね、どれもバーレスクの踊り子たちで満載だという噂があっという間に広まったらしい。警官がわたしたちに車をおりてついてこいといい、もうひとりの警官がしんがりについた。ジャニーンとサンドラは車からおり、カメラのシャッターが切られるたびに、そちらを向いてにっこり微笑んだ。サンドラは階段をのぼりながら、スカートをつまんでみせ、カメラマンたちのほうを振り向いて、なかのひとりにウィンクを投げた。

「きっとあの写真は使われるわ」彼女は緑色のライトの下を通り過ぎながらジャニーンに話しかけていた。

わたしはといえばひどく気分が悪くて動くことができなかった。何もかもがいっぺんに起こったので、自分がこれから刑務所に向かっているのだということが、いまひとつ理解できていなかった。「しっかりしろよ、ジッピー」ビフがわたしの腕をつかんでいった。「こんなのはよくあることさ」

わめきたてる野次馬たちのあいだを通り抜けていくのに、ありったけの気力をかき集めなければならなかった。警察署の正面玄関はほんの数メートル先なのに、まるで何キロも先のように思えた。

ひとりの女がわたしのほうに駆け寄ってきた。

「あんたみたいなことが平気でできりゃ、あたしだって毛皮のコートが買えるさ」

別の女性が、ぽかんと口を開けてこちらを見ている子供を脇に押しやっていった。「あんな下劣な女のそばに行くんじゃありません」そして子供の腕が抜けるんじゃないかと思うほどの力で引っ張っていった。

白髪頭の老人がわたしの足元に花束を投げてよこした。「彼女の歩くさまの美しきこと、夜のごとし」老人はバイロンの詩を引用したが、すぐに脇に押しやられた。

ビフの囁く声がした。「君のファンだよ、お嬢《パンキン》ちゃん」わたしは彼に微笑みかけようとしたが、まるで断頭台に連れていかれるマリー・アントワネットのような気分だったので、あまり心をこめることができなかった。

入口でビフは待つようにいわれ、わたしは長い廊下を歩かされた。行く手の先には巨大なオークの扉があった。別の警官がそれを開いて、なかに入れとうながした。

なんとそこにいたのは劇場の観客だった！　ステージはなく代わりに机があるだけだったが、それを除けば何から何まで同じだった。ほとんどがなじみの客ばかりだった。夕食持参でやってきて、四公演ぶっ通しで観ていく船員、アリスの香水男、母の日にドリーに花束を贈った男まで。わたしが入っていくと、彼らはみな励ますような笑みを浮かべ、あちこちから拍手が起こった。

机をたたく槌《つち》の音にわたしは振り返った。判事は女だった！　これまた明るい見通しとはいえなかった。わたしを逮捕した婦人警官にどことなく似ていなくもなかったが、向こうが赤毛だったのに対し、こっちは黒髪だった。それを耳のうしろで結んで引っつめにしている。頬にはほくろがあって、そこから毛が一本生えていた。彼女を見たとたん、ドリーが息を呑むのが聞こえたが、無理もなかった。女性の怒れる目は、非難するように観客をねめつけていた。その場が静まると、判事は警官のひとりにうなずいてみせた。警官はサンドラの腕をつかんだ。机の前に連れていかれるサンドラの姿を見ているうちに、足の力が抜けていくのがわかった。判事がサンドラに質問を浴びせかけているあいだ、わたしは彼女のほくろをじっと見つめているばかりだった。

「名前は……年齢は……アメリカの市民権は？」判事はいっけん申し込み用紙のように見えるシートに次々と書き込んでいく。

気がつくと、わたしは彼女の前に立っていた。わたしは機械的に質問に答えていった。判事の右手にある浅いワイヤーバスケットのなかにはシートが積み重ねられていた。一番上はサンドラのものだった。自分でも何をしているのか意識しないまま、わたしはその文面を読んでいた。罪名と書かれたスペースがあり、そこには太いペン字で「売春」と書かれていた。

その言葉の持つ意味が徐々にわたしにも伝わってきた。わたしはまじまじと書類を見つめた。そこに書かれていることが信じられなかった。わたしは判事が次々と他のスペースを埋めていくのを見つめていた。そして罪名まで来たところで「売」という文字を書こうとしているのを見た。

「何て書くつもりなのよ？」わたしは自分が大きな声を出していることに気づいた。

「あなたを売春のかどで記録しているところです。それにこちらが質問するまでしゃべるのは禁止ですよ」

「しゃべるなですって！」わたしは金切り声をあげていた。「こんな刑務所ぶっ壊してやるわ！いまに――」

「じゃあ、あなたは」判事は冷ややかな口調でいった。「何をしてここにいるというんです？」

「わたしは女優です。ストリップ・ショーの」

「それとどう違うというのかしら？」判事はそういいながら「春」とつけ加えた。

次に控えているのはラ・ヴェルヌだったが、彼女の怒声とわたしの叫び声が重なってちょっとした騒ぎになった。とはいえラ・ヴェルヌの怒りにはちょっとした魂胆があったのだ。彼女は電話をかけさせろと要求していた。警官のひとりが部屋の反対側にある公衆電話のブースに連れていった。するとと彼女はこちらを向いて、わたしにウィンクしてみせた。

「こんな下っ端のお巡りどもなんて、ルーイがなんとかしてくれるわ」と彼女はいった。「好きに書かせておけばいいのよ。そうすれば……」

警官が彼女を遮った。「あんたは電話をかけるんじゃなかったのか」

「……あとでルーイがぐうの音も出ないほどやつらをとっちめてくれるから」ラ・ヴェルヌは勝ち誇ったように言い終えた。

その言葉を聞いているうちに、わたしにも警察への言い分があることを思い出した。ラ・ヴェルヌがダイヤルを回しているあいだ、判事にわたしの首を絞めようとした婦人警官との一部始終を訴えた。

「もし叫び声をあげなかったら」とわたしはいった。「わたしは絞め殺されてたかもしれないのよ」

「結構、行きなさい」判事はさして興味もない様子でいった。「次の人」

そこへひとりの警官が近づいてきて、判事に耳打ちをした。すると彼女は眉をひそめ、シートを一枚一枚チェックしては、ある箇所をペンで訂正し始めた。わたしの番になると、彼女は「売春」を消して、「猥褻な芝居の上演」と書き直した。わたしの言い分が通ったわけだが、たいして嬉しくもなかった。

一方、ラ・ヴェルヌはようやく電話が通じたようだった。ブースのドアが開けっ放しだったので、彼女の声はつつぬけもいいところだった。「でも、ハニー。あなたならなんとかしてくれるでしょ」相手の返事を聞いているうちにしかめ面はますますひどくなった。その表情から見ると、彼女のハニーがなんといっているのか察しがついた。どうやら彼にもなんとかできない事態らしい。これが血なまぐさいれっきとした殺人事件だったら、ルーイと彼の弁護士もなんらかの手助けができたかもしれない。だが、たかだか警察の手入れでは、彼らの出る幕はないのだ。

「でも、ベイビー。ここの人たちったらひどいのよ……」ラ・ヴェルヌの甘ったれ声にわたしはちっともそそられなかった。それはルーイも同じだろう。

電話の向こう側にいる彼の姿が思い浮かぶようだった。きっと酒場の奥にあるオフィスにいるに違いない。爪先のとがった靴をはいた足を、華美な装飾を施したデスクの上に投げ出し、黄ばんだ歯に葉巻をくわえ、口の端を見るもおぞましい笑みに吊り上げていることだろう。

ルーイはどう見ても美男子の部類には入らなかった。その薄ら笑いだけでも十分におぞましいのに、斜視の目に、黒い髪をこってり固めたご面相は、うっかり路地で出くわしたいと思うようなものではなかった。とりわけ白昼には。

彼のあだ名の薄笑い《グリン》は、グリンデロという本名に由来するのかもしれないが、わたしには今からずっと前のギャング同士の抗争はなやかなりし頃、誰かが彼の顎をこなごなに砕いてしまった時代までさかのぼるのではないかと推測していた。彼を治療した医者はとても慌てていたので――たぶん手術の最中ずっと背中に拳銃をつきつけられていたのだ――彼の唇の両端を吊り上げたまま縫いつけてしまった。もしかしたら、ずっと笑みの形を張りつけていれば、性格も改善されると思ったのかもしれない。ルーイの唇の端から頬骨にかけて筋のような傷跡がうっすらと残っていた。彼が怒るたびにその筋は真っ赤になった。今もきっと真っ赤になっているに違いない。誰がピエロ面《づら》のマントヒヒなんて呼ばれたがるだろう。それはラ・ヴェルヌが使っているなかでは一番控えめなあだ名だった。

「あたしが豚箱に放りこまれるようなことになったら、きっと後悔するわよ！」そう捨てぜりふを叫ぶと、彼女は叩きつけるように受話器を置いた。

夜間裁判所に居合わせた観客は、ラ・ヴェルヌの電話の一部始終を聞きながら、ドリーのショーを眺められるという素晴らしい幸運にあずかった。ドリーは靴下止めのガードルを引っ張り上げながら、ストッキングを直していた。そして判事の机に向かう前に今一度足をちらりと見せた。わたしが立っている木の手摺りの前にラ・ヴェルヌがやってきた。

「ちょっとドリーのあのご面相を見てよ」彼女はささやいた。

ラ・ヴェルヌにいわれるまでドリーの顔がどうなってるかなんて気がつかなかった。だが、ひと目見るなり、彼女が驚いた声を出すのも無理はないと思った。ドリーは角縁の眼鏡をかけているだけではなく、口裂け女よろしく耳まで口紅を塗りたくっていた。髪は帽子のなかに押しこみ、片目だけをチック症患者のようにぴくぴく痙攣させている。

その声色までが変わっていた。判事が名前を訪ねると、彼女は「マーガレット・モーガン」と答えた。

ラ・ヴェルヌがわたしを小突いていった。「あんなことをしたらただじゃすまないわよ。偽証罪で十年は食らうわね」彼女はしてやったりとばかりの笑みを浮かべてみせた。「四十そこらに十年足したら、出てくるころにはどんなご面相になってるか見物だわ！」

警官のひとりがビフに男たちは帰っていいと告げた。ビフは喜ぶと思いのほか、存外だといわんばかりの顔をした。

「ねえ、もしきみになんらかのつてがあって」ビフが警官にこっそりもちかけた。「このお嬢さんたちをヤク中と同じ監房に入れないよう取り計らってくれるなら、それなりのお礼はするよ」

「監房に入れるですって！」彼の言葉にドリーのことなど瞬時に頭からけし飛んだ。これからどうなるのかなんて考えてもみなかった。着衣のわたしをじろじろ見られながら法廷に立たされているだけでもいい加減うんざりなのに、そのうえ監房に入れられるなんて！

それはたしかに監房だった。もちろんもっとひどい監房だってあるかもしれないが、わたしたちの入れられた房も、とうてい新婚さんのスイートルームとは言いかねた。そこにはすでに五人の先客がいて、ベッドとは名ばかりのみすぼらしい木の寝台を占領していた。

狭苦しい部屋にはむっとする臭いがたちこめていたが、それは刻一刻とひどくなってくるようだった。女たちのひとりがふらふらとこちらに近づいてきた。もし動いているところを見なかったら、きっと死人だと思ったことだろう。

「あんたたち、なんでぶちこまれたんだい？」ゾンビが訊ねた。

とても女同士の打ち解けたおしゃべりをする気分ではなかったが、ジージーが代わりに答えた。

「放浪罪よ」

「そんなんじゃここには入れないさ」女はビール臭い笑いを吹きかけた。「あたしなんか……」

だが、ジージーはそれ以上続ける気はなかった。ひと息浴びただけでたくさんだった。彼女はそそくさと女から離れた。

寝台のひとつで、ふたりの女がトランプゲームをしていた。「あんたのお仲間もひとり連れてきなさいよ」細面の黒人女性がいった。「そうすりゃあ四人でできる」女の顔と首はびっしりとただれに覆われていた。ゲームをしながらしきりにカードで顔をかいている。

「あんたも」もうひとりの女がわたしを手招きした。答えようとしたが、代わりに首を振るのがやっとだった。悪臭とむっとするような空気に頭がくらくらしてきた。

わたしはできるだけ鉄格子に顔を近づけて、深く息を吸い込んだ。ドリーも並んで鉄格子を固く握りしめている。窓のひとつでも開いていて、そこから新鮮な空気が流れこんでいたら、監房のなかに届く前に全部吸い込んでしまいたかった。

「まったくひどい臭いよね」ドリーの口調は平静だったが、鉄格子を握りしめている拳は真っ白になっていた。彼女のいうとおりだった。廊下もまた監房のなかと同じようにひどい臭いがした。

「こんなところに十日間も耐えられるかしら?」

「そんなこと考えちゃだめ」わたしは思っている以上に自信ありげに答えた。「モスは一時間もしたら出してやるといってたでしょ。彼は絶対に約束を破ったりはしないわ」

ドリーは何もいわなかった。唯一の明かりといえば、廊下の奥に緑色の傘をかぶせた電球がひとつあるだけだった。鉄格子ごしに差し込んだその光が、ドリーの顔に長い影を投げかけていた。帽子からひと筋、ピンク色の髪の一部が垂れかかっている。

「わたしも偽名を使うだけの知恵があればよかった」わたしはいった。

ドリーはきっとわたしを見据えた。「それって本気でいってるの？」その声には感情がまったく感じられなかった。

「そうじゃなくて……つまり、新聞なんかに出るなら偽名のほうが……」

「本当にあなたって馬鹿ね。どうして黙っていられないの」

わたしはさっと彼女のそばを離れようとした。だが、彼女がわたしの腕をつかんだ。

「ジップ、待って。あなたに当たるつもりはなかったの。でも……わたし怖いのよ」

それは見ればわかった。でも、わたしの怒りはおさまらなかった。

「あの机にいた女だけど、わたしのことがわかってるみたい」ドリーは囁き声でいった。彼女はラ・ヴェルヌが聞き耳をたててはいないかとそちらを振り返った。プリマドンナはジージーとおしゃべりをしていた。ドリーは続けた。「あの女は二年前にあたしを有罪判決にしたのと同じ判事なのよ。十日間の重労働。もしわたしだということがわかったら……もうこれで三度目だし、この前なんか街から出ていってもう二度と帰ってくるなといわれたのよ。でも、ここを出ていけなんていわれたら……どうやって食べていけばいいの？　モスの傘下を離れたら、たとえ西部にだってわたしの名前を知ってる人なんかいやしない」

「でも、別にあなただとわかった様子もなかったけど」わたしはいった。

「あなたはあの女を知らないのよ」ドリーは落ち込んだ声を出した。「あの女はそうやって知らないふりをしてだますのよ。警察にはごまんと人間がいるというのに、よりによってなんであの女に巡り合っちゃったのかしら」

ドリーはしばらく黙りこんだ。わたしは何か慰めるような言葉をかけたかったが、何も思いつかなかった。いつもドリーに対して感じている哀れみに喉が締めつけられるような気がした。

「わたしが心配してるのは十日間閉じ込められることじゃないのよ」彼女はのろのろと話した。「モスのことなの。もし、何か尻尾でもつかまれたら、モスは興行のライセンスを取り上げられるかもしれない」

「どういうこと？」わたしは聞き返した。「あなたが何かしでかしたところで、モスにはなんの関係もないはずでしょ」

「いつもならそうよ。でも、今度の営業委員会の担当者ときたら、就任してからというもの、オールド・オペラが何かへまをしやしないかと、目を皿のようにして突つきまわってるのよ。風紀矯正キャンペーンだかなんだか知らないけど。とにかく『有罪』となったら、即刻ライセンスを取り上げる気まんまんなのよ。なんでモスが風紀取締り係の手入れを予告してもらうために現ナマをばらまいていたと思うの？　このあたりのお巡りに手入れよりもましなことに目を向けてもらうため以外に、あれだけのお金を使ってると思うの？」

「だったら、今回は払うのを忘れちゃったんじゃない」とわたしはいった。「だって、事前に何も警告がなかったんだもの」

ドリーはわたしの言葉など聞いていなかった。彼女はじっと目の前の鉄格子を見つめていた。

「重労働ってのはね、半端ごとじゃすまされないのよ」と彼女はいった。「連中はわたしを洗濯場に送ったの。十日間というもの、洗濯桶の前に立って、重たいシーツだの汚れたボロだのを洗わされたのよ。連中がよこした石鹼は強すぎて、両手の皮が赤むけになっちゃったわ。血が流れてるのを見ても、女看守ときたら薬のひとつもくれやしない。本当に痛くてつらかったんだから。ずっとかがんでるものだから、腰がすっかりいかれちゃって、おまけに朝の六時から夜の六時まで臭くて汚れた水溜めのなかに立ちっぱなしだったせいで、いまだに神経痛に悩まされる始末よ」

彼女は笑い声をあげたが、それはひどく虚《うつ》ろに聞こえた。「ドリー・バクスター」と彼女はいった。「八番の洗濯桶へ。アメリカン・ファミリー・ソープを使うこと」

それはまるで音楽をスタートさせる合図のようだった。彼女のおしゃべりがやむと、わたしの耳に流れる水の音が聞こえてきた。そしてサンドラの声が。「ねえ、なかなか行き届いてるじゃない。シンクもあれば何でもそろってるわ」

わたしには暗い監房の隅に彼女の輪郭が見えるだけだった。彼女はドレスとスリップを脱いでいるところだった。下着姿になると、ブラジャーを取って水で洗い始めた。

トランプゲームに興じていた女たちが、ぽかんと口を開けて彼女を見た。

「ちょいと、何やってるのさ?」女たちのひとりが訊ねる。

サンドラはまだ水の滴るブラジャーをつけ直した。その歯がカチカチ鳴り、腕や脚に鳥肌がたっているところを見ると、相当に冷たかったのだろう。

「おっぱいが垂れないようにするにはこれが一番なのよ」と彼女はいった。「毎晩これを習慣にしているの」

するとの暗がりからボロ布の塊《かたまり》が立ち上がった。そこからちっぽけな頭が飛び出たかと思うと、まじまじとサンドラを見た。まるでインディアンが、頭蓋をくり抜いて粘土をつめて作った人間の首の干物のようだった。頭は小さく縮み、肌ときたらなめし皮みたいだ。

「お前の体には悪魔が棲んでおる」まるであやつり人形のように、その口がぱくりと閉じる。

サンドラは悲鳴をあげて、鉄格子に駆け寄った。

その干物のような首がしゃべった。「わたしがお前さんの体から悪魔を追い出してやるよ。お前さんを罪深い生活から救ってやろう」

婦人警官が鉄格子のなかをのぞきこんだ。「静かにしなさい」するとボロ布の女はへなへなと崩れおち、動かなくなった。「これで明日の朝までは大丈夫」彼女はからからと笑った。その重たい足音が廊下をこだまして消えていった。わたしはサンドラをジージーとジャニーンが座っている寝台に連れていった。自分のコートを彼女にかけてやったが、まだ震えていた。わたしたちはラ・ヴェルヌとドリーが座れるだけのスペースを開けた。六人とも口もきかず、悄然として座っていた。

するとこから同房の女が口をひらいた。「今度はちょいとばかりやばいことになりそうなんだ」声の主は大柄なブロンド女で、赤いセーターごしに崩れた肉体の線をくっきりと浮かび上がらせていた。

「何しろブツを持ってるところを現行犯で捕まっちまったもんだから。あたいも三度目だよ」

彼女は歯をシーハーいわせていた。〝ブツ〟とはいったい何なんだろう、とわたしは思った。きっと麻薬か何かに違いない。

「で、あんたたちは何で捕まったわけ?」女が訊ねた。

ラ・ヴェルヌが答える。「罪名は売春ってことになってんだけど……」

「あら、じゃあ、そこのフロッシーとお友達ってわけね」ブロンド女はそういいながら黒人女性のほうに親指を向けた。

「とにかくわたしたちには権利があるんですからね」ラ・ヴェルヌがぴしゃりといった。「警察は有罪を取り消すか、でなきゃ向こうが困ることになるわよ……不当逮捕で訴えてやるんだから」

「へえ」ブロンド女はまだ歯に何か詰まっているのを発見したようだ。「誰を訴えようってのさ? 市当局を? そんなことできるもんかね。それで、あんたたちはいったい何で捕まったんだい?」

「連中はわたしの出演していたバーレスク劇場に踏み込んできたのよ」

「つまり、あんたはストリッパーってわけだ?」女の声が急に敵意を帯びた。「こいつらも一緒かい?」

ドリーがうなずいた。

ブロンド女はさっと離れた。「あたいには嫌いなものがふたつあるんだ」と彼女はいった。「ひとつは子供殺し、もひとつは助平男たちの前で裸を見せる女どもさ」そういって彼女はセメントの床にぺっと唾を吐いた。

黒人女性がトランプから目を上げた。「あんたたちみたいな恥知らずのせいで、こっちの商売は上がったりもいいとこさ」

幸いなことに、まさにその瞬間、女看守が監獄の錠を開けにきた。「あとから来た六人だけここを出なさい。一人ずつ順番に」

わたしたちは後ろを振り向くことなく一列になって外に出た。ブロンド女の悪態は、廊下を歩いてモスが待っている控室に入るまでずっと聞こえていた。モスの顔には変わらぬ笑みが浮かび、その物腰はどこまでも優雅だった。

「ほらね、一時間といっただろう？」

彼は重たげな金の懐中時計をのぞきこんだ。「まあ、正確にいえば一時間と十分になるが。さて、みんなの釈放を祝して、わたしH・I・モスは〈ムーアズ〉でちょっとした夜食に招待しようと思う。ステーキとシャンパンで」

出口で誰かに腕をつかまれた。とたんにわたしはパニックにおちいった。それはわたしが手を噛んだあの毛むくじゃらの婦人警官だった。彼女はまじまじと探るような目でわたしを見た。

「あんな状況で出会ったのはつくづく残念だったわね」と彼女はいった。「別のときに会っていれば、お互いもっと楽しいことができたのに」


H・I・モスは祝賀パーティのために〈ムーアズ〉の二階を貸し切っていた。わたしたちが到着するとすでに大テーブルの準備は整っていた。中央にはシダとカーネーションの花が飾りつけられ、それぞれの席にはアイスペールに入ったシャンパンが用意されている。女たちががやがやと入場すると、ウェイターたちは直立不動で迎えた。わたしたちは階下のバーで待っていた男たちと合流していたが、彼らがただ指をくわえて待っていたのではないことは一目瞭然だった。

「あんたたち、何を勝手に祝ってるのよ」ドリーがラッセル・ロジャーズに訊ねた。彼は椅子をひしと握りしめ、床に顔から転げ落ちそうになるのをかろうじてこらえていた。

「それがどうらってんだよお？」と彼は答えた。ドリーが言い返す暇もなく、ラ・ヴェルヌがふたりの間に割って入り、ラッセルのとろんとした目を見上げて微笑んだ。

「わたしたちあっちに座りましょうよ、あなた《シュガー》」彼女はそういいながら、ラッセルを上座近くの席へとひっぱっていった。

「あんなにシュガーシュガーと連呼してたら、いまに糖尿病になるわよ」ジージーがわたしにささやいた。

ラッセルはプリマドンナに身を寄せて、その耳元にキスをした。

ドリーはふたりから顔を背けると、椅子を引いて、どさっと座った。モスは上座の一番奥に座った。「諸君、どうか席についてくれたまえ。これからみんなに発表したいことがある」

ばたばたと席を選ぶ騒ぎがおさまると、わたしはビフとジージーのあいだに座っていた。二番手のコメディアンであるマンディとその相方ジョーイがその隣に座った。その先では、テナー歌手のフィルがジャニーンのコートを脱がせるのを手伝っている。サンドラはブラウスを裏返しに着ていたが、まだほうっとしていてそれに気がつかないようだった。マスカラは流れ落ち、端を濡らしたナプキンでしきりに頬を拭っている。

モスが手を上げると、そのジェスチャーにみなは反応した。いまや全員が彼に注目していた。

「本日起こった出来事について謝罪するのは」と彼はいった。「山が動いて雪崩《なだれ》が起きたことを詫びるようなものだ」みなの注目にモスはすっかり気をよくしている様子だった。その顔に笑みがよぎる。

「そして諸君の誰からも謝罪を求めたりはしない」彼はいった。「わたしは客席正面からショーを観ていたが、きみたちの誰ひとりとしてあの卑劣な手入れに値するような……下劣なパフォーマンスをしている者はいなかった。きみたちの汚名は必ずこのわたしが晴らしてみせる」

控えめな拍手が起こった。モスが合図すると、ウェイターが次々にシャンパンを注ぎ始めた。モスは立ったまま、最後のシャンパンが注がれるのを待ってから、ふたたび口を開いた。

「役者諸君のために乾杯！」そういって彼はグラスを空けた。いっぽう、わたしたちは誰ひとりとして言葉を発する者はなく、グラスを掲げようとする者もいなかった。まるで王様の命令を待っているかのように。モスはひとしきり満足そうにグラスを眺めてからそれを注意深くテーブルに置いた。わたしたちの誰ひとりとしてまだグラスに口をつけていないことにも気づいていない様子だ。ポケットから葉巻を取り出すと、かすかな笑みを浮かべ、マッチで火を点けた。そしてわたしたちひとりひとりの顔を見渡し、ふたたびしゃべり始めた。

「わたしのことを頭がどうかして《ノン・コンポス・メンティス》いると思う者たちもいるだろう。もしくはどうしようもない間抜けだと」彼は噛んで含めるようにいった。「オールド・オペラは興行のノウハウも知らない素人に牛耳《ぎゅうじ》られていると！　だが、わたしはここに、この会場に誓って宣言する。この劇場でわたしがあずかり知らぬことは何ひとつないと。きみたちが朝食に何を食べたかだっておおよそ把握している。ている。たとえばそのひとつ」彼はそういってずんぐりした手を差し上げると、親指を曲げた。「この内部にオールド・オペラ劇場の閉鎖をもくろんでいる勢力が存在する！ そのふたつ」彼はさらに人さし指を曲げてみせた。「わたしにはその理由もわかっている。支配人の椅子にはひとりしか座れない。その椅子に座っているのはこのわたしだ。なかにはそれが気に食わない者たちもいてよからぬことを考えている。わたしに席を譲らせ、代わりに入り込もうとたくらんでいるのだ。だが、そんなことはできない。なぜならこのH・I・モスはそのようなことを許す愚か者ではないからだ。わたしはこの劇場を運営するのに必要な株式を所有しており、このわたし自身が掟だからだ」

彼は拳を固めてテーブルを叩いた。衝撃で眼鏡がずり落ちる。眼鏡を直すと、モスはふたたび静まりかえった役者たちを見渡した。そして次の言葉を発するまでたっぷりと間を置いた。

「この場にいる誰かが今回の手入れを仕組んだのだ！ その誰かが純化同盟に苦情の電話をして、同盟から警察に伝わった。そしてわざとフットライトの警告灯をつかないようにして、わたしが気づいたときには、いつものように警察の友人を介して穏便にことを収めることができないようにした。そいつらはこのH・I・モスよりも頭がいいとうぬぼれているのだ。しかるに、わたしはどうやってこれらのことを知ったのか。それはわたしには友人たちがいるからだ。そのような愚か者たちがいると警告してくれる友人たちが。そしてこれがその卑劣漢どもへの答えだ」

彼はウェイターを呼んだ。「受付にあずけたブリーフケースを持ってきてくれ」

ほどなくしてウェイターが黒い革のブリーフケースを持ってあらわれた。モスはそれを受け取ると、留め具を外し、革のストラップをほどくと、テーブルの上にぶちまけた。出てきたのは何かの証書とおぼしき書類で、どれも三つ折りにたたまれ、まとめて端をクリップで留めてあった。モスはそのなかの一枚を取り上げると、よく見えるようにラ・ヴェルヌの鼻先につきつけた。

ラ・ヴェルヌはぽかんと口を開けた。「まさか、これって……」

モスがその言葉を遮るように答える。「そのとおり、オールド・オペラの株券だ。わたしの所有している株式だ。わたしは諸君全員に一株ずつ、無償で、全額払い込み株式として譲渡する」彼は上座に近づいてこようとするマンディを呼びよせた。モスはマンディの肩をたたき、株券を手渡した。「これが、バーレスク業界の屋台骨たるわが劇場を閉鎖することができると思いこんでいる愚かな卑劣漢への答えだ」

マンディはあっけに取られたまま、株券とモスの顔を交互に見比べていた。そして照れくさそうに感謝の言葉をつぶやくと、自分の席に戻った。マンディが着席して書類を広げるまで、わたしたちはモスがしたことの重大性がわかっていなかった。フィルがマンディの肩越しに身を乗り出して、小さな文字を読んだ。それはモスが特別に印刷させたものだった。紙の上部にはモスのスローガンが黒い活字で記されている。〈髪が銀になるころにはポケットに金。モスを信じれば、損《ロス》はなし〉

「こいつは本来なら金を出して買うべきものじゃないですか！」フィルが嬉しそうにいった。

モスがしてやったりとばかりの笑みを浮かべる。「当然じゃないか。わたしにとって役者たちは市民も同然。誰しも自分のために働くほうがいっそう身が入るというものだ」

モスが話しているあいだも、ラ・ヴェルヌはラッセルを肘でつついて話しかけていた。「自分たちのために働くほうが、なんていい気なもんね。もし劇場が本当に閉鎖されちゃったら、二十五セントほどの値打ちもありゃしないわ。どうせなら、自分の持ってる親株をくれればいいのに」

モスはお辞儀をしながら、出演者たちの感謝の言葉を受けていた。モスがそっちに気を取られて、ラ・ヴェルヌの言葉を聞いていないといいんだけど、とわたしは思った。だが、耳ざとくそれを聞きつけたビフがわたしに片方の眉をあげてみせた。

「われらがプリマドンナがさっそく贈り物にケチをつけてるぜ」

その言葉に笑ったとたん、喉に痛みが走った。コンパクトを開いて、喉に跡が残ってやしないか確認していると、ビフがどうしたんだと訊ねてきた。

「あの大きな手をした女警官ときたら、逮捕のとき、あやうくわたしを絞め殺すところだったのよ」とわたしは答えてから、はたと口をつぐんだ。「大きな」で思い出したことがあったのだ。わたしは首を絞められながら、そいつの手に爪を食いこませた。その手は薄っぺらで痩せていた。でも、あの女警官の手は肉厚でがっしりとしていた。

「あのごわごわした赤い毛……わたしの首を絞めつけた手には、あんなごわごわした毛はなかった。わたしを絞め殺そうとしてたのは、あの女警官じゃなかったのよ！」

ビフは横目でちらりとわたしを見てから、なみなみと注がれたシャンパングラスに目を戻した。

「この匂い程度で酔っぱらっちまうなら、きみはシーグラムのゼロ・クラウン〔シーグラム社のウィスキー、セブン・クラウンには七つの王冠がラベルに記されていた〕で充分だね」と彼はいった。「それとも、誰かがきみを殺そうとした、といいたいのかい？」

「そうじゃないけど……」わたしは答えた。「でも、わたしはたしかにあの手がぐいぐい締めつけてくるのを感じたのよ。それに照明が消えちゃったこととか。モスだって内部の人間の仕業だっていってたじゃない……」

「ただの偶然だよ」ビフはあっさり受け流した。「安っぽいスリラー小説ばかり読んでいるから、そんなことを考えるのさ。もし誰かがつかみかかったとしても、そいつも出口を探して死に物狂いになってただけさ。第一、あの暗がりで誰が誰やらわかるわけがないだろう？　そもそも、誰が……いや、もう、それくらいにしておけよ」

ビフの笑顔を見て、いくらか気分も楽になったが、それでも内心では、殺意がないかぎり、わざわざ人の首につかみかかったりするわけがないと思っていた。

ジージーが威勢よく席に戻ってきた。彼女は手に株券を握りしめて、ビフを小突いた。「ほら、そちらさんの番よ」と彼女はいった。「サンタさんを待たしちゃだめ」

ビフは椅子から立ち上がると、ゆうゆうたる足取りでテーブルの上座に向かった。彼が必死に無頓着を装っているのは丸わかりだった。まるで日曜学校のお楽しみ袋から景品を引こうとする子供みたいだった。

マンディがすれ違いざま、ビフにひそひそ声でいった。「気前のいい旦那にお礼を忘れるなよ」

ビフはその言葉を無視したが、首のうしろが赤く染まっていた。彼はモスから株券を受け取ると、一目散に椅子まで戻ってきた。そして腰をおろす前に、グラスのシャンパンを一気にあけた。

「こいつはちょっとした試練だな」と彼はいったが、それが贈り物を受けたことに対してなのか、シャンパンを一気に飲んだことに対してなのか、わたしにはわからなかった。グラスをおろして顔をしかめたところを見ると、たぶん、そのどちらも多少は当たっているのかもしれない。

「おれには人がいうほど美味《うま》いものだとは思えないがね」と彼はいった。「まるでクエン酸マグネシウムを飲んでるみたいだ」

マンディも自分のグラスを空けていた。彼はグラスの底に残った数滴を、縮れた髪になすりつけて、猛然とマッサージを始めた。「これで誰かにシャンパンを飲んだことがあるかと訊かれたら、飲むどころじゃない、頭から浴びたんだぜ、といってやれる。浴びるのも飲むのと同じくらい悪くないぜ、ってな」

モスにはこうなることはわかっていたに違いない。次にあらわれたウェイターの一連隊はスコッチとライ・ウィスキーのボトルを手にしていた。株券ではラ・ヴェルヌを満足させられるほど気前がよかったわけではないが、パーティをけちるようなしみったれた男ではなかった。ボトルが目の前を行きかうのを見ているうちに、頭がくらくらしてきた。ステーキについてもはったりではなかった。運ばれてきたのはこれまで見たこともないほど大きく、上等な、ポーターステーキだった。

ウェイターのひとりがモスの前にもステーキの皿を置こうとしたが、彼は優雅な手ぶりでそれを断った。そしてシャンパングラスを回して、鼻をつけ、目をつむってかぐわしい香りを吸い込んだ。

まるで遠近両用眼鏡をかけたバッカスみたい、とわたしは思った。突然、モスが眉をしかめたので、わたしはうっかり声に出してしまったのかと不安になった。だが、モスはふたたび立ち上がると、大テーブルに居並ぶ面々をじっくりと見渡した。

「このささやかだが、幸せなわが家族を引き裂こうとする者は、卑劣漢以下だ」

そしていつものとおり、モスの言葉は正しかった。

第三章

パーティがお開きになるころには、すでにマチネの開演時間が迫っていたので、わたしとビフはそのまま劇場に直行することにした。わたしたちは二階建てバスで五番街の端まで行き、そこから徒歩で向かった。新鮮な空気を吸ったほうが少しでも気分がよくなるとビフは思ってたみたいだが、マチネに出る気力を奮い立たせるにはそれだけでは足りなかった。

昨夜はあまりに目まぐるしすぎた。ひと晩に警察の手入れとシャンパンなんて最悪もいいところだ。

「アスピリンを飲むといいんじゃないかな」ビフが助け舟を出してくれた。

わたしたちは劇場近くのドラッグストアに入り、ビフはコーヒーを注文した。わたしはアスピリンとブロモセルツァーとアルカセルツァーを流し込んだ。ようやく気分も楽になったので、わたしもコーヒーを頼んだ。

二杯目のコーヒーを飲みながら、わたしはドリーの前科のことや、営業許可委員会が劇場を閉鎖させようと躍起になっていると彼女がいっていたことなどを打ち明けた。

「まあ」ビフはうさんくさそうに答えた。「それでドリーは除外されるじゃないか。彼女が密告者でないことだけはたしかだね」

ビフが何をいってるのか一瞬わからなかった。それから、例の手入れが劇場内部の密告者によるものだとモスがいっていたことを思い出した。

「それって誰でも警察に苦情か何かの電話を入れて、手入れさせようと思えばできるってこと?」そういいながらも、自分では割り切れないものを感じていた。「それでいうならわたしだって、教会の伝道集会に文句いってやりたいわ。だって……」

「バーレスクの世界では事情が違うのさ」ビフが説明した。「そもそも手入れをやりたがっているのは警察じゃなくて、自称『純化同盟』のほうさ。連中がしょっちゅうやいのやいのいってくるから、警官だって知らん顔ばかりしているわけにはいかない。まったくというわけにはね。だから警察はモスに電話して、これからお邪魔するからと予告する。するとステージには警告のフットライトが点灯するっていうわけさ。連中が劇場に到着するころには、おとがめを食らうようなものは何もないっていう寸法だ」

「おとがめを食らうってどういうことよ」わたしは言い返した。「観客から見えないのに網パンツをはいていようといまいと、なんの違いがあるの? わたしには理解できない。それにもうひとつ、警察に通報したのが劇場の誰かだったとしたら、自分の首を絞めるようなものじゃない? 株券だって価値がなくなっちゃうわ。わたしたちもいまやれっきとした株主なんだから」

「元の株券なら価値はあるんだよ」ビフが思い出させるようにいった。「たとえば、どこかの大企業が地下鉄をオールド・オペラの下に通そうとしたとしよう。土地を所有している者は当然大儲けができる。バーレスク劇場があるからといって計画が中止になることは絶対にないからね。今回の場合、土地は株主たちが所有している。モスは多くの株を持っているが、警察に通報する必要はない。ただ、劇場を閉鎖すればいいだけの話だ。だが、賃貸契約では劇場を閉鎖してはいけないことが条件になっている。一か月かそこいらなら、改装だとかなんとか理由をつけて閉めておくことはできるだろう。だが、それ以上長くなるようなことになればアウトだ。ラ・ヴェルヌも同じ穴のムジナさ。彼女も前の株をいくらか持っているからね」

ボーイがビフの前に注文したスクランブルエッグの皿を置いた。彼が食べているあいだ、わたしは彼がいったことについて考えていた。

「彼女だって、劇場の外にいなくちゃ、警察に密告なんかできるはずがないわ」わたしはほとんど自分に言い聞かせているようなものだった。ビフは食べるのに夢中でほとんど聞いてなどいなかったからだ。警察の面通しに並ぶロリータ・ラ・ヴェルヌ〈黄金の声を持つ女神〉。彼女にそんなことが耐えられたらの話だが。

「とにかく、彼女にはフットライトを点けないようにすることはできなかったはずよ」

「どうして？　配電盤の近くに立ってブザーを隠せばいいだけの話じゃないか。腕か何かを上に伸ばして……ああ、そうだ……」ビフはフォークをカウンターに投げ、皿を押しやった。そしてスツールから飛び降りると、戸口めがけて走り出した。「すぐ戻ってくる」

五分もたたないうちに、ドアが勢いよく開いて、ビフが戻ってきた。説明する前に、彼はあらたに卵をふたつ注文した。

「ブザーのそばには誰もいなかったそうだよ」彼はいった。「そもそも故障していたんだ。誰かが配線を切っていたのさ。文字どおりぷつんとね」

するとモスは正しかったのだ、とわたしは思った。あれは内部の人間の仕業だった。でも、誰が？　むろんラ・ヴェルヌであるはずがない。前科持ちのドリーでもない。ジャニーン？　それともジージーが？

「ビフったら！」彼はすっかりもの思いにふけっていたので、もう一度呼ばなければならなかった。「どんな企業だろうと、そんな話があるんなら絶対に情報を漏らしたりはしないだろうし、バーレスクの役者なんかと組むはずがないわ」

「きみのいうとおりだよ、パンキン」ビフが答えた。「それだけじゃない。そういう連中はバックステージでブザーに小細工するような真似はしない。そんなのはやつらのやり方じゃない。ただ、少しずつ圧力をかけていく。そうやってじりじりと弱者たちを締め出していくのさ」

彼はそれきり黙って二皿目の朝食を平らげた。わたしはコーヒーを飲み終え、ふたりそろって劇場に向かった。そして配電盤の前で立ち止まった。彼は警告用のブザーをわたしに見せた。

「たしかに切られているみたいね」わたしは同意した。「でも、たまたま何かの拍子に切れたってこともあり得るわ」

「そうだな。きみがそう思いたいのならそれでいいさ」彼はそういってわたしのあとから上階にあがってきた。

楽屋は息苦しく、むっとしていたので、ビフが窓をあけてくれた。やがて女たちが三々五々にあらわれると、彼は三階にあがっていった。

みんなはそっけなく朝の挨拶を交わした。たぶん、わたしと同じようにもやもやした気分を抱えていたのだろう。最後に入ってきたドリーだけがやけにうきうきしていた。彼女は小脇に缶ビールを三つ抱え、空いているほうの手に新聞の束を抱えこんでいた。

「どの新聞にもわたしたちが一面に載ってるわよ」彼女は上機嫌で叫ぶと、ドアを後ろ足で蹴って閉めた。ラ・ヴェルヌがそそくさとブロモセルツァーを飲みこんでから応じた。

「こっちは二日酔いで死にそうだっていうのに、誰かさんときたら新聞を抱えてお気楽なもんね」

死にそうな思いをしているのは彼女だけではなかった。額に載せた濡れタオルはついさっきまで冷たかったのに、早くも生温く、重たく感じられた。コーヒーで一時的にリラックスした気分もどこかに吹っ飛んでしまっていた。「とてもマチネなんか出られそうにないわ」とわたしがいうと、ジージーが何か泡立つ飲み物をくれた。それを飲んでみても、気分はいっこうによくはならなかった。彼女もまた自分用に一杯作ったが、それを飲み下したとたん、顔をしかめた。

シンクに頭をつけていたサンドラが息継ぎのために顔をあげた。「こんなひどい気分生まれて初めてよ」

彼女の言葉に嘘はなかった。サンドラの顔は真っ青だった。彼女は血走った眼をジージーに向けた。

「わたしたちもしかしたら毒を盛られたんじゃないかしら?」

「毒が聞いてあきれるわ」ジージーが応酬する。「あんたはモスが破産するほど飲んだくれただけよ」

ドリーがビール缶をわたしの鼻先に突き出した。「これをちょっと飲んでみなさいよ。そりゃあ、ゆうべのシャンパンには劣るけど」わたしはひと口だけすすった。ドリーはなおも続けた。「これ、ルーイが届けてきてくれたのよ。あとからもっと届けてくれるって。金のなんとかをお持ちの女王様にお届けするようにいわれてるんだけど、あの様子《ざま》じゃね……」

「あんたの言う通りよ、この性悪女」プリマドンナが息も絶え絶えに応じる。「わたしの具合が悪いのをいいことに、勝手な真似をしようってわけね。ちょっとやめてったら！」弱々しく手を振るプリマドンナに、ドリーは笑いながらビール缶を押しつけた。

ジージーとジャニーンはわたしのビールを仲良く分け合いながら、夕べのパーティの素晴らしさを思えば二日酔いなんて安いものね、と言い合っていた。ふたりのおしゃべりを尻目に、わたしはもうひと口飲んでみた。ビールはよく冷えていておいしかったので、ジャニーンに渡す前にもう一口もらった。ジャニーンは残りを飲み干すと、口紅が残った跡に自分のイニシアルを入れてから返してよこした。

「ちょっと待ちなさいよ」ジージーが叫んだ。「そのビールはあんたたちだけのものじゃないのよ。わたしも仲間に入れてちょうだい」彼女はわたしが自分の口紅マークの下にイニシアルを入れるまで待っていた。

「本当はルーイからもらうのは気が進まないんだけどね」彼女はビール缶を傾けながらいった。

「あの男は必ず何かお返しを要求してくるから」そういいながら、彼女はラ・ヴェルヌのほうに目をやり、彼女がその細い手首につけた二個のブレスレットを回しながら一番大きなダイヤモンドを光にかざすのを見ていた。

ラ・ヴェルヌは愛おしそうにブレスレットを揺らしながら薄笑いを浮かべて答えた。「さあ、それはどうかしらね」

ジージーが鼻を鳴らした。「その袖章だってあんたが『ノー』っていったからもらえたわけじゃないでしょ」ラ・ヴェルヌが答える前にジージーは続けた。「一週間に二度は目に青あざを作ってくるわ、唇は切れてるわ、鼻から血を流してるわ。代償なしってわけじゃないでしょ」

ショーの看板娘アリス・エンジェルが舌足らずな口調でいった。「わたしなら、お母さんからもらったブローチで満足ですぅ」ラ・ヴェルヌにきっと睨まれて口をつぐんだが、それも一瞬のことだった。「ルーイはきっと、刑務所のなかがどんなだったか知りたくって、わたしたちにビールをくれたんじゃないでしょうかぁ」彼女は真剣だった。

「あいかわらず、鈍いお頭《つむ》ね」ジージーがぶっきらぼうに答える。「ルーイはアルカトラズ刑務所から郵便物を転送させてるのに、いまさら何を知る必要があるのよ」

アリスはぷっと口を尖らせた。「んもぉ!」だが、『デイリーニュース』紙を広げたときにはもうすっかり機嫌は直っていた。「二ページめにわたしたちのことも出ていますよぉ。写真を見てごらんなさいな。サンドラ、あなたが階段をのぼってるところもぉ」

サンドラは『タイムズ』紙をカウンターに放り投げた。彼女はアリスのところまでやってくると、こういった。「この新聞にはここがれっきとした劇場だってことも書いてないわ」彼女はアリスから新聞をひったくった。

「何よ、このひどい写真は！　せめて顎くらいは修正してくれればいいのに」彼女は数行目を通してからいった。「聞いて。『リアルトのバーレスク、風紀スパイの偵察を食らって警察の手入れ……だが、彼らはまるでブロードウェイの一流俳優たちのように、堂々とリムジンで警察署に乗りつけた。一座の花形ジプシー・ローズ・リーはひどくおかんむりだ。彼女によれば、楽屋に踏み込んできた警察官のひとりが逃亡の恐れがあるとして、ビーズ玉の衣裳からミンクのコートに着替える間も出ていかなかったという――』」

「ビーズ玉ですって！」わたしは思わず叫んだ。「そんな衣裳、これまでのステージで一度だって着たことないわよ」

サンドラは記事を読むのをやめてこういった。「だったら生まれたときからミンクを着てたんでしょうね」

「わたしのこと書いてあるところをもう一度読んでみて」ドリーがせがんだ。

「『わたしは家庭的なタイプの女なの』とどちらかといえば家庭的とは正反対に見えるブロンドのドリー・バクスターはいった』」

「そこじゃないわよ、馬鹿ね」ドリーが文句をつけた。「わたしがハリウッド出身だってところよ」

「そう、急かさないでよ」サンドラがいらだった口調でいう。「『わたしはハリウッドから成功を夢見てはるばるこの田舎者が集まる大都会にやってきました。ロサンジェルスとニューヨークの間には北アメリカ大陸が横たわっているという言葉の意味がつくづくわかりますわ――』」

「ちょっと今のいいじゃない」ドリーは満足げな声を出すと、サンドラの手から新聞紙をひったくり、くだんの記事を丁寧に切り抜いた。彼女がメイク用の鏡に少量のドーランでそれを貼り付けているあいだ、サンドラは別の記事を読み始めた。

「**純化運動家、エイダ・オニオンに鼻をつまむ。**『見ているだけで涙が出てきそうです』と悪徳弾圧協会の会長は電話口の向こうで涙にむせんばかりに語る。『いったいこれはどういうことなんです?』彼女は記者に訊ねかけた。『まるで天国までぷんぷん臭ってきそうじゃありませんか。あんなものはさっさと追い払ってください。バミューダのエイダ・オニオンだか何だか知りませんが、わたしにはゲヘナのガーティ・ガーリックとしか思えませんね』」

「ゲヘナ?」ドリーが聞き返した。「そんなの初めて聞いたわ。辞書はどこだっけ?」彼女はがらくたをかき分けるようにして探した。それは『サイエンス・アンド・ヘルス』誌と何冊もの星占いの雑誌に埋もれていた。

「『さぞかし白熱した捕り物になるだろう……』と担当の巡査部長は語った。そして志望者をつのると、その場に待機していた警官たちは全員いっせいに立ち上がった。二三及び二四ページに関連写真』」

「ギーザー（変人）……ゲーゲンシャイン（対日照）……あった、ゲヘナ！」ドリーが辞書の該当箇所を指で押さえた。

「ゲヘナ。ごみ捨て場という意味で使われる。地獄もしくは囚人たちが罰せられる場所」辞書から顔を上げたその目には小ずるそうな光が宿っていた。「ねえ、これならあいつらを訴えられるわよ。ここはごみ捨て場だなんていわせないし、わたしたちが誰かを苦しめてるなんて証明できないし。いっそこっちから名誉棄損か何かで――」

「そうやってしょっちゅう訴えるだの騒ぎたててるけど」ラ・ヴェルヌがせせら笑った。「そちらさんこそ、さんざんヤバい橋を渡って逃げおおせてきたんじゃないかしら」

ドリーは辞書を床に叩きつけると、椅子から立ち上がった。そして拳を固めてラ・ヴェルヌの前に突き出した。「もういっぺんいってみなさいよ。そしたら、こいつをあんたの眉間に叩きつけてやる！」

ドアを乱暴に叩く音がして彼女を押しとどめた。

「よう、姉ちゃんたち、入っても大丈夫な格好してるかい？」モーイの声がした。

アリスが口を尖らせる。「あんな言い方ってないですぅ。なんだか失礼じゃないですかぁ」彼女はそういいながらギンガムチェックの部屋着をはおった。ほかの女たちも急いで手近なものを引っかけて、ドアを開けた。そこにいたのは売店係のモーイで、大きな包みを膝で抱えながら立っている。

「ずいぶんと時間がかかるんだな」彼はぶつぶついった。「あれだけ見られてるんだから、今さら恥ずかしいもへったくれもないだろう」モーイはかさばる包みを抱えなおして、よたよたと楽屋に入ってきた。「誰かハサミを貸してくれ」と彼はいった。「ちょっとした掘り出し物を持ってきたぜ」

　モーイが明かりの下に入ってきたところで、あらためてわたしは彼をまじまじと見た。その服を見たとたん、またしても頭痛がぶり返してきた。生まれてこのかたあんなスーツは見たこともない。その生地には紫一色では足りないといわんばかりに、緑と黄色の糸が縦横に走っていた。シャツまで見る気にはなれなかった。そんなものを見たらめまいがしてきそうな気がした。

「何それ！」ジージーが息を呑んだ。「まるでボー・ブランメル〔ジョージ四世下のイギリスで伊達男ブランメルとして知られる〕じゃないの！」

　モーイは微笑んでみせたが、疑わしげな目で彼女を見た。「それはいい意味で、ってことかね？」彼は訊ねた。「そのボー何ちゃらってやつは」

「あら、もちろんいい意味でいってるのよ」とジージー。

　彼女の笑い声でモーイはすっかり気をよくした様子だった。彼は声を合わせて笑ってからこういった。「ハサミかナイフを貸してくれ。掘り出し物を持ってきたんだ」

　ジャニーンが太い紐を切るためにネイル用のハサミを手渡した。モーイはグリーンのソフト帽を押し上げると、ハサミを手に作業に取り掛かった。

「わたしにも手伝わせてよ」ジャニーンが叫ぶ。

　彼は紐以外の部分を次々に切り始め、ついでに自分の手も切ってしまった。「いいからあっちに行ってろ」と彼はいった。「たまには俺にも気前のいい慈善家婦人《レディ・バンティフル》をやらせてくれよ。といっても、こっちは五体満足だがね」レディ・バンティフルがすっかりつぼに入ってしまい、わたしは頭痛を忘れて笑い出していた。

彼は包みを全部開いた。わたしたちの前に大きな薄いブルーのエナメルの台座と真ん中が膨らんだ大きなボウル状のものがあらわれた。

「まあ、トイレじゃない！」わたしたちはいっせいに叫んだ。「いったいどこから……」

「細かい質問はなしだぜ」モーイが意味ありげにいった。

「まさかヤバいものじゃないでしょうね？」ジージーが訊ねる。

「ヤバいとはどういう意味だ」モーイは憤慨した様子だった。「誰がトイレなんぞ盗んでくるものかね」

ジージーは必死で相手のご機嫌をなだめようとした。「そうじゃなくて、わたしがいいたかったのは、どうやってこんなに早く、しかも、どうやってこれを手に入れたのかってことなのよ」

「ああ、それならこういう次第さ」彼はスーツの上着を開くと、人魚のイラストが描かれたピンク色のサスペンダーに両手の親指をかけた。「つまり、ちょっとした友人《ダチ》がいてね。それでビフと一杯やってるときに、お嬢さんがたがトイレがおんぼろだと文句をいってるという話を聞いたのさ。新しいのを買うためにみんなで金を出しあってるってこともね。で、このダチを思い出したってわけだ。そいつとは……」

「いいから、さっさと本題に入ってよ」ドリーが苛立たしげにいった。

「さっきもいったように、このダチとは長い知り合いなんだ」むっとしたような目でドリーを見てからモーイは続ける。「で、さっそくそいつに連絡してみたというわけさ。昔、一緒に働いていたこともあってね。そいつは足を洗ってから水道工事屋になった。で、俺は当然そいつのことを思い出したというわけさ。そしたら、なんと卸値で譲ってくれることになったのさ！」

ドリーでさえもすごいわ、といわざるを得なかった。ジージーは彼の首に腕を巻きつけて額にキスをした。わたしはおぞましいスーツに近づく気にはなれなかったので、大きな声で感謝を述べるだけにした。

「卸値で手に入れようなんてふつうは考えつかないわ」わたしはいかにも感心したような口調でいってやった。

モーイはすっかり気をよくした様子だった。「正札通りの値段を払うなんぞ、間抜けがやることさね」と彼はいった。「こいつは便座なしでも七十五ドルはする代物でね。そいつを四十ドルで売ってくれた上に、便座もおまけにつけてくれた。それだけじゃなく、こいつを取りつける費用も安くさせてやろうと思っているんだ。ふつうの水道工事屋なら十ドルは取られるだろうが、おれのダチはそれを半分でやってくれる。やつは組合に入ってないんでね」

「そんなのだめよ！」ジャニーンが椅子から飛び上がった。彼女はバーレスク芸術家組合の書記に任命されたばかりで、その任務にひどく燃えていた。しゃべりだすにつれ、その目がらんらんと輝き始める。

「水道工事屋さんにだって組合はあるはずよ。あたしたちにもあるわ。組合同士でお互い助け合わなければ意味がないわ。あたしたちが組合を作るまでは、どんな思いをしてたのかもう忘れたの？一日十回のショー、特別手当はなし、なんの予告もなしにクビにされる。コーラスガールはたった週十七ドル。一週間に四十時間もリハーサルさせられてるのによ？」

ドリーが気乗りしない声で「バーレスク《B》芸術家《A》組合《A》万歳」とつぶやいた。

アリスがジャニーンに悪意のある視線を投げた。「またそのご高説を一から聞かされるんですかぁ」

「そういうわけじゃないわ」とジャニーン。「だけど、あたしがここにいる間は、そんな卑怯な裏切り者を入れるわけにはいきませんからね！」

「ああ、そうかい」モーィは気分を害したようだった。「だったら十ドル払うがいいさ！」彼はドアを叩きつけるように閉めて出ていった。

「ちょっと、なんてことといってくれるのよ」ジージーが非難した。「おかげでわたしたちでこの厄介な代物を動かさなくちゃならなくなったじゃないの。あんたの『労働者同志の夜《トゥナイト》』とやらのせいで」

「『連帯《ユナイト》せよ』だってば。『夜《トゥナイト》』じゃないわ」ジャニーンが真面目くさった口調でいった。「それにこの部屋で組合員以外の臭いを嗅ぐくらいなら、自分の手でやったほうがましよ」

いうことだけは大きいが、ジャニーン本人は小柄だった。かつてコロンビアがニューヨークの劇場としてならしていた時代は〈ランウェイのダーリン〉と呼ばれた花形だった。だが、消防署の命令によってランウェイがとうの昔に取り外され、コロンビア劇場がつぶれてから十年は経とうという今、ジャニーンが演じているようなショーにはいささかとうが立ち過ぎていた。たとえば今週上演している『わたしとわたしのベイビーをもらってちょうだい』のような演目には。彼女はなんと幼児が着るような短いベビードレスに、大きなぬいぐるみの人形を抱えて出てくるのだ。ストリップが始まると、観客は大きな安全ピンでとめられたピンクのおむつをちらりと見せつけられることになる。観客にせがまれればおむつを脱ぐこともあったが、それにはかなりのご機嫌を取らなければならなかった。ここ数年は、おむつをつけたままでショーを終わらせていた。

楽屋のどまんなかに鎮座する薄いブルーのトイレを押したり引っぱったりする彼女の姿はどこか滑稽で、わたしたちも手伝わないわけにはいかなかった。

ジージーが息を切らしながらいった。「ねえ、どうせならわたしたちでちゃんとした除幕式をやりましょうよ」

「それ、素敵！」アリスが陽気に手を叩いてみせた。「将軍さまが馬に乗ってる銅像の除幕式みたいな立派なのがいいですぅ」

「パーティを開きましょう」ジージーが宣言する。「それも盛大なやつを」

「役者たちだけで」サンドラがつけ足した。

「それから道具方も」とジャニーン。

「玉座をプレゼントしてくれたモーイとそのお友達も忘れちゃだめよ」ドリーが釘をさすようにいった。それからわたしのほうを向いた。「あなたはウェイターたちに仕出しの手配をして」わたしがうなずくと、彼女はサンドラに招待の手配をするようにといった。ジャニーンは当然ながら水道工事屋を探しにいくはめになった。

「ルーイはお酒の商売をやってるんでしょ」彼女はラ・ヴェルヌにいった。「ずいぶんと仲がおよろしいようだから、ビールやその他の飲み物はあなたにお願いね」

土曜日はいつも深夜興行が行われることになっていて、最初のショーと最後のショーの間に一時間半ほどの空きがあるので、その時間にパーティをやることにした。どちらにせよ、その時間にはいつもパーティめいた会食が行われていたのだ。先週の土曜日はスペアリブだったが、役者たちは自分の出番が終わるまでに肉がなくなることを恐れて、全員自分の取り分をステージにもっていってしまった。それ以来、劇場はスペアリブ禁止令を出した。だったら中華料理がいいのでは、とわたしは考えた。さすがにそれをもってステージに出るわけにはいかないだろう。

メニューを考えていると舞台監督が叫ぶ声がした。「前奏だ！　音楽はもう始まってるぞ」彼は勢いよく楽屋のドアを開いてずかずかと入ってきた。そして皮肉っぽい口調で続けた。「お嬢さんがたの邪魔はしたくないが、ショーはもう始まってるんだ」

サミーは舞台監督としてはまあまあだったが、人格的にはいささか難があった。これまでにもさまざまな舞台監督のもとで働いてきたが、彼ほど自分が役者や劇場を仕切っているなどと考えている人間にお目にかかったことはない。サミーは機嫌が悪くないときはいい人間だった。だが、すぐに機嫌が悪くなるのだ。今も階段を駆け下りるドリーに向かってこう叫んでいた。「オープニングに出とちりしたら、給料を減らすからな！」

それから今度はジージーが編んでいるベッドカバーを手に取り、うわのそらで目をほどきながら、壁に貼られた新聞記事の切り抜きに目をやった。

「あんな手入れがあったんじゃ、入りが悪くなる」彼は悲しげに首を振ってみせた。それからベッドカバーを下に置き、鏡のうしろに手を伸ばして酒壜を取り出した。親指でエナメルのキャップを開き、唇にボトルをあてがう。「だがな」と彼は咳払いした。「おれたちがショーをお上品にしろというやつらの要求にしたがったら、ビジネスはおしまいだ」彼はボトルを元の場所に戻すと、それ以上何もいわずに出ていった。

「あの人、モスから〈ムーアズ〉に呼ばれなかったものだから、落ち込んでいるのよ」ジージーが同情するようにいった。彼女はサミーがベッドカバーの糸をほどくところを見ていなかった。もし見ていたら、あんなに同情的にはなれなかっただろう。

「こんなひどい二日酔いに悩まされるとわかってたら」サンドラがうめくようにいった。「あいつに代わってもらって、あいつが苦しめばよかったのよ」

ジージーは唇に指をあて、忍び足でドアに向かった。サミーは盗み聞きの常習者だったので、現場を取り押さえようとしたのだ。だが、今回は彼のほうが早かった。ジージーがドアをさっと開いたときには、すでにサミーは階段を途中まで下っている最中だった。

第四章

中華料理屋の厨房に続くベランダは、わたしたちの楽屋の窓に面していた。ラ・ヴェルヌとそこのウェイターたちが大喧嘩をする前は、よくベランダから屋根を伝って料理を受け渡したものだった。

喧嘩が起きたのは、インディアン・サマーの猛暑のさなかだった。ウェイターたちは涼みにベランダに出てきたし、わたしたちも同じ理由で窓を開けっ放しにしていた。たしかにこちらをのぞく連中もいた。それは認めるけれど、半裸の女性たちが大挙して着替えをしている楽屋をのぞかずにいられる男なんてこの世にいるだろうか。そのことにいちゃもんをつけたのはラ・ヴェルヌただひとりだった。彼女はつかつかと窓に向かい、アヘン中毒者だの危険な黄色人種だのと罵り、あげくのはてに全員国外追放にしてやるといきまいた。

だったら、なぜわたしたちのように窓から離れたところで着替えないのか、と彼女に訊いたことがある。

「なんでわたしがそんなことしなくちゃならないのよ」ラ・ヴェルヌはわめきたてた。「わたしにはどこでも好きに脱いだり着たりする権利があるはずよ。ここはわたしの居室なんですからね」

「そりゃ、そうかもしれないけど」とわたしはいった。「でも、あの人たちだって自分たちの店のベランダにいる権利はあるわ。それに厨房では、舞台の上よりもずっと暑い思いをしているはずよ」何をいっても無駄とはわかっていた。彼女にも心はあるが、それはレジと同じように金《キャッシュ》がなければ動かないのだった。


ついにラ・ヴェルヌがウェイターの一人にコカ・コーラの壜を投げつけるという暴挙に及んだ。壜は相手のこめかみにまともに当たり、男はひっくりかえってしまった。仲間のウェイターたちが警官を呼んだので、それから二、三日は蜂の巣をつついたような騒ぎになった。ラ・ヴェルヌはウェイターの治療代として十ドルを払うことになったが、ひびが入った美しい友情を修復する副木代《そえぎ》は含まれていなかった。それからは、こちらから電話しないかぎりは屋根越しに料理を受け渡しすることもなくなった。わたしのことはどう思っているのか知らないが、こちらが「ホラ・マー」と呼びかけると彼らは応えてくれるのだった。


わたしは金曜日の夜になってからパーティの料理を注文することにした。白い上着をつけた小柄な姿がベランダにあらわれ、わたしの挨拶に応えた。

「明日の夜、二十五人分の料理をお願いしたいの」

するとその人物は厨房に姿を消した。わたしはしばらくの間待っていた。やがてぎいっと音をたててスクリーンドアが開き、男が再び姿をあらわした。片方の手にメモと鉛筆を持っている。もう一方の手には小さな箱を抱えていた。厨房の戸口から流れ出る光越しに、彼が屋根を渡ってくるのが見えた。

「四十五セントの並定食にするかね？　それともスペシャルに？」

「スペシャルでね」わたしは答える。「それと鶏焼きそば十人前と、エビ入りチャーハンを六人前」

「クワイをたっぷりね」男はそうつけ加えた。メモ帳を窓辺に乗せ、器用な茶色い手が春巻き十二人前と焼き豚十人前の注文を中国語で書きつけていく。「フルーツカクテルは？」

「そうね。あとお茶と餅菓子とか、とにかくいろいろお願い」

男は注文を書き終えると、メモ帳と鉛筆を上着のポケットにしまった。

「明日の夜」わたしはいった。「十一時三十分ぴったりにお願いするわ。いい？」

男は答える代わりにうなずいた。すると再びあの箱があらわれた。アルミホイルのようなものでくるまれたそれをわたしに差し出す。「チョウセンニンジンの根っこだよ」彼は慎重に英語を選びながらいった。「罪人を殺した絞首台の下にしか生えない。これを食べると、永遠に生きられる」

あんまり気が進まないわ、とわたしが答える前に、男はわたしに包みを押しつけて、踵を返した。

「ホラ・マー」わたしは呼び止めようとした。「ちょっと待ってよ」白い上着が夜闇に燐光のように浮かびあがった。柔らかい上履きが屋上の砂利を踏む音がして、今一度スクリーンドアがきしんだ音をたてたかと思うと、男は厨房に姿を消した。

箱を手にしたまま、わたしは化粧テーブルに戻った。女たちの前でこれを開ける気にはなれなかったけれど、劇場がはねて外に出るまで待つ気にもなれなかった。箱はそこそこの重さがあり、赤い蠟で封印されていた。わたしは箱を耳元にあてて、軽く揺すってみた。

「爆弾だったらどうしよう」とわたしは思った。「でなきゃ、開けたとたんに毒ガスが噴き出してきたりして」わたしは手のなかで贈り物の箱をもてあそびながら、しばしその場に立ち尽くしていた。「暴力による死」という言葉が思い浮かんだ。

ジージーの急かすような声がした。「ちょっと、もう二度も呼んでるのよ」と彼女はいった。「なあに、その箱は？」

これは中華料理屋のウェイターからもらった植物の根っこで、絞首台の死人の下にしか生えないものだと説明してやると、彼女は眉をあげて、疑わしそうにわたしを見た。

「これを食べると、永遠に生きられるんですって」

ジージーはぷっと吹き出し、みんなのほうを振り返った。「ジプシーに新たなご贔屓《ひいき》さんができたみたいよ」彼女は箱をわたしの手から奪い取った。「中華料理屋のウェイターからのプレゼントで、これを食べれば永遠に生きられるんだって」

ジージーが封蠟を破り始めると、女たちがわらわらと集まってきた。最初の封蠟はもろくてすぐに取れたが、二つ目のそれは固くて、マニキュア用のやすりでこそげ落とさなければならなかった。

わたしは急に部屋から出ていきたくなった。箱に抱いている恐怖は他愛もない子供っぽいものだとはわかっていたが、どうにもならなかった。わたしはひどく怯えていた。「あの箱には花が入ってるのかもしれないわ」わたしは思った。「空気に触れるとたちまち粉々になって消えてしまうような花が」そしてあたり一面には甘ったるい匂いが、苦いアーモンドのような匂いがたちこめ、わたしたちは何が起きたのかもわからずに死んでいくことだろう。

ジージーはアルミホイルを外すと、ブリキ製の箱を興味しんしんの女たちの前に高々とかざしてみせた。ブリキの箱にもまた封が施されていた。両側にレンガ色の封がこってりと塗りつけてある。ジージーを止めようとしたが、彼女はすでに箱の蓋を開け始めていた。そこにあるのは花でもなければ、毒針でもなく、爆弾でもなかった。コットンで内張りされた箱の、ふわふわした底には二本の乾燥した根っこが横たえられていた。二本の根は頭の部分が紐で結《ゆ》わえつけられている。ラ・ヴェルヌがその紐をつかんでコットンの寝床から引っ張りだした。彼女はそれを目の前に掲げ、ゆらゆら動かしながらじっと見つめていた。「見て！　人の形をしているわ」

アリスがぶるっと身震いした。「なんだか気味が悪いですぅ。さっさと箱に戻しましょうよぅ」

ラ・ヴェルヌはなおも根っこを眺めていた。緑色の目が大きく見開かれ、輝きを帯びる。「人の形というよりは」彼女はささやくようにいった。「骸骨のほうが近いわね」そして晒されて白くなった骨のような根っこを、慎重な手つきで触ると、再び揺らし始めた。彼女の荒い息遣いだけが部屋に響きわたる。

「まるで絞首台からぶらさがっている骸骨だわ。ジプシー、これわたしにくれない？　わたし、気に入っちゃった」

「ああ、やだ！」ドリーが叫んだ。「そんな馬鹿げたものさっさと彼女にくれてやりなさいよ。一杯飲まなきゃとてもやってられないわ」彼女は乱暴に椅子を押しやって立ち上がった。

女たちはそれぞれのメイクに戻った。ドリーは一杯飲んでから、トイレのドアの前に脚立を引っぱっていった。彼女は月桂樹の入った大きな箱と金槌を抱え、脚立から離れた棚の上に載せた。そして釘ひと箱分をエプロンのポケットにぶちまけると、さらに一杯あおってから、ぐらぐらする脚立を上っていった。

「根っこにご執心とはね」彼女はラ・ヴェルヌのほうを向いて言い放った。「新しいご寵愛ができたってわけ」

ラ・ヴェルヌはそれに答えず、ドリーが金槌を打つ音だけが、楽屋の静けさを破っていた。

突然、ジージーがわたしを小突いた。顔をあげると、彼女は無言でドアのほうへ首を振ってみせた。サンドラもわたしと同時に気がついたようだった。

戸口を背に、ノーマ・シアラー〔一九三〇年代アメリカを代表する美人スター。気品のある美しさで知られる〕の映画でしかお目にかからないような、漂泊の皇女が立っていた。いや、むしろニタ・ナルディ〔サイレント映画時代を代表するヴァンプ女優〕のような毒婦タイプというべきかもしれない。女性はカラカルの毛皮で縁取られた、ロシアふうの黒いびろうどのドレスをまとっていた。背の高い毛皮のコサック帽をかぶり、手にはカラカルの大きなマフをつけている。足には黒い房飾り《フリンジ》のある赤いブーツをはいていた。

わたしたちの誰ひとりとして口を利く者はいなかった。ただ、まじまじと見つめるばかりだった。「主役女優の楽屋はどちらですかしら？」女性はロシア語とドイツ語をコミカルに合わせたようなアクセントで訊ねた。

わたしたちはなおも言葉を失っていた。

まっさきに反応したのはドリーだった。彼女は脚立の上であぶなっかしくバランスを取っていた。口に釘をくわえていたせいで、何をいってるのかはっきりしなかった。

「主役の楽屋なんてここにないわよ」と彼女は言ってから、親しげな笑みを浮かべた。「それに主役なんてものもいないわ。わたしたちみんな四十ドルで雇われてるんだから」

「まあ、面白いことおっしゃいますこと」とロシアの衣服に身を包んだ女はいったが、それはまるで「まあ、野暮ですこと」といっているかのように聞こえた。彼女はその面長の、ほっそりした顔に笑みらしきものを浮かべてみせた。「それであなたはどちら様？」深紅の唇をほとんど動かさず、一方の端をつりあげただけで女は訊ねた。

ドリーは皮肉られたのかどうかわからないようだった。彼女は一本ずつ釘を吐き出してから、名乗りをあげた。「わたしはドリー・バクスター。〈ダイナミック・ドリー〉と人はいうわ」彼女はいった。「そういうあんたは？」

女性は頭をのけぞらせ、目をなかば閉じた。「わたくしはプリンセス・ニルヴァーナ」彼女は高らかに名乗った。「明日からはこの劇場の看板スターを務めさせていただきます」その目が楽屋を見渡す。「それで、わたくしはどちらで衣裳を着替えればよろしいのかしら？」

まるでわたしたち全員がこぞって席を立って椅子を勧めるか、うやうやしくお辞儀するのを待っているかのように、彼女は立っていた。

サンドラが笑いを嚙み殺しながら答えた。「だったら、うってつけの場所があるわ」そういって彼女はちらかったスペースにある汚れた洗面台を指さした。「あそこならいろいろと便利だと思うけど」

割れた鏡の表面には水の染みが流れ落ちた跡ができていた。シンクにはストッキングが何足か浸したままになっている。水は絶え間なく滴り落ち、いまにシンクがあふれだすのではないかと思われた。

プリンセスはサンドラもシンクも気にとめていない様子で、わたしをじっと見つめていた。その瞬間、彼女に見覚えがあることに気づいた。プリンセスは素早く顔をそむけたが、すでに遅かった。

「前にトレドで一緒に働いてなかった?」わたしは何食わぬ顔で訊ねた。

彼女は太古の二足歩行の海洋性哺乳類を見るかのような目でわたしを見た。

「わたくしはこれまで、その——トレドでしたっけ?——ような場所に行ったことはございません。もっぱら王家のなかでだけ踊っておりましたから。そこへ、あの革命がやってきてパーンッ! すべてが消し飛びました。プリンセス・ニルヴァーナは豚どもに真珠を投げるまでに落ちぶれ果てたのです」わたしたちが口をはさむ前に、それが舞台から消えるきっかけのせりふであるかのように、プリンセスは退場した。彼女がいたことを示すのは、強烈な香水の匂いだけだった。

一瞬、わたしの思い違いだったのかと思った。漆黒の髪、浅黒い肌、厚い二重瞼はたしかに違っていた——それでも……。

ドリーがふんと鼻を鳴らした。「王家が聞いてあきれるわ!」彼女は金槌でドアの上に月桂樹の葉を打ちつけた。「あんなの偽皇女に決まってるじゃない!」

舞台のほうから、ロシアなまりの声が聞こえてきた。さっそくジージーがドアに走り寄って聞き耳をたてる。

どうやらプリンセスは舞台監督のサミーをつかまえたようだった。「あんなひどい場所で着替えができるとお思いですの？　高貴な身分のこのわたくしに！」

「申しわけないが、楽屋はあそこしかないんだ」サムが申しわけなさそうな口調で答える。「地下室にもひとつあるが、あそこでは着替えなんてできないだろう。何しろじめじめしているし……」

「どんなところでもかまいませんわ」プリンセスが声を震わせる。「あんな女たちと一緒に豚小屋のようなところで着替えるくらいなら……」その声はしだいに遠ざかっていった。

ジージーはドアから戻ってきた。「あいつら、地下のドブネズミ部屋に行くみたいよ」彼女は目に意地悪な光を浮かべて報告した。

プリンセスがなぜひとりで着替えることにこだわっているのか、わたしには想像がついた。別にこの部屋の女たちといるのが嫌だからというわけではないのだ。このわたしを除いて。髪を黒く染め、肌を浅黒く塗り、言葉のアクセントを変えたくらいでは、このジプシー・ローズ・リーの目をごまかすことはできない。

「彼女の頭には豚が棲んでるのよ」ジージーはそういいながら吹き出した。「豚と一緒に着替えるよりは、豚に真珠を投げるほうがましってわけね」

ドリーが罵り声をあげた。「大事な爪が割れちゃったわ」彼女は手指を念入りに調べた。「爪の下の肉まで切れてるわ」彼女は脚立を危なっかしくおりると、アリスに金槌を渡した。「今度はあんたの番よ、お嬢ちゃん」と彼女はいった。「わたしはもうへとへと」

アリスは彼女に代わって脚立をのぼり、ドリーが頭のなかにあるイメージを指図した。

「木陰のあずまやみたいな感じにしたいの」

アリスは心得ましたとばかりにうなずき、アリスの規則正しい金槌の音に、わたしたちのおしゃべりも下火になっていった。

それからしばらくして、ミセス・ピウスツキが入ってきた。彼女はあちこちの劇場をまわって、週に一回、女優たち相手に下着を売りつけていた。彼女が作る下着は素晴らしかったが、泣き言ばかり聞かされるので、わたしは彼女が来るたびに、いつもその場にはいないようにしていた。

ジージーは彼女の作ったブルーのナイトガウンを試着中だった。

「お願いしますよ、ミス・グレアム。わたしだって家族にこれだけ病人が出なかったら、七ドル以下では絶対にお譲りしていないんですよ」ミセス・ピウスツキはしくしく泣きながらいった。

「五ドルならいいわ」ジージーが冷たく言い放った。

「そんな、わたしは哀れな年寄りの貧乏人なんですよ。娘のためでなかったら……」

わたしは煙草を二本取り出すと楽屋を出た。「レースだって本物のアランソンだし」「まるで手袋のようにぴったり体に張りつくんですよ」といった言葉を背にわたしは階段をおりた。

階段の下の、背景セットが何枚も積み重ねられている場所にゆったりともたれ、わたしは煙草に火をつけた。次のシーンのための衣裳はもうつけていたので、リラックスするだけの時間はあるはずだった。

そこへ小道具係のジェイクがやってきた。

「おい、ずいぶん探したんだぜ」彼は陽気な声でいった。「今度のパーティのために道具係の連中と一緒に余興を考えたんだがね」彼は誰か聞き耳をたてていはしないかといわんばかりにあたりを見回した。「仕掛けは小道具部屋に隠してあるんだ。当日のサプライズというわけさ」

わたしとしてはサプライズなら当日のお楽しみにしておきたかったが、彼が手招きするので、仕方なく心地よい寝床から身を起こして、そのあとについていった。

ジェイクは小道具部屋に入っていった。それは舞台左手の、隙間風の吹き込む、だだっ広い部屋だった。両開きの扉には階段の代わりに傾斜路が続いている。ジェイクはかんぬきを固定している大きな南京錠を開けた。そしてドアごしに内部がのぞけるだけの隙間を開けてくれた。

「明日までは誰にも見せたくないんでね」彼は意味ありげにいった。

カードテーブルと数脚の椅子が置かれた狭いスペース以外、部屋はバーレスク劇場でしか見られないような家具や備品が天井までうず高く積み上げられていた。マジック用の魔法の箱《ガジーカボックス》、糸で束ねられた張り子のパン、天井から吊り下げられたあらゆるサイズの空気袋。コーラスガールがぶら下がる吊り革がついた木製のシャンデリア、公園のベンチ、消防士のヘルメット、ベッドルームの寸劇にしばしば使われる寝室の調度一式。ベッドはすでに整えられている。それはいつも舞台で使われているものだった。ラベンダー色のカバーがかけられているので、その下はマットレスの代わりに板張りになっていることも観客からはわからない。変色した銀色のガウンをつけた、ぐんにゃりした人形が枕に頭を載せている。ベッドの裾側には、ぞんざいに包装された箱がいくつか置かれていた。

「こいつらを手に入れるためにこっちは足を棒にして探し回ったんだぜ」とジェイクはいった。「で、結局ほとんどはおれの手作りってわけさ」

わたしは目を見開き、感心したような顔をして、「あなたにできないことなんて何ひとつないのね」と舞台トークで返した。彼の薄っぺらい胸が色褪せた青いオーバーオールの下で少しばかりそっくり返ったように見えた。

「たとえばこれなんだがね」ジェイクの胼胝《たこ》だらけの手が、両サイドに留め具のついた、ローラーのようなものが渡された一枚の板を差し出した。「なんだかわかるだろう？」

わたしはもちろんといわんばかりにうなずいた。それはトイレットのペーパーホルダーだった。

「でもって、これに注目してほしいんだが」彼は青いトイレットペーパーを差し込んだ。そして名優ばりのぴったりなタイミングで、ドラマチックにペーパーを破り取り、わたしがどんな顔をするか見上げて待っていた。

なんとローラーから音楽が聞こえてきた！　それは『口笛ふいて働こう』のオルゴール版だった。

「すごいじゃない！」わたしは歓声をあげた。

「だろう？　だが、まだこれで終わりじゃない」彼は破り取ったトイレットペーパーをわたしの鼻先で振ってみせた。ペーパーには香料がしみこませてあった。「ヘリオトロープの香りだよ」と彼は自慢たらしげにいった。「なんでこの秘密をあんたに教えたのかこれでわかっただろう？　こいつを誰にも知られず楽屋のトイレに運びこむのを手伝ってもらいたいのさ」

「今晩のショーが終わってからじゃだめなの？」わたしは訊ねた。

「何か所かの塗料が、あと二十四時間しないと乾かないんだ」彼はそういいながら、薄青い瞳のあいだに困ったようなしわを寄せてみせた。

わたしはいっとき考えてから答えた。「じゃあ、第一幕目のフィナーレのあとでどう？」

ジェイクは片方の手に拳を叩きつけた。「なんてこった、ぴったりじゃないか！」話が決まったところで、彼は次々にほかのサプライズを披露してみせた。青い浴室用ラグ。ラインストーンをちりばめた取っ手にマッチするトイレの吸引ゴムカップ、オイルクロスで作った一対のカーテン。

「そしてこれが一番の自信作さ」と彼はいった。

部屋の奥には蠟細工の薔薇で作られた大きなU字型の花輪が立てかけられていた。金文字で「大成功《サクセス》」と書かれた赤いリボンが両側から優雅にたらされている。イーゼルに固定されていたが、ゆうに百八十センチ以上の高さはありそうだった。

「おれとしちゃもう少し抽象的な感じにしたかったんだがね」ジェイクがいった。「たとえば床屋の開店祝いで、花輪でハサミの形を作ったりとかさ。だが、おれの頭じゃありきたりのしか思い浮かばなくてね」

「とんでもない、これ以上は考えられないわ」とわたしはいってやった。

「何やってるんだ！　ちゃんと自分の出番を覚えてろ」扉が勢いよく開き、ラッセルが怒鳴った。

「あんたの出番だぞ！」

わたしは煙草を小道具の痰壺に投げいれると、舞台の袖にすっ飛んでいった。

ビフがわたしのいない舞台をアドリブでつないでいる最中だった。「おかしいなあ……ここで待ってるはずなのに」彼は袖にいるわたしに気がつくと、しかめつらをしてみせた。

ここはドラッグストアのシーンだった。わたしのセリフはこうだった。

「虫よけのモスボールを十セント分ちょうだい」わたしはそういってハンドバッグからお金を探すふりをした。

ビフは笑ってから、ぎょっとした顔をした。さらに同じことをもう一度ゆっくりと繰り返す。

「ご冗談を」と彼はいった。「お嬢さんみたいな人なら虫なんかとは無縁じゃ……」

「失礼《フレッシュ》ね！」わたしは足音も荒く退出した。

「新鮮《フレッシュ》なものだったらこっちもいただきますがね」ビフがぼやく。

退出する直前、ラ・ヴェルヌのかん高い怒声が聞こえてきた。彼女はバックステージの、地下室におりる階段近くにいるはずだったが、鼓膜が破れるかと思うほどの大声だった。

「何さ、このろくでもない安ピカの私生児が！」

最初わたしは彼女がドリーとの喧嘩を蒸し返しているのかと思った。「あんたを絞首刑にしてやれる証拠をこっちは握ってるんですからね？　いい？　絞首刑よ」

それに答えたのはルーイの声だった。「おまえが何を握ってようが、おれの知ったことじゃない」それからしばらく静かになった。「おれがおまえの面倒を見ているかぎり、ほかの男とまたいちゃつこうものなら……」

「面倒を見てるですって！」ラ・ヴェルヌの声が一オクターブ上がった。「こんなみすぼらしい小屋で一日四回もステージに立たせているのに、よくもそんなことがいえるわね！」

ぴしゃりと平手打ちする音に続いて、もみあっているような気配がした。

ルーイの声は押し殺したように低かった。だが、それは怒りに震えていた。「それを忘れるんじゃない。よけいなことをしても、ろくな目にあわないからな」

ラ・ヴェルメがまた金切り声をあげた。今度は怒りによるものではなく、苦痛によるものだった。ふたりの舞台係がぶらぶらと行き過ぎた。背景セットに目をやると、サミーがすっ飛んでくるのが見えた。

「こら、静かにしろ」彼はそういいながら、ふたりを引き離そうとした。「本番中なんだぞ」先ほどの舞台係が、ラ・ヴェルヌの喉からルーイの手を引きはがすのを手伝っていた。

ルーイは空いた左手で彼女を殴ろうとしたが、それはサミーに当たってしまった。彼の目はたちまち風船のように膨れ上がった。

「気の毒な人」わたしは心のなかでつぶやいた。彼はいつも割りを食うタイプなのだ。

ルーイを非難するわけにもいかないので、彼はラ・ヴェルヌに矛先を転じ、彼女の腰を蹴り飛ばした。その後方で舞台係たちがルーイにこの場を大人しく立ち去るよう説得していた。

ラ・ヴェルヌの唇から顎にひとすじの血が滴り落ち、彼女はそれを手の甲で拭い取った。サミーに背中から膝蹴りされたことなど気にも留めていない様子だった。彼女は手についた血を眺め、さらに去っていくルーイの後ろ姿を目で追った。

「まったく、ショーの最中に何てことをしてくれる」サミーがわめきたてた。彼は自らの行為を恥じ、怒鳴りちらすことでそれを隠そうとしていた。そこへジェイクが救急箱を持って駆けつけ、舞台監督を押しのけて「このご婦人は怪我をしてるじゃないか」といった。

サミーは言いわけがましい言葉をつぶやきながら、集まってきた舞台係のほうを向いた。「まったく立派なもんだな、きみたちは」と彼はいった。「ご婦人が暴力を受けているのを観ながら、誰ひとり指一本あげないとはね。さあさあ、行った、行った。われわれはショーを続けなければならないんだ」それからラ・ヴェルヌのほうを向いていった。「すまなかったね。ついわれを忘れてしまって」彼女が答えないとみると、サミーは肩をすくめて、配電盤のほうに歩いていった。

サミーが袖に近づくまで、わたしはそこにラッセルが立っていたことに気がつかなかった。その顔は蒼白で血の気を失い、ぽかんと口を開けていた。その視線はラ・ヴェルヌに向けられている。

サミーがいった。「まったくここは精神科病院かね」

ラッセルは無言でかたわらを通り過ぎた。彼は階段のあがり口でつまずくと、まるで目の見えない人間のように一段ずつゆっくりと上がっていった。

ジェイクはラ・ヴェルヌの唇に、ヨードチンキをいそいそと塗ってやっていた。「まったく救急箱様々だよな」

ラ・ヴェルヌの唇はすっかり腫れあがり、ヨードチンキはひどく沁みたようだ。彼女はジェイクを押しのけると、ラッセルのあとを追った。踊り場で立ち止まると、三階の男たちの楽屋を見上げたが、すぐに踵を返し、ラッセルには何も呼びかけることなく自分の楽屋に入っていった。

ラッセルがあんなに蒼白な顔をしたのは、血を見たせいだろうか？　それともラ・ヴェルヌとルーイが愛人同士だということをこの日初めて知ったせいだろうか？

どちらにせよ、わたしの知ったことじゃなかった。わたしはアリスの意見に同意せざるを得なかった。たとえダイヤモンドのブレスレットだろうと、あれじゃ割に合わない。彼女と同じく、わたしも母親の古ぼけたガーネットのブローチを選ぶ。

第五章

土曜日のマチネだというのに、楽屋に全員が勢ぞろいしているのを見てわたしは驚いた。そして今日がプリンセスの初日だということを思い出した。セットリストを見ると、彼女の一番の演《だ》し物は一幕のどまんなかに、次の出番は二幕目のトップになっていることがわかった。

「新入りにしちゃずいぶんといい扱いよね」ジャニーンがわたしの肩越しにセットリストを眺めながらいった。

ジージーは編んでいたベッドカバーから目を上げた。「彼女、夜中になるまでアレはお預けにしたほうがよさそうね。あそこが氷みたいに凍ってちゃ、男たちも楽しめないでしょうから」

ラ・ヴェルヌは唇の傷が開かないように歌えるかどうか発声を試していた。だが、調子はよくないようだった。ヨードチンキを塗ったあとが唇から耳まで伸びている。それをドーランで隠そうとして、ますます腫れがひどくなったようだ。アリスはしきりにどうしたのかと訊ねていた。

「どうして寝ているあいだにそんな傷ができちゃうんですかぁ?」彼女は腑に落ちない様子だった。

「まったく」ラ・ヴェルヌはハンガーにかけたキモノを外しながら答えた。「あんたがうるさかったからそういっただけよ」彼女はひらひらする袖に腕を通し、ピンで前をしっかりと留めた。「本当のことをいうと、わたしは拳骨にぶつかったの。さあ、この話はこれでおしまいにしてくれる？」

通気パイプからコーラスガールたちのおしゃべりが聞こえてきたので、オープニングが終わったことがわかった。ラ・ヴェルヌはドリーのストリップのあとに歌うことになっていた。ふたりはあたふたと着替えを始めた。プリマドンナはキモノを脱ぎ捨てると、黒いシンプルなドレスを頭からかぶり、肩まで垂れる赤いオーストリッチの羽根がついた、ひらひらする黒い帽子を頭にピンで留めた。彼女は『ラブ・フォー・セール』を歌うことになっていた。まさに今日の彼女にうってつけの歌だ。腫れた唇がメーキャップを完璧なものにしていた。彼女は最初の八小節を口ずさんだ。

「恋はいかが。若い魅惑的な恋はいかが……」

ジージーは彼女が楽屋から出ていくのを待ってこういった。「若い恋ね。まったくあの顔で！」

アリスは膝を引き寄せ、顎を掌に乗せて座っていた。「でも、ねぇ」そのミルクのような美しい顔にはけげんそうな表情が浮かんでいる。「どうやって拳骨になんてぶつかるんでしょう」

ビフがドアを蹴って入ってきた。「よう、パンキン！　コーヒーとパンの出前を持ってきてやったぞ！」彼はそれらを近くの椅子に置くと、階段に引き返した。「さてと、笑わせにいかなくちゃ。じゃ、あとでな」

ジージーが首を振ってみせた。「やれやれ、いったいどっちがひどい男なのかしらね」彼女はコーヒーの容器とロールパンの袋を開けた。「拳骨とダイヤモンドでノックアウトするラ・ヴェルヌの彼氏と、甘ったるい言葉と冷たいコーヒーでノックアウトする誰かさんと」

彼女の言う通りだった。コーヒーは冷えていた。わたしはロールパンを浸した。「ホットだろうがクールだろうが、いい男でしょ」わたしは口いっぱいに頬張りながら答える。

そこにドリーが汗まみれで入ってきた。「今日の客ときたら性質《たち》が悪くていやになっちゃうわ」

「あら、わたしはそんなことなかったけど」プリマドンナが素知らぬ顔で嘘をついた。「ところで、誰かラッセルを見かけなかった？」それを聞いたとたんドリーは唇をきっと結んだが、もうたくさんといいたげに顔をそむけた。

「あら、あたし見たわよ」ジャニーンがいった。「それが、ひどいへべれけでさ！」

「酔っぱらってたっていうの？」ドリーがさっと振り返り、ジャニーンをまともに睨みつけた。今にも彼女がジャニーンを引っぱたくのではないかと思った。ジャニーンも同じことを思ったようだった。彼女は反射的に後ずさった。

「別にへべれけってほどじゃないけど」ジャニーンはどぎまぎしながら答えた。「ちょっと二日酔いぎみだったのかも」

オーケストラが『黒い瞳』の八小節を、盛大に演奏し始めた。セットリストに目を落としたジージーが叫んだ。「あの女の出番よ！」

みんなはいっせいにバスローブやキモノや部屋着を取りに走った。バーレスクの世界では、新入りの舞台を観るのは、二度か三度めまで待つというのが礼儀とされていたが、今回のプリンセスの場合は別だった。わたしたちは三人ずつ横一列になって階段を駆け下りた。

「こっちはこの劇場で十七週もやってるっていうのに、一度だってあんな派手な演出してもらったことないわ」ドリーが不満そうにつぶやいた。

「きっと何かヤバい秘密でも握ってるのよ」とジャニーン。

ダンサーまでが二十人ほど舞台袖でひしめきあっていた。ジージーが自分たちはあくまでプロとして参考のために見学するのだと説明すると、彼女たちはうなずき、わたしたちに場所を譲ってくれた。

プリンセスのショーはたしかに垢ぬけていた。それは一目でわかった。これは決して初ストリップなんかじゃない。経験を積んでいなければ得られないようなさまざまなテクニックを駆使していた——たとえば肩ひもを外したところで、すかさず毛皮のマフを胸に走らせるといった具合に。とりたててオリジナリティがあるというわけではない。サンドラが数週間ほど前に同じことをやってみせたばかりだ。だが、プリンセスとは比べものにならないことは認めざるを得なかった。

フットライトの向こうからいっせいに称賛のどよめきが起こる。わたしはのぞき穴越しに、観客たちが、汗をかきながら恍惚とした顔をしているのを見た。すると彼女は黒い長手袋をはめた手で、イブニングドレスのスカートをゆっくりとたくし上げ始めた。その長く、薄い舌が紫色に塗られた唇をなめると、音楽は最高潮に達した。ラインストーンを散りばめたGストリングをちらりとのぞかせると、彼女は変わらず官能的な、無表情な顔のまま、激しく腰を振り始め、バルコニー席をわきたたせた。観客は熱狂のるつぼと化していた。彼女はスカートを床に落とし、喝采がおさまるのを待った。

ドリーがわたしの耳元でささやく。「あのミルクタンクを見てごらんなさいよ」わたしはそちらを見た。マフはすでにかたわらの床に置かれ、わたしはたいした脅威ではないと思い始めていた。よもやブラジャーを取り去る度胸はないだろう——そうやって胸を撫でおろした瞬間、それは起こった。彼女はブラジャーを取り去っただけでなく、なんとGストリングまで外したのだ。わたしは自分の目が信じられなかった。その正面には申しわけ程度のシールが貼りつき、お尻からは房のついた紐が垂れていた。いったいどうやってあれをつけたのか、わたしには見当もつかなかった。おそらく糊か何かでだろう。いずれにせよ、観客にとっては思いもよらない事態だったに違いない。そのストリップは実質的にショーの最後を飾るものだった。

彼女はびろうどのカーテンの向こうに消え、テナー歌手のフィルがバラードを歌い始めた。わたしはモスが彼女にだけこんな自由を与えたことに歯ぎしりした。わたしたちみんながメッシュパンツをつけなければならないというのに、なんで彼女にあんな露骨な演出を許すのだろう。手入れがあったばかりだというのに。おまけにあんな演出のあとでフィルひとりにバラードを歌わせて尻ぬぐいをさせるなんて！　怒りで体が震えてきたが、それはわたしだけではなかった。わたしのうしろにあたるドリーの熱い息がどんどん速くなっていく。ジージーは足音も荒く出ていった。もし彼女が何かしでかしたら絶対にモスのせいだとわたしは思った。バーレスクの世界でどうしてあんなことが許されるのか？

思いが口に出ていたのかもしれない。アリスがおそるおそる訊ねた。「あのひとぉ、なんで、みんなと同じメッシュパンツをつけなかったんでしょうねぇ？」

わたしはいつもアリスが大好きだったが、そのときだけは絞め殺してやりたいと思った。「さあね――どうして――かしら」わたしが押し殺した声で応じると、アリスはじりじりと遠ざかっていった。

ビフもまた一部始終を袖から見ていた。猛り狂うわたしを見ると、彼はいたずらっぽい笑みを浮かべてみせた。「何をそうかっかしてるんだい？」彼はいった。「きみはあんなことしやしないだろ？」

「もちろんよ。でも、そのあとで出る身にもなってちょうだい。あなただって、笑いを取るためにパンツを脱ぐようなコメディアンのあとに出ろといわれたらいやな思いをするでしょ？」サミーがしいっという仕草をしてみせた。「そっちこそ、うるさいわね！」わたしは怒鳴った。するとビフが笑い出した。彼が憎たらしかったが、なぜかわたしも笑い出していた。たかだか女がパンツを脱いだくらいでかっかするのは本当に馬鹿げている。

わたしは階段をのぼりながら、自分のショーは思いきり乙女っぽくしてやろうと心に決めた。観客に花嫁学校から逃げだしてきたのかと思わせるような路線で。オーガンジーをひらひらさせて、リボンや花がついたつばの広い帽子、でなければパラソルもいいかもしれない。コーラスには『アリスブルー・ガウン』を、ストリップ前の音楽には『オー・プロミス・ミー』か『アイ・ラブ・ユー・トゥルーリー』を演奏してもらおう。

楽屋ではジージーが手当たりしだいにものを投げつけていた。パウダーの箱が壁にぶつかって粉が煙のように飛び散った。「ホットスプリングスですって！」彼女は叫んだ。「あんな女、わたしが熱湯につけてやる！」コールドクリームの壜がわたしの顔の数センチ横をかすめていった。

アリスが小さな声でいった。「モスが二週間ほど旅に出ることになったんですってぇ。だから、あのひと、あんなに機嫌が悪いんですぅ」

ドリーは古い衣裳トランクを引っかき回していた。かつては現役で使われていた派手な色のステージ衣裳の山ができている。ようやく気に入ったものが見つかったようだが、それは八センチ四方ほどの猿の毛皮のきれっぱしだった。彼女は毅然たる決意をもってそれをGストリングの代わりに張りつけた。この新しい「衣裳」を鏡にうつして悦に入っている姿を見ていると、客席の通路をずかずかと進んでくる警官たちの姿が見えるような気がしてきた。

ガチャン！　空き壜がシンクにあたる音がした。ジージーは投げるのをやめてひと息ついた。

「いい、聞いてちょうだい」と彼女は言った。「わたし、夜のショーでは、体の皮までひんむいてやるから」

アリスとわたしは必死で彼女をなだめようとした。「そんなことといったら通気パイプから彼女に筒抜けですぅ」アリスが警告する。

「そんなことしたって、彼女を喜ばせるだけよ」とわたしはいった。「モスが聞いたら、きっとわたしたちが彼女の悪口をいってるんだと思われるのがおちよ」

「そうですよぉ。わたしたちのことをモスにいいつけて、そうしたらモスはあの人の肩を持つに決まってますぅ」

すると通気パイプの向こうから、くすくす笑いが聞こえてきた。「モスはわたくしが望むことならなんでもしてくれますの」ほかの女たちが何か言い出す前に、わたしは通気パイプに布切れを突っ込んだ。

ここにいたって、ようやくジージーの戦意は消え失せたようだった。彼女は赤銅色の髪にブラシをあて、回数を口で数えていたが、突然明るい顔になってこういった。「この際ぱあっと〈リュヒョー〉ではりこむってのはどう？　ドラッグストアの軽食にはあきあきしたわ」

とたんにみなはいっせいに財布の中身を調べ始めた。ドリーは小さな財布から二ドルのお札を出した。「一ドルは食事分、もう一ドルはドリンク代よ」彼女は唇の内側を噛みしめて何やら考えていたようだったが、やがてこう宣言した。「ただし、わたしの分だけですからね」

高い金を払って自分におごるなんて考えられないというしみったれたショーガール一名と、筋金入りの吝嗇家であるラ・ヴェルヌをのぞいて、プレパーティの計画がたてられた。

ビフとマンディは遅れて店にやってきた。クラップ博打《ばくち》で六ドル稼いだビフは、最初の一杯をおごることになった。次の一杯はジージーが出したので、今度はわたしが出さなければならなかった。ドリーも気前よく例の二ドルを提供したが、そのころには劇場に戻る時間になっていた。古ぼけたドイツ製のカッコー時計の窓から、みすぼらしい小さな鳥が首を出して八回鳴いた。

「なんてこった」マンディが叫んだ。「あと三十分もしたら、戻らなくちゃならねえのに、メシを食う時間も残っちゃいねえ」それでもあと一杯はいけそうだったので、わたしたちはマティーニを頼むことにした。大きなグラスには、オリーブの実の代わりに、小さな酢漬けのタマネギが入っていた。

コートを取りにいくドリーの足元はふらついていた。「ヒック！　わたしタマネギを食べるとしゃっくりが出ちゃうのよ」

勘定書きを支払うのがまたひと苦労だった。ウェイターたちは、ひとりひとりから割り勘の分を徴収しなければならなかったからだ。ドリーはひどく酔っぱらったふりをしてごまかそうとしたが、マンディが彼女の体を押さえ、ジージーがポケットの中身を洗いざらいさらった。

なぜその夜以降、〈リュヒョー〉がわたしたちにテイクアウトしてくれなくなったのか、わたしたちにはさっぱりわからなかった。ひょっとしたらドリーが店の銀器の半分をこっそりハンドバッグに忍ばせて持ち去ったからかもしれない。でも、わたしはビフが入口のコート掛けをそっくり持ち出そうとしたからではないかと睨んでいる。コートやら帽子やらが掛かったままでなかったら、まだ許されたかもしれないけれど。

Gストリング販売業者のシギーがステージ入口で待ち構えていた。トランクの上のスーツケースは開かれ、最新流行のネットパンツやブラジャーが並べられていた。蓋の上にはラインストーンをちりばめたさまざまな小物がディスプレイされている。どうやら長いこと待たされていたらしく、床には吸殻の小山ができていた。吸殻はどれもぎりぎりまで吸われ、濡れた吸いさしがくしゃくしゃに揉みつぶされていた。

シギーは商売に熱中するあまり、唇が火傷《やけど》するまで、煙草《シガレット》を吸ってるのを忘れてしまうことがあり、それが彼のニックネームの由来ともなっていた。もし別の名前があったとしてもとっくに忘れているに違いない。彼が唯一覚えているのは、わたしたちへのツケだった。彼はそれを小さな黒い手帳に書き留めていた。

わたしたち全員の目を惹いたラインストーンの小物にまっさきに飛びついたのはジャニーンだった。

「そいつは五ドル」シギーはいつものように唇から半分煙草を垂らしながらいった。

「五ドルですって！」ジャニーンがおおげさにため息をついてみせた。「あたし、その手のものには三ドル以上払わないことにしてるんだけど」

「あいにくとビーズの相場が上がっちまって」彼は一歩も引かなかった。「こっちもこれでメシを食ってるもんでね」彼はジャニーンの手からGストリングを取りあげると、太鼓腹にあてがってみせた。「これにはびろうどの裏がついてるんでね。裏なしでよけりゃ、四ドルのがあるぜ」

びろうどの裏がついたGストリングはジャニーンが買うことになった。彼女はくすくす笑いながら、シギーの手から下着を奪いとり、階段をかけあがっていった。シギーは黒い手帳に彼女の名前と五ドルの金額を書きつけると、他のお客のほうに顔を向けた。

ジージーとわたしは飾りのないメッシュパンツを買い、サンドラは新たにブラジャーを購入した。特に必要だったわけではなく、ブラジャーを集めるのが彼女の趣味だった。

シギーはちびた鉛筆をなめなめ、売り上げを手帳に書きつけていたが、やがてこう訊ねた。「そういえばルーイのところのウェイターが、ビールの樽を運んでたみたいだね」ジージーとわたしは答えなかった。「それとライ・ウィスキーを一ケース」彼はさりげない口調でつけ加える。「パーティか何かあるのかい？」それ以上さりげなさをつくろおうともせずに彼は訊ねた。

　ジージーがわたしを見て、仕方ないわねといいたげに肩をすくめてみせ、そのようなものを計画していると答えた。「この人も招《よ》んでやらなくちゃならないみたいね」望まれざる招待にもかかわらず、Gストリングのセールスマンは、これまで見たことがないほど敏捷な動きを見せた。彼はあっという間に黒い手帳を閉じてポケットにしまうと、スーツケースを閉じ、そそくさと階段をあがっていった。

「これまで一度も無料《ただ》ビールにありついたことがないみたいな張り切りようだけど」ジージーが背後から怒鳴った。「パーティは次のショーが終わるまで始まらないわよ」

　一瞬の困惑がシギーの顔をよぎったが、すぐににっこり微笑んだ。

「了解だ」彼は明るい声で答えた。「終わるまで待つさ」彼はスーツケースを勢いよく振りながらステージの入口に戻り、スーツケースをどすんと落とした。そしてそこに腰をおろすとおもむろに煙草を巻き始めた。

「ねえ、ジッポーラ」ジャニーンがトルコタオルを巻きつけた姿で階段の踊り場に立っていた。タオルは体を隠すには小さ過ぎたが、そんなことは気にもとめていない様子だった。

「さっき買ったばかりのGストリングをどっかに落としちゃったみたいなんだけど」彼女は叫んでいた。「二度手間になるから、こっちに上がるついでに拾ってきてくれない?」わたしたちはセットの下まで探したが、見つからなかった。そこで照明係のジョージが来るまで待つことにした。

「すぐに来るわよ」とわたしはいった。「そうしたらこのあたりを照らしてもらいましょ」

「彼女、ちょっとぼうっとしてるところがあるし」ジージーが自説を披露した。「あそこも不感症だからきっとつけててもわからないんじゃないかしら」

結局Gストリングは見つからなかったし、ジャニーンもつけてはいなかった。ジージーはあのときもっとよく探せばよかったとあとになって自分を責めた。彼女は殺人が起こったのは自分のせいだと思っていた。でも、わたしも彼女にいったように、あのGストリングがなかったとしても、きっと殺人者は別のGストリングを調達していたに違いない。

裏がついていたのはそれだけだったとしても、紐がついているのはそれだけじゃなかったし、殺人者が使ったのはまさにその部分だったからだ。

第六章

ショーのあいだ、わたしたちの楽屋はてんやわんやだった。スタッフやその兄弟と称する連中がひっきりなしにやってきてはパーティのことをほのめかしていった。ついでにライ・ウィスキーの味見もしていったので、休憩時間にみながどっと押し寄せることになったのは、そのせいかもしれない。

マンディはくじ引きで女王を決めようと言い張った。だが、ビフはもう少し格式をつけたほうがいいと思っているようだった。

マンディの相方のジョーイはまだ二番手のコメディアンだった。「いいアイディアがある」彼はそういいながら指を振ってみせた。「軍艦の進水式みたいに、ボトルを割るのさ。そうすればウィンチェル〔一九三〇～五〇年にかけて活躍したアメリカのゴシップ・コラムニスト〕がコラムのネタにしてくれるぜ」

「いくら報道が自由だって、その程度じゃねえ」とジャニーン。

やがてジェイクが楽屋のシンクが漏れているとかなんとか理由をつけて入ってきた。わたしの覚えているかぎり、シンクは二十八週間というものずっと漏れっぱなしだったのだが、その間楽屋には毎日何ケースものお酒があるわけではなかった。彼はさも気付け薬が必要な作業だといわんばかりに、パイプの継ぎ環をはめ直した。

彼は紙コップになみなみと一杯注ぎながら、わたしに向かってウィンクしてみせた。そして本人は囁いたつもりの、アップタウンのエルティンジ劇場まで届きそうな胴間声でサプライズを忘れないようにといった。

「サプライズって？」ジージーが訊ねた。

ジェイクがにやりと笑った。「あとのお楽しみさ」

たしかにその通りになった。だが、それはジェイクが計画したようなものではなかった。

二幕目の終わり、ビフとわたしのシーンの前に、ボトル割りと女王選びを両立させることによって格式を保つことで同意が成立した。ラッセルが楽屋の前を通り過ぎたが、一杯飲みに入ってはこなかった。ラ・ヴェルヌが呼びかけても、ちらりとも見ようとしなかった。

「あらあら、すっかり無視ね！」ドリーは喜びを隠せなかった。彼女は足の爪を明るい赤に塗っている最中だった。指のあいだにコットンをはさんでいるので、まるで足の指が扇を広げたように見える。彼女はその格好のまま、ラ・ヴェルヌのほうによたよたと近づいていった。

「なんでもう一度呼び戻さなかったのさ？」ドリーはあざけるようにいった。「もしかしたらあんたの黄金の声が聞こえなかったのかもしれないわよ」

ラ・ヴェルヌがドリーのマニキュアを塗ったばかりの足指を思いきり踏んづけた。「ああら、失礼。わたしとしたことが」ラ・ヴェルヌは足指の爪を尖らせていた。ドリーを見上げたその顔には笑みこそ浮かんでいたが真の悪意がこもっていた。

ドリーに「痛っ！」の先をいわせまいとジージーが後ろから押さえつけた。なかば冗談めかしながらもなかば強引に、ドリーの扇形に開いた足を反対側に向けさせた。

「今夜は喧嘩はなし」彼女はドリーを無理やり椅子に座らせた。「さあさ、小鳥ちゃんはおとなしくしてなさい、ね」ライ・ウィスキーの一杯で、議論は決着したようだった。

楽屋ドアの上に飾られた月桂樹は本来、今にも爆発しそうな空気をはらんだストリッパーの楽屋よりもっとなごやかな場所にふさわしかったかもしれない。サミーが飛び込んできて、舞台監督よろしく騒ぎたてても緊張はいっこうに解けなかった。

彼はドリーを見て、それからなかば空になった酒壜に目を移した。「いいか、おまえたちに警告しておくぞ」彼はそこで言葉を止めて、次になんといおうか考えているようだった。「男女を問わず、今からフィナーレまでに出番をとちった者は即刻クビだ、わかったか！」

誰ひとり言葉を発するものはいなかった。ドリーは舞台監督の姿を見定めようとするかのように、片目を細めた。アリスは唇を少し尖らせて、この人たちと一緒にしないでほしいわ、といわんばかりに椅子ごとそっぽを向いた。

ジージーが気のない声で「ヒヤ、ヒヤ」と声をかけた。

「いいから真面目に聞け！」サミーは拳骨でテーブルを叩いた。はずみで酒の壜が飛び上がった。

「つけあがるのもいい加減にしろ、ミス・グレアム」サミーはそう言い捨てると、足音も荒く部屋からでていった。

舞台監督が階段を半分ほどあがるのを待ってジージーは毒づいた。「まったくどの口がいってるのよ?」彼女は通気パイプに押し込んであったタオルを取ると、男たちの楽屋の様子を盗み聞きするべく耳をすました。

サミーはすでに三階にいたが、マンディが彼に説教する隙を与えなかった。マンディはジョーイの母親がショーを観劇に来た様子をこと細かに語っていた。「お袋さんときたらバックステージにやってくるやこうのたまったのさ。『もう、ジョーイったら。あんたって本当におかしな子ね!あたしゃ、笑いをこらえるのが精いっぱいだったわ』」サミーが割って入ろうとするが、ジョーイに遮られる。「それだけじゃないんだ」と彼は続ける。「もっと傑作でね。ジョーイのやつ、お袋さんにこういったんだ。『でも、ママ、僕はコメディアンなんだから、笑ってもらわないと困るんだよ』するとおふくろさんはこう答えたのさ。『そうなの、じゃあ、みんな笑ってたけどあれでよかったのね。でも、あんまり自分をコケにするような真似をしちゃだめよ』」

マンディとジョーイは声をあげて笑った。だが、笑ったのは彼らだけだった。サミーが出とちりの件を持ち出したかどうかを確認するだけの余裕はなかった。

ビフは袖で立ち止まると、いきなりわたしの腕をつかんだ。てっきりわたしが出とちりしたせいで、お客を笑わせそこなった件で何かいわれるものと思い、先手を打ってあやまり、釈明を始めた。「いや、違うんだ。そのことじゃない」彼は遮るようにいった。「でも、どうせ話題に出たからいわせてもらうが、きみは初日からずっとあそこのせりふでつかえるね」

「そもそもリハーサルの段階で、あそこで笑いを取るのは無理だといったはずよ。それを今になって……」

「この話はやめにしよう、パンキン」彼の顔を見て、わたしはいいたいことを呑み込んだ。彼の目尻には気づかわしげな線が浮かび、顔には困惑の表情が浮かんでいた。彼はコメディアンの上着をわたしの肩にかけると、うわのそらでわたしの鼻先にキスをした。

「来いよ。〈ダッチマンズ〉で一杯おごろう」彼はあいかわらず心ここにあらずといった体《てい》で誘いかけた。

「そこがあなたのいいところよね。本当にロマンチックなんだから」わたしはにべもなく答えてやった。「第一、〈ダッチマンズ〉なんかに行ってる時間はないわ。もうすぐフィナーレだもの。ルーイの店にしない？　あそこなら軽く一杯ひっかけるのにぴったりだわ」

「いいから」彼の声には苛立ちが混じっていた。「ルーイの店には行きたくない理由があるんだよ」そういうなりわたしの腕を引っ張ってステージを突っ切り、裏通りに通じる出口から外に出た。〈ダッチマンズ〉は二ブロックほど離れていたが、わたしたちはものの一分ほどで到着した。おかげでスイングドアを開き、おが屑をまいたフロアを横切り、奥のブースに腰を落ち着けるころには、ぜいぜい息を切らしていた。

「おれにはオールド・グランダッドをひとつ」ビフはバーの向こうにいる男に叫んだ。「それからこの妾腹の娘っ子には一番安いライ・ウィスキーを頼む」彼はわたしに煙草をすすめ、自分も一本抜き取った。だが、火をつけるまでがひどく遅く感じられた。わたしが好奇心でじりじりしているのはわかっているはずなのに。だが、彼は胸の内を明かす代わりに、長々と煙草の煙を吐き、額にさらなるしわを寄せた。

「今日はおたくでパーティがあるそうで」バーテンダーは前の客が残したままの濡れたグラスのしみの上にわたしのウィスキーを置くと、いつものように十分ほどおしゃべりをしたそうな気配をみせた。男は白いエプロンで手を拭いた。そのエプロンはひどく長いせいで、男の胸は三倍長く見えた。

『万が一こいつがさっさとどっかに行ってくれないでビフの話の邪魔をしようものなら』わたしは内心息巻いていた。『ただじゃ……』

「ああ、そうさ」ビフはいった。「来たけりゃきみもどうぞ」

バーテンダーはビフに、次にわたしにお礼をいうと、よたよたと戻っていった。

「ねえ」とわたしはいった。「ここまでずっと我慢していたんだから、いい加減その話とやらを教えてくれないかしら?」

「まずは一杯だ。きみも飲んでおいたほうがいいと思うよ」彼はオールド・グランダッドを一気に飲み干した。わたしも二口で飲み干した。「今夜はトラブルが起きそうな気がするんだ」彼は表情を変えることなくいった。「ラッセルのことでさ」背後でスイングドアが開くと、ビフはさっと視線を向けた。入ってきたのは浮浪者のような男だった。ビフは立ち上がって、前後のブース席をちらちらとうかがった。

「誰かに聞かれてるんじゃないかと思ってさ」と彼は説明した。

「誰が聞きたがるのよ？　それでラッセルがどうかしたの？」

ビフはしばし言おうか言うまいかと決めかねているようだったが、テーブルに身を乗り出すと、小声で話し始めた。

「あの手入れがあった前の日に、やつがドリーと話してるのを小耳にはさんだのさ。ちゃんと聞き取れたわけじゃなかったが、ラ・ヴェルヌの名前が何度も出てきた。ドリーはお冠のようで、『そんなの信じられない』としきりにくり返していた。するとラッセルはこうのたまったのさ。『ルーイみたいな輩《やから》とつきあってるような女におれが本気になると思うか？』それからやつは襟のカラーをゆるめてこういった。『もしおれがそんなことを笑って許せるというんなら、きみだっておれがやらかしたことを笑って許せるはずだぜ。そもそもきみがおれを怒らせたのが悪いんだからな』おれはやつが何のことをいってるのか見当もつかなかったが、ドリーの顔はよく見えた。彼女は今にも泣きそうに唇を震わせていた。『ダーリン、ごめんなさい』するとラッセルは彼女に腕をまわしてこういった。『何もかもおれに任せてくれ。そうすればおれたちは生きている限り、何も心配することはない……』とね」

「それだけ？」わたしは失望を隠そうともせずにいった。ビフはさらにお代わりを注文して、赤ら顔のウェイターが近づいてくるまで、うんざりしたような顔でわたしを見ていた。

「いや、それだけじゃない」ビフはウェイターが遠ざかっていくのを待って先を続けた。「あの男ときたら、今日はあのプリンセスと親しげにしゃべっていた。あいつは三人の女たちとよろしくやっていたのさ。プリンセス、ドリー、そしてラ・ヴェルヌ。おれにはどういうことかさっぱりわからんが。やつはプリンセスにも、ルーイのことは自分がうまくやるから大丈夫だといっていた。やつの『うまくやる』がどんなものだか、おれには想像もつかないが、おれが心配してるのはそのことじゃない。おれが心配してるのはきみのことなんだ」

「わたし？」

「そうさ、きみだよ！　とにかくきみには、あのふたりのどちらともかかわってほしくない。どうも何かキナくさい。ルーイのような男について知り過ぎるのはあまり利口じゃないと思うね」

「でも、どうしてプリンセスが」わたしはいった。「彼女はいったいどういうかかわりが……」わたしはカウンターの上の壁時計にふと目を向けた。

「フィナーレよ！」わたしは叫んだ。

ビフの顔から血の気が引いた。わたしたちは椅子から飛び上がって、あやうくブースの仕切りを倒しそうになりながら出口に走った。ビフはさっさと会計してくれと叫び、わたしたちは外に飛び出した。裏通りをビフに引きずられるようにして走りながら、わたしの頭のなかにはサミーの言葉がくっきりと浮かび上がった。『即刻クビだ……男女を問わず出番をとちった者は……フィナーレまで』

途中でビフの馬鹿でかい靴がすっぽ抜け、わたしは彼が靴を取りに戻って拾い上げるのを待っていた。

突然、オーケストラが鳴り出した。かん高く、元気いっぱいの、下手くそな『ハッピー・デイズ・アー・ヒア・アゲイン』が。フィナーレが始まってしまった。わたしたちは間に合わなかったのだ！

ビフは靴を拾う手間も惜しんで、ポケットに突っ込むと、わたしに叫んだ。「きみは下手から、おれは上手から出る」彼は一本足で跳ねながら入口をくぐった。「適当に腕をふりまわして歌いだすんだ。それでなんとかいけるかもしれない……」ビフはにやりと笑ってから舞台の上手へとすっ飛んでいった。

わたしはできるだけ音をたてないようにして、なんとかサミーの目を逃れようとしたが、スタチーの回転椅子に激突してしまった。椅子はまるでティンパニーのシンフォニーの最後に打ち鳴らされるシンバルのごとくけたたましい音をたてて倒れ、わたしもその上に倒れ込んだ。革製の詰め物をした背のおかげで転倒の衝撃はやわらいだが、重い脚にいやというほど頭をぶつけてしまった。幕を押し分けて舞台に飛び出したときもまだめまいがしていた。ビフに腕をふりまわして歌えといわれていたので、ありったけの声を振り絞って歌いだした。だが、それも数小節で終わった。なんと歌っているのはわたしひとりだった。オーケストラの演奏は終わり、楽団員たちは棒立ちになっているわたしをけげんそうに見つめている。まるでブラジャーが突然、予期しないときにぷつんと切れてしまったような気分だった。

反対側からビフの声が聞こえてきたので、わたしはそちらを振り向いた。ビフも歌いながら、風車のようにぶんぶんと腕を振り回している。舞台の中央では、マンディとジョーイが両手を腰にあて、驚きに口をぽかんと開けながら立ち尽くしていた。

とっさに機転を働かせたのはマンディだった。「もし、よろしければ」と彼は小さくお辞儀してみせながらいった。「わたしと相方に『ピック・アップ・マイ・オールド・ハット』を歌わせちゃくれませんかね」

どうやってステージから退出したのかわからなかった。こそこそ逃げたというのが一番ふさわしい表現だろう。覚えているのはひたすら階段をめざしていたということだけだ。とにかくサミーかほかの誰かに見つかる前に、楽屋にたどり着きたかった。オーケストラが場面転換でフィナーレの曲を演奏することをすっかり忘れていたなんて、本当に大間抜けもいいところだった。階段に向かう途中で、わたしは壁にぴたりと身を寄せた。女たちのほとんどはフィナーレの衣裳をつけていた。ジージーとサンドラは冷水器の近くにいたが、残念なことにアリスだけは舞台の袖にいた。彼女はサミーにいいつけるかもしれない。

ショーガールたちは場内販売からコーラを買っていた。ジャニーンは照明係のジョージと話し込んでいる様子だった。全部聞いている余裕はなかったが、ジャニーンの苦情にジョージはうんざりしているようだった。わたしはなおも目立たないように身を縮めて階段をのぼり始めた。急ぐあまり、階段をおりてきたプリンセスをあやうく手摺りに押しのけてしまいそうになった。わたしは謝罪の言葉をつぶやいたが、いつものように彼女は目もくれようともしなかった。

最後のホックをはめたところで、ショーガールたちの出番を知らせるアナウンスが始まった。わたしはアリスの鏡で顔をチェックしようと身をかがめた。髪の毛を整えようとしたのだが、何かの気配に飛び上がった。それは音というよりは直感だった。まるで誰かに見つめられているような気がした。

わたしは不安げにあたりを見回した。新しいトイレのドアが目に入った。誰かがノブの錠の部分から側柱にかけて赤いペンキをべっとり塗りつけていた。それはドアの封印の役を果たしていた。

わたしは魅入られたようにじっとそれを見た。腕を伸ばして指で触れてみる。まだ温かった。一番盛り上がった部分に指の跡がついてしまった。わたしは慌てて指を引っ込め、階段を駆け下りた。まるで「ペンキ塗りたて」の表示を見ると、ついつい触らずにはいられない人間になったような気がした。

フィナーレが終わって幕がおりても、わたしはまだ息を切らしていた。わたしたちがステージから出る暇も与えず、サミーがすっ飛んできた。「カーテンコールだ！」彼はわめいた。「カーテンコールまでそこにいろ！」役者たちから不満げなどよめきがあがったが、それでもサミーが手ぐすね引いて説教を始めようとするのをじっと待った。

「ラ・ヴェルヌはどこだ？」彼のお説教はそこで終わった。答える者はいなかった。サミーの顔が怒気を帯びる。「フィナーレの出番をとちったら、男女の区別なくクビにするといったのは冗談なんかじゃないんだぞ」彼はそこでいったん言葉を切った。「プリマドンナだって例外じゃない！」そういって彼は立っている役者たちの顔を見渡した。

「ちょっと冗談じゃないわ」ドリーが不満たらしく声をあげた。「サミー、わたしたちはパーティをやるのよ。彼女がいたのはみんなが見ているわ。わたしが出ていったときも、みんなに囲まれてフィナーレの衣裳に着替えてたし」

ドリーの言い分を全員に確かめたところで、サミーは全員を解放した。わたし以外はという意味だが。これは絶対にさっきの出番の失敗を責められるのだと思い、わたしは心のなかで言い訳を用意した。

「本当に何が起こったのか自分でもわからないのよ、サミー。急に気が遠くなっちゃって……頭が死ぬほど痛くて……」

「そんなことはどうでもいい」とサミーはいった。「とりあえず何とかなったんだから、それでいいさ。おれが怒ってるのはあのプリマドンナなんだ。クビにされてもモスに頼めばなんとかなると思ってるから、あんなふうに舞台をすっぽかしやがって」

これで用件は終わりと判断したわたしは、楽屋への階段に向かおうとした。だが、再び呼び止められた。

「ちょっと待った、ジッピー」彼はわたしの腕をつかみ、こそこそとあたりを見回した。最初はビフ、今度はサミーが秘密を打ち明けようってこと？

「ねえ、サミー」とわたしはいった。「秘密の話だったらわたしは聞きたくないわ。そうでなくても、頭のなかは秘密でぱんぱんで、口を開けたらうっかり出てきちゃいそうなの」

「秘密なんかじゃないさ」と彼はいったが、わたしは信じられなかった。「手紙のことなんだが」

「いやよ、知りたくない」わたしはつかまれた手を振り切り、階段に足をかけたが、こう聞かずにはいられなかった。「手紙ってなんの？」

たしかに一週間ほど前、わたしにも手紙が来ていた。それはいかにもビジネスレター然としていたのでほとんど気にもとめなかったが、わたしの持っている劇場の株についての手紙だった。モスのスピーチを思い出しながら、わたしは内心首をひねった。

「おれのところに今日こんな手紙が来たんだ」サミーはいった。「株の仲買人からで、オールド・オペラの株を売る気はないかといってきた」

わたしが手紙を受け取ったのは一週間前だ。なぜ、サミーのところには今頃来たのだろう。わたしは興味のないふりを装いながら、サミーが先を続けるのを待った。

「利益だの、譲渡だの、やたら景気のいい言葉を書きたててあったがね。ともかく、百五十パーセント以上の値で買い取るっていうんだな……きみのところにも同じような手紙がいってないかと思ってね」

「いいえ、ないわ」わたしはそう言い捨てて階段をあがった。なぜ嘘をついたのか自分でもわからない。たぶん、わたしへの手紙にはそんな景気のいいことが書いていなかったせいか、あるいは無意識のうちにモスへの忠誠心が働いたせいかもしれない。あるいはサミーがやけにこそこそしているのが気にくわなかったのかもしれない。

階段を駆け上がり、楽屋の入口に向かいながら、きっとサミーは、何かの株をちょっとでも持つと、そこの会社の社長や重役たちよりも心配するタイプなのではないかと思い始めていた。

パーティはまさにたけなわだったが、それを見ても驚きはしなかった。お楽しみが一時間しかないとわかっていれば、誰だってよけいな手順はすっ飛ばすだろう。誰かがビールのグラスをわたしに押しつけ、ビフが部屋の向こうから呼ばわった。

「こっちだ、パンキン。きみの席は取ってある」

窓が開いているというのに、部屋はもうもうと紫煙がたちこめ、彼がどこにいるのかわからないほどだった。彼はわたしのメーキャップ用のテーブルに座り、取っておいてくれた席とは本来わたしのものであるはずの椅子だった。

「いったい何があったんだ？」わたしが座るなり彼は訊ねた。「出とちりしたことでサミーから目玉を食らってたのかい？」

「そっちじゃなくて、手紙のことを訊かれたの……ちょっとしたラブレターのことで」自分でもなぜそんなよけいな一言をつけ加えたのかわからなかった。あのときサミーに聞かれたことについて正直に答えていれば、あとであんなトラブルには巻き込まれずにすんだかもしれない。

部屋の喧噪はすさまじく、ビフが何をいってるのかもほとんど聞き取れなかった。ビヤ樽の前では男たちが四部合唱でがなりたてていたし、蓄音機《ヴィクトローラ》は大音響で流れていた。シギーは唇から煙草を奇跡的にぶら下げたままひとりで歌っている。彼の黒いスーツケースはすぐ手近に――たぶん、いつでも商売が始められるように――置かれていた。見たところ、かなり酔っぱらっているようだ。

マンディとジョーイが臨時のバーテンダー役をつとめていた。ふたりはそれにふさわしい扮装をしていた。白いエプロンに、チェックのシャツ、黒い大きな口ひげまでつけている。ジョーイの手にはプレッツェルを頭まで詰めたステッキが握られていた。

もうもうたる煙草の煙のせいで、誰がどこにいるのか見当もつかなかった。アリスのヴィクトローラの前には一団のグループができていた。バリトン歌手が天も裂けよといわんばかりに『ウォーターボーイ』を歌っている。ビヤ樽の前の酔いどれ四部合唱とヴィクトローラの大音響のはざまで会話をするのは不可能だった。まるで二巻ものの古いコメディみたいに、中華料理屋のウェイターが窓から行ったり来たりを繰り返している。例の根っこをくれたウェイターを見つけることはできなかったが、どのみちわたしには彼らの顔の区別がつかないのだ。

宴たけなわの真っ最中に突然ビフがビールのジョッキをカウンターにばん、と置いた。「ハーミットも呼んでこないか」そういいざま彼はドアに突進した。「やっこさんひとりをのけ者にする手はないぜ」

ジージーがやめておきなさい、といわんばかりに手を振ってみせた。「あの人絶対に止まり木からおりちゃこないわよ」と彼女はいった。「ショーをやってるあいだは絶対におりてこないんだから。一度あがったらそれっきり。それがあの人の日常なのよ」

「無理もないわ」ジャニーンがまぜっかえした。「わたしだってまた階段をのぼったあげく、壁をよじのぼらなくちゃならないんなら、ずっとそこにいたほうがましよ」

「何を馬鹿なことといってるのよ」ジージーが負けじと言い返す。「壁をよじのぼるわけないでしょ。梯子がついてるのよ。煉瓦の壁に鉄の足場みたいなやつが。わたしも一回のぼったことがあるから知ってるの」

ビフは言い争うふたりをあとにして、バルコニーから大道具係がいるはずの天井に呼びかけた。

「おい、ハーミー！　いるか！」

答えはなく、ジージーはさらに話を続ける。「本当だってば。何か月か前になるかしら。ちょっとばかり飲みすぎちゃって、仲良くしたい気分だったのよ。だからちょっと表敬訪問しようとおもって」

彼女はビールをぐいと飲むと、ジャニーンが先をうながすのを待った。「で、彼はなんて?」

「別に何も。とにかくひどく愛想がなかったことはたしかよ。人のことを睨みつけちゃったりしてさ……」

「それで、それで?」ジャニーンはすっかり興味を惹かれたようだった。それはわたしも同じだった。

ジージーは答える前に少したためらった。当惑したような表情が顔に浮かんだ。「それが、わたしの思い過ごしかもしれないけど、あとひと息というところで、梯子の段からあんたのいるところまで引っぱってちょうだいって叫んだのよ」ジージーは手を広げて、三十センチかそこいらの梯子と舞台天井との距離を示してみせた。「そしたら……そりゃわたしだって酔っぱらってたかもしれないけど、わたしのこと突き落とそうとしたのよ」

「そりゃ、あんたがへべれけだったからよ」ジャニーンがにべもなく答える。「それにもし本当に突き飛ばされたりしたら、頭蓋骨が粉々に砕けてたはずよ」

「とっさに張ってあったロープにしがみついたのよ……」ジージーがビールのジョッキに顔を突っ込んだので、その声は尻すぼみに消えていった。

わたしは踊り場にいるビフに加わり、一緒になって叫んだ。「ねえ、ちょっと!」だが、舞台天井は闇に閉ざされたまま、なんの返事もかえってこなかった。「おーい、どうかしたのか!」するとかすかな光が瞬いた。

「なんの用だ?」ハーミットの影がぬっとあらわれ、背後に垂れ下がる何本ものロープがまるで幻想映画のような光景を作り出している。その声はとてつもなく高いところから聞こえてくるような気がした。

「いったいどこにいたんだ」ビフが怒鳴ると、老人の声が答えた。「ちょっと昼寝しておったのさ。そっちこそなんの用だ?」その声はやけに喧嘩腰だった。

ビフはかまわずに続けた。「今、下でパーティをやってるんだ。ちょっくらおりてきて、一杯やらないか?」

影がどんどん上に伸びていったが、返事はなかった。

「彼、おりてきたくないのよ」わたしはビフにいった。「ビールをそっちに届けましょうか、と聞いてみたら?」

「ビールが欲しいなら、エレベーターをおろしてくれ」ビフが手でメガホンを作って呼びかけた。そして彼はビールを取りに戻り、わたしはエレベーターがおりてくるのを待っていた。おりてくるのは間違いなかった。ハーミットはわたしたちを嫌っているが、酒は大好きなのだ。

「ビフが取りにいってるわ」わたしは上に向かって叫んだ。あいかわらず返事はなかったが、エレベーターが煉瓦の壁にぶつかりながらぎしぎしとおりてくる音を聞いた。

このエレベーターもジェイクの発明だった。四角い箱の四隅からロープをつるし、中央でひとつに結んでいる。そこからさらに長いロープをつないで、天井舞台から滑車で上げ下げする仕組みになっている。上で熱いコーヒーや新聞が欲しいときは、下にいる道具係に注文を怒鳴り、箱に入れてもらってから引き上げればいいのだ。

エレベーターが上下するさまなら何百回と見てきたが、その晩はなぜかやけに興味を惹かれた。それが上階の踊り場を通り過ぎるとき、何かがきらりと光ったような気がした。箱が闇のなかをおりてくると、その光るものは見えなくなった。はっきりとはいえないが、ビーズのフリンジの一部がロープからぶら下がっていたような気がした。そのフリンジはシギーが高価なGストリングに使っているような代物だった。そこにビフがビールの罎を抱えて戻ってきた。箱にビールを入れると、彼はロープを引っ張って合図した。すぐにハーミットがエレベーターをゆっくりと引き上げ始めた。

わたしにはそのフリンジが気になって仕方がなかった。もし階段の下からルーイの声がしなかったら、きっとそのことをビフに話していただろう。ビフのあとについて引き返す途中でルーイに呼び止められた。

「酒はちゃんと届いてるかね」と彼は訊ねた。といってもはっきりとその姿を見たわけでなく、小柄な、太く短い首に厚い胸板をした男の輪郭をぼんやりと認めただけだった。それを見ただけで嫌悪感がわきあがった。パーティにどうぞといわれているのを待っていたのかもしれないが、そんな気にはなれなかった。

「ええ、ちゃんと届いてるわ」わたしはそれだけいって部屋に入った。感謝の言葉ひとつ述べる気にもなれなかった。そんなことにはおかまいなしに、背後から重い足取りが階段を上がってくる音がした。

部屋の喧噪は先ほどよりはましになっていた。モーイが一席ぶっている最中だった。客寄せをしているときとそっくり同じ口上を使っていた。「さあさ、みなさん。われわれが今宵ここに集っているのはあるものに対して敬意を表するためであります。そのあるものとは偉大なる男でもなく、偉大なるご婦人でもなく、偉大なる設備に対してであります。それはトイレット！」聴衆から盛大な喝采が起こった。

モーイは誇らしげに微笑んでみせた。たしか卸値で手に入れたのだとかいってなかっただろうか？「これに関してはわが友人が……」彼はスピーチを続けようとした。

ドリーが黙らせた。「さっさと用件に入ってよ」

「ついては」モーイはかまわず続ける。「今宵のちょっとした内輪の除幕式を祝って女王を選ぼうと思います。ここにくじ引きのための藁を用意いたしました」

みんなに見えるように高々とさしあげると、ジェイクが悲しげな声をだした。「おい、そいつはおれの真新しい箒じゃないか！」

モーイがとがめるような視線を向けた。「何事にも犠牲はつきものさ」と彼はいった。「われもわれもの低俗ないがみ合いが始まる前に、われわれは新しい方法で女王を選びたいとおもいます。いまだかつてない画期的な方法！　すなわちくじ引きであります！」

彼はサンドラの前に進み出ると、小さく腰をかがめて、彼女に藁を引かせた。長い藁だとわかると彼女は不満げに唇をとがらせた。アリスとジャニーンがそれに続き、次にわたしが引いた。

「次はわたくしですわね」プリンセスの姿はもうもうたる煙草の煙でほとんどみえなかったが、その特徴あるアクセントはベルのようにくっきりと聞こえてきた。

　彼女はモーイの前に進み出ると、もったいぶった仕草で藁を選んだ。わたしは背後で指を交差させ、彼女に当たりますようにと心のなかで祈った。〈プリンセス・ニルヴァーナ、トイレットの女王〉ああ、なんて素敵なのかしら。

　だが、彼女が引いた藁もまた長かった。プリンセスは肩をすくめると、自分の椅子に戻っていった。そしてとてつもなく暑い日に、皇帝の夏の厩舎を見学しているかのような雰囲気を漂わせて座った。

　最後のドリーとジージーの勝負は藁の長さを正確に測るまで決着がつかなかった。ジージーが勝利者となり、わたしは内心よかったと思った。ドリーはその夜ずっと機嫌が悪く、充血した目をしていたので、あまり女王役にふさわしくは思えなかった。

　モーイがボール紙でできた王冠を彼女の頭に載せ、その手にビールをもたせると、ジージーの目はぱっと輝いた。

「おれが十数えたら」と彼はいった。「ドアの取っ手でこいつを割るんだ。いいな？」

　頭に王冠をいただき、片手にビールを持った彼女の姿は、『ミス・コロンビア　大洋の宝』〔「コロンビア　大洋の宝」という愛国歌にかけている〕を選出する美人コンテストの勝者を思わせた。背後の馬蹄形の花輪と、ドアを飾っている月桂樹があたかも女王の山車《だし》のような趣を添えていた。

「いーち、にーい、さーん」モーイがゆっくりとカウントを始めた。マンディは壜が割れたときのおこぼれにあずかろうとするかのように、ひっくり返した帽子を差し出して彼女の前にひざまずいた。

「こっちも見てくれ」マンディがいった。「青春の女神へーベ、神々の酌婦よ」

「おいおい、剣闘士か何かのつもりか」モーイが茶々をいれる。「しーち、はーち」なおもカウントは続き、ジージーは突然くすくす笑いが止まらなくなり、モーイはそれが収まるまで待った。「はーち」と繰り返してからさらに続ける。「きゅうー、じゅーう！」

ガシャン！　ビールが四方八方に飛び散った。マンディや月桂樹の葉に、さらには馬蹄形の花輪の後ろにいたビフにまで。ジェイクはそそくさとジージーの手から割れた壜を受け取り、ドアを開けるよううながした。

彼女はドアの取っ手を回して引いた。だが、ドアはびくともしない。彼女が再び引こうとすると、ジェイクが飛んできて加勢した。彼はオーバーオールからねじ回しを取り出すと、ドアにこびりついた何かをそぎ落とし始めた。

「何してるのよ?」見せ場を台無しにされたジージーの声はいささかとがっていた。

「除幕式の前に」ジェイクが説明した。「なかをのぞこうとする不届き者がいるといけないからドアに封をしておいたのさ」彼は作業をしながら、してやったりとばかりに笑いを浮かべてみせた。

フィナーレの着替えをしていたときに気になっていた、あのべっとりしたものの正体は蠟だったのだ。わたしはペンキだとばかり思っていた。

蠟はすぐに剝がれ落ちた。ジェイクは脇にのいて、ジージーに見せ場を譲った。彼女はそろそろとドアの取っ手を回した。ドアが開こうとするまさにそのとき、クローゼットから音楽が鳴り出した。オルゴール版の『口笛ふいて働こう』だ。ジージーは一瞬手を止め、困惑したような表情になった。それでも、次の瞬間、ぱっとドアを開けていた。

喉から出かかった喝采が凍りついた。部屋はしんと静まり返った。床にくずおれているのはラ・ヴェルヌだった！　彼女は全裸で、長い髪は顔に垂れ落ちていた。

「ふざけた芝居はやめろ」どこからか声が飛んできた。「さっさと服を着るんだ」だが、そのサミーの声は力なく震えていた。それがふざけた芝居などではないことがわかっていたのだ。彼女の体はあまりにも蒼白で、不自然にねじれていた。サミーは震える顎を押さえつけるために歯を食いしばった。「ドク・ミッチェルを呼んでこい」と彼はいった。「それから彼女の体をここから出すのを誰か手伝ってくれ」

ラ・ヴェルヌの体を明かりのもとに引きずりだすまでもなく、彼女が死んでいるのは誰の目にも明らかだった。ヴィクトローラがしだいに回転数を落とし、バリトン歌手の声がどんどん間延びして低くなっていく。

これほどまで低い声が出る歌手はいないだろう。まるで木の床をブーツでがりがりこすっているような音だった。これはもう歌じゃない、とわたしは思った。歌手は木の床にブーツをこすりつけ、ラ・ヴェルヌは死んでいる。わたしはめまいがして気分が悪くなってきた。

「見て、あれを見てちょうだい！」実際に自分がそういったのか、そう思っただけなのかわからない。「あの人の首を」だが、誰も見ようとしなかったし、わたしの言葉を聞いてもいなかった。「あれは彼女のGストリングよ！　彼女が絞め殺されちゃう。いいえ、そんなことできるはずがないわ。

もう遅すぎる。だって彼女、死んでいるんだもの」

突然、ヴィクトローラの音が止んだ。

第七章

ようやく意識を取り戻すと、楽屋は警官だらけだった。また、手入れにあったのかしら、と一瞬考える。それから何があったのか思い出した。わたしは床に横たわり、警官のジガーズがかたわらにひざまずいていた。

「こりゃたまげたね。きみのような肝っ玉の据わった女性が気絶するとは」と彼はいった。

目玉がちりちりと熱く、顔が濡れていた。彼はタオルを手にもっていた。「この次わたしの顔をタオルで引っぱたくなら」とわたしはいってやった。「せめてもう少しきれいなのにしてね」

彼はすまなさそうにドーランで汚れたタオルを見下ろし、隅っこに放り投げた。「こりゃ、失礼した、ジップ」それから表情が一変した。次に口を開いたときは完全に法の執行者の顔になっていた。「さあ、巡査部長から少しばかり質問があるそうだ。それも個人的にね」

その声には親しみのかけらもなかった。その視線がわたしから、楽屋の奥に移る。わたしは彼が見ているものに気がついた。三人の私服警官がトイレのドアに黙々と白い粉を振りかけていた。もう一人はフラッシュを焚き、ドアの取っ手の写真を撮っている。男たちは拡大鏡のようなものを取り出して、ドアを念入りに調べ始めた。

男のひとりがジガーズを振り返った。「鑑識に持ち帰って調べてみないと、はっきりしたことはわからないが」と彼はいった。「わたしには同一人物のものに思えるね」男が左手にいた別の男に意味ありげにうなずいてみせると、そいつは顎をかいて、うなずき返した。ふたりはしきりにうなずきあってから、わたしのほうに顔を向けた。彼らは何もいわず、ちらりとわたしを見て、それからジガーズに視線を移した。

突然、指に何かべとべとしたものが押しつけられ、わたしは彼らが何をしようとしているのかを悟った。わたしは自分の手を目の前に上げてみた。インクがどの指にも黒々とついている！　こいつらはわたしの指紋と、ドアについている指紋とを比べているのだ。突然、何もかもが滑稽に思えてきた。わたしの指紋写真を撮っているこの間抜けな男たち、いかにも法の手先らしくふるまっているジガーズ、そして汚れ、濡れた顔で床に横たわっているわたし。ラ・ヴェルヌの恐ろしい顔が脳裏によみがえる。切れた唇、青ざめた顔。わたしは笑い出していた。ジガーズに肩を揺さぶられるまで、笑い続けた。

「やめるんだ」と彼はいった。「やめないと君を殴らなければならない」笑いはやんだが、歯はまだカチカチ鳴っていた。彼はわたしを立たせた。彼のあとについて階段をのぼるわたしの脚はがくがくしていた。

男たちの楽屋は汚れた舞台衣裳と汗の臭いでむんむんしていた。人々であふれているうえに、煙草の煙がもうもうとたちこめ、みんなの顔がぼうっと霞んで見えた。そのとき、温かい手がわたしの手をつかむのを感じた。それはビフの手だった。彼はおなじみの「おれがついてるからな」といわんばかりの表情を浮かべ、わたしの手をぎゅっと握った。

　わたしはサンドラに目をやった。彼女は散らかったテーブルに寄りかかっていた。彼女はわたしに陰気な笑みをくれてから、そっぽを向いた。

「巡査部長のいわれたとおり」ジガーズはまだわたしの手をつかんでいた。「完全に一致しました」

　彼がしゃべっている相手の男はテーブルに腰かけていた。その前にはたくさんの書類が散らばっていたが、よほど重要なことが書かれているかのように目を離そうとはしなかった。割れたグラスと何本かの鉛筆がかたわらに押しやられていた。男はわたしのほうを見ようともせず、座るようにといった。

「もう気分は良くなったかね？　質問に答えられそうかね、ミス……」彼は書類に目をやった。「ミス・リー？」その声は柔らかく、穏やかだった。少しばかりおじいちゃんに似ているような気がした。同じような鉄灰色の髪、きらきら光る眼。

「大丈夫です、刑事さん」わたしは答えた。「気絶するなんて本当に恥ずかしいわ。こんなこと生まれて初めてです。わたしのせいで捜査が遅れてないといいんだけど」

「いやいや、そんなことはありませんよ」彼は安心させるようにいった。

　なんて優しそうな人なのかしら、とわたしは思った。本当におじいちゃんみたいだ。「だってあんな死——死体を見たのは初めてだったから……」

「それで気が転倒したと？」

「ええ、あのGストリングを見たら、わたし……わたし……」

「どうなったというんだね、ミス・リー」男は先をうながしながら、ずいと身を寄せた。その口元が少しばかり険しくなったように見えた。

「気を失ったんだと思います。だって楽屋は人いきれでむんむんしてたし」誰かがくすくす笑ったが、その声はあまり好意的とはいえなかった。笑いの主はプリンセスだった。彼女はジージーのすぐ背後に座っていたのだ。「それにもちろんビールも相当飲んでいたし」わたしは彼女のために急いでつけ加えた。

巡査部長はひとしきり何もいわなかった。その視線はわたしの右手に注がれている。その先にあるのは指先についているインクだろうか、それともくしゃくしゃに丸められたクリネックスだろうか。「ずいぶんと落ち着きがないようだが？」と彼はいった。

わたしは丸めたクリネックスを膝に落とした。その声は前ほど優しくなくなった。瞳から青みが抜けて冷たい灰色を帯びた。もうおじいちゃんには全然似ていなかった。

「そういうわけじゃありません」わたしはこわばった声でいった。「わたしが意識を取り戻すまで指紋を取るのを待っていてくれればよかったのにと思ってるだけです。たしかそういう法律か何かあるんじゃなかったでしたっけ？」

巡査部長はもじゃもじゃ眉を片方だけ上げてみせた。「なるほど法律ときましたか」彼は笑みを浮かべたが、そこにはまったくユーモアは感じられなかった。「おそらく指紋が取られたのは、あなたが十分に正気づいたと思われる頃だと思うんだがね。あなたの受け答えからして、完全に意識を取り戻していたと」

「そうよ、ジッパー」ジージーが横から口を出した。「あんたはぺらぺらしゃべってたわよ」彼女は大きく見開いた目を輝かせている。そうすることで何かを伝えようとするかのように。

　巡査部長は彼女のほうを向いて、頭を振ってみせた。「わたしが話すまで待ってもらえないかね、ミス・グレアム？」

　ジージーは警官を睨みつけ、そのころにはわたしも相当頭にきていた。「いい、封蠟についていたのがわたしの指紋だっていうことなら、見当違いもいいところよ」すると巡査部長はチッチッと舌を鳴らし、それがわたしの怒りをさらに燃え上がらせた。「指紋を取られたときにわたしの意識があったかどうかなんてどうだっていいわ。わたしの指紋がドアのと一致したのは単純な理由からよ。わたしあの塊が気になって実際に触ったんだもの」

「なぜ？」

「なぜって？」

「なぜ、あの封蠟に触ったのかと訊ねているんだよ」その目は険しく、声は低く凄みを帯びた。わたしに答える暇を与えず、彼は続けた。「わたしが代わりに答えてやろう。それはきみがドアの向こうに何があるかを知っていたからだ。君は元の封蠟をはがし、そのあとで自分の封蠟をし直した。中国人のウェイターからもらった包みの封蠟を溶かしてな。君は誰もいなくなるのを見計らって、こっそりあの部屋に忍び入ったのだ。何かをする時間はたっぷりあったはずだ。きみはこのラ・ヴェルヌという女性を嫌っていたし……」

「やめて！」わたしは叫んでいた。彼がしゃべるのを聞きながら、わたしはローラーコースターに乗っているような気分になっていた。どこまでも上がっていったかと思うと、次の瞬間、落下が始まり、どんどん落ちていった。わたしの体の下でカートがどこまでも滑走していく。立ち上がると気分がよくなったような気がした。わたしは立ったまま、落ち着いた口調で、ビフと一緒に〈ダッチマンズ〉に行ったこと、舞台に遅刻しそうになってフィナーレの着替えをするまでのいきさつを説明した。

「そのとき、誰かに見られているような気がして」わたしはいった。「それからあの赤いペンキが——封蠟のことですけど——気になって、その、思わず触ってみたんです」わたしは肩をすくめ、言葉を見つけようとした。巡査部長は先を待っていてくれた。わたしは続けた。「そしたら、それは生温かかったんです」

「温かかったというのはたしかかね？」

「ええ、たしかですとも。わたしがいい加減なことをいってるとでも？　でも、わたしは封蠟に細工なんてしていません。封蠟については、中国人のウェイターからもらった包みについているのを見たあとはまったく見ていません。たしかにわたしはラ・ヴェルヌが嫌いだったけれど、嫌いな人なんて他にも山ほどいるわ。あなたもその一人よ。でも、だからといってGストリングで絞め殺したりはしないわ」

わたしは叫ぶように言い捨てると、踵を返して部屋を出ていこうとした。だが、警官に止められた。

巡査部長が再び口を開いたが、今度はあの柔らかな口調が戻っていた。

「かけたまえ、ミス・リー。きみがラ・ヴェルヌを殺したのだとはいっていない。ただ、きみが彼女を嫌っていたといっただけだ。それに封蠟にはきみの指紋がはっきりとついていた」愛想のいい口調だったが、わたしはあいかわらず立ったまま座ろうともしなかった。「これも義務でね」と彼は続ける。「そしてわれわれにはきみの協力が必要だ。きみも進んで協力してくださるとありがたいんだがね」

わたしは腰をおろしたが、ちっとも気分は楽にならなかった。わたしにはこの男の企みがわかり始めていた。これが五分前のことだったらわたしも協力していたかもしれない。でも、今はその気になれなかった。

「なぜ彼女がGストリングで殺されたと思うんだね？」巡査部長は手元の紙にいたずら書きをしていた。小さな丸をいくつも重ねて、話がひと区切りしたところでその中心に点を打ち始めた。

「だって見たんですもの」わたしはのろのろといった。「男の人たちが彼女の体を抱えて楽屋に運んでいったときにラインストーンが光ったのを。右の耳から首にかけて三角形の布片が引っかかっていたのを」

誰も何もいわなかった。わたしは部屋にいる人々を見渡した。ラッセルは床に目を落としたまま、ドアにもたれて立っている。ドリーとジャニーンはひとつ椅子をわけあって座っている。ジャニーンは静かに泣いていた。ビフがわたしに微笑みかけたので、わたしも笑みを返してみせた。プリンセスも笑みを浮かべていたが、それはどこか意地悪さを感じさせる笑みだった。まるで人の不幸をひそかに喜んでいるような。

　わたしは巡査部長に視線を戻した。彼の視線はわたしに据えられていた。もじゃもじゃの眉毛の下から、プードルのようにわたしをじっと見つめている。いつのまにかいたずら書きをやめ、鉛筆でこつこつとテーブルを叩いていた。

「そんなふうにわたしを見ないでちょうだい」とわたしはいった。「それにテーブルをたたくのもやめて。あなたはいったい何をいいたいの？」

　こつこつと叩く音がやんだ。

「ラ・ヴェルヌは絞殺された」と巡査部長は気をもたせるような口調でいった。「絹糸のデンタルフロスでね」男は再び、今度はゆっくりと鉛筆でテーブルを叩き始めた。「だが現場にはGストリングもなければ、ラインストーンのついた三角形の布片もなかった」

　彼のいってることがなかなか頭に入ってこなかった。それからわたしははっと気がついた。現場にはGストリングもなければ、ラインストーンのついた布片もなく、封蠟にはわたしの指紋がばっちり残っている。それにわたしはたしかにラ・ヴェルヌが嫌いだった！　そのとき、耳にビフの声が飛び込んできた。

「おまわりさんが何をいわんとしてるのか、おれにはさっぱりわからないが」と彼はいった。「だが、聞いてるとあんたはミス・リーが嘘をついていると思ってるようだ」彼はテーブルの前にやってくると、断固とした口調でいった。「パンキン――おっとミス・リーとおれは今夜ずっと一緒にいたんですぜ。一秒たりとも彼女がおれの視界から出たことはありませんでしたね」

「それこそ大嘘だ！」誰かが叫んだ。もうもうたる煙の向こうからラッセルがやってくるのが見えた。「フィナーレの前にこの女は楽屋にひとりきりだった」その顔はゆがんでいた。

「どうしてそんなことを知っている？」ビフがすかさず突っ込んだ。

ラッセルは言葉をとぎらせ、巡査部長を見た。警官はこれまでになく柔らかな声で訊ねる。「そうだ、どうしてミス・リーがひとりきりだとわかったのかね？」

「それは……その、ぼくは……」彼は必死の面持ちで部屋を見渡したが、安心させてくれるような顔はひとつもなかった。「みんなはフィナーレで舞台にあがっていた。そこにあの女がやってきて階段を上がるのをぼくは見たんだ」

ビフは何もいわず巡査部長が続けるのを待った。だが、いつまでも口を開かないので、ビフは笑みを浮かべ、ゆっくりと切り出した。

「きみはさっき彼女が大嘘つきだといったが、それはまさにきみ自身のことじゃないのかね。きみは全員がフィナーレのために舞台に上がっていたといった。ただし、パンキンとラ・ヴェルヌを除いてはな！」ビフがたたみかけると、ラッセルはたじろいだ。「きみは自分がどこにいたのかは明らかにしていない。それに彼女の死体が見つかる一時間ほど前に、男連中にむかってあの女がルーイのような男といちゃつくのを見るくらいなら殺したほうがましだと宣言したこともな」

「そうさ、ぼくはあいつを殺してやりたかった。あんな汚い裏切り女は……」ラッセルの声がうわずったかと思うと、彼は両手に顔を埋めた。「でも、愛していたんだ。あの言い争いを聞くまで、ふたりができているのも知らなかった。彼女と結婚したかった。だから彼女を殺すなんてことができるはずがない」

ドリーが何かをいいたそうに口を開きかけたが、すぐに閉じた。彼女は唇を震わせていた。

その様子をじっと見守っていた巡査部長が訊ねた。「何かいいたいことがあるのかね、ミス・バクスター？」

ドリーは首を横に振った。「いいえ、何もありません」

「あんたはラッセル・ロジャーズとラ・ヴェルヌが結婚することなどできはしないといいたいのではないかね」巡査部長が訊ねる。

ドリーは必死に首を振り続けていた。「いいえ、いいえ、いいえ！」彼女はヒステリックに叫んでいた。

「なぜなら彼は結婚しているからだと！」ドリーの必死の否定にもかかわらず、彼は続けた。「きみとね！」

もしジャニーンが彼女をつかんで支えなかったら、ドリーはその場に倒れていたかもしれない。ジャニーンの肩にもたれて泣きじゃくる彼女の声はほとんどなんといっているのか聞き取れなかった。「わたしたち知られたくなかったんです。モスは結婚しているカップルを雇いたがらないから。最初はわたしひとりでこの劇場で働き始めました。彼は休職期間中でした。そしたら、劇場が新しいコメディアンの相手役を探していることを聞いたので、前に一緒に働いていた知り合いがいるからって……」

ドリーは火のついたように泣き出し、それ以上続けられなくなったが、ジャニーンに慰められて、ようやく先を続けた。「あの女が彼に手を出し始めたときは、いっそのこと本当のことを打ち明けてやろうかとも思いました。でも、彼がそうさせてはくれませんでした。彼はあの女を愛してる、おまえのことなんて一度だって愛したことはないといったのです」

「それでぼくになんといった?」ラッセルが辛辣な声でいった。その顔は蒼白になっていた。

ドリーは何もいわず、ふたたび泣き出した。

ラッセルは巡査部長に向き直った。「好きなだけ泣くがいいさ」彼はあざけるようにいった。「ラ・ヴェルヌとぼくを殺してやるといったときには、涙のひとつも流さなかったよな。もっともあのときは見物人もいなかったし。もしぼくが嘘をついているとおもうのなら、これを見てくださ い!」彼はシャツの前をはだけると、首に巻いていたウールのアスコットタイをむしり取った。「この傷を見るがいい!」

彼は頭をのけぞらせ、首につけられた傷跡をあらわにした。そこにはくっきりと青黒く、指の跡が残っていた。耳の下には明らかに爪で引っかかれたとおぼしき赤い筋がついている。

「あの女がやったんだ。一週間前に。ぼくが別れを切り出したあの夜に!」

「違うわ。全部嘘っぱちよ」ドリーの声がまたヒステリックな響きを帯びる。

わたしもほとんど彼女を信じる気になりかけていた。だが、ラッセルの首に残された傷は明らかに爪で、それも長い爪でつけられたものだった。わたしはドリーの明るいマニキュアを塗った爪に目をやった。それは長く、猛々しかった。一本だけ割れている爪があり、それが全体のバランスを損なっていた。わたしはその場面を目撃していた。彼女が爪を割ったのは、月桂樹の葉っぱをドアの上に釘で打ちつけているときだった。

　でも、本当にそのときだったのだろうか？　ふと疑惑が頭をよぎる。彼女はアリバイを作るために、わざとあそこで割れたようなふりをしたのだろうか？

　わたしはすぐさまその考えを追い払った。夫を爪でひっかいたことくらいで、なぜアリバイを作らなければならない？　女性が癇癪を爆発させたからといって誰に非難することができるだろう。とりわけラッセル・ロジャーズのような男と結婚した女とあれば。

第八章

巡査部長は次々に暴露される意外な事実に注意深く耳を傾けていた。そして時折、目の前の書類に何かを書き込んでいた。

「ルーイ・グリンデロにも話を聞く必要があるな」だしぬけに彼がいった。

椅子の上でそわそわと身動きする人々の衣擦《きぬず》れの音をのぞいて、部屋は沈黙に包まれた。ドアのかたわらにいたジガーズが、巡査部長のところにやってきた。彼は身をかがめると、巡査部長に耳打ちした。巡査部長はそそくさと何かを書きつけた。

ジガーズは大仰な足取りで出ていった。

「ルーイを網にかけようってんだぜ」とビフはいったが、巡査部長にぎろりと睨まれ、決まり悪そうに口をつぐんだ。

「ミス・グレアム？」巡査部長に名前を呼ばれたジージーははっと姿勢をただした。まるで巡査部長のいうことを一言も聞き逃すまいとしているかのように。

「先ほどあなたに質問したとき、あなたは楽屋でひとりきりだったことは一度もなかったといいましたよね？」

ジージーはそそくさとうなずいた。「えっ？　ええ、ひとりきりだったことはありません」

巡査部長は手元の紙にまた目を落とした。ジージーはまるで『母の旅路《マダムX》』のコメディ版を演じているかのように、笑みをうかべて部屋を見回していた。

「故人を最後に見たのはいつだね？」

「コジン？」

「故人——ロリータ・ラ・ヴェルヌだ」

ジージーはしばし考えた後に答えた。「やだ、思い出せないわ。わたし、さっきなんていいましたっけ？」

巡査部長は忍耐強く続けた。「きみは、はっきりしたことは覚えてはいないが、公演中のどこかで見たような気がするといったのだ。覚えていないのかい？」

「でも、あのときに覚えていないものを、今どうやって思い出せるというの？　それにしょっちゅう見慣れている人のことは、いちいち気にしたりはしませんわ。あなただってわかるでしょう？」

巡査部長はプードルのようなもじゃもじゃ眉毛ごしに彼女を見た。「いいや、わたしにはわかりませんね、ミス・グレアム。わたしは誰かを見ているときはちゃんとその人を見ている。さあ、もう一度よく思い出してごらん」

ジージーはおでこにしわを寄せ、耳をひっぱっていた。やがて彼女はにこっと笑って相手を見上げた。「ようく、考えてみたけれど、やっぱり思い出せないわ」

巡査部長は彼女に席に戻るようにと告げた。「いいや、ここから出ないでください」ドアから即刻出ていきたかったらしいジージーはしぶしぶ席についた。

「さて、それではミス・スレード、こちらにどうぞ」彼はそういって指でサンドラを呼び寄せた。彼女が座ると、巡査部長は同じ質問をした。

サンドラは実に多くのことを覚えていた。「わたし、お給料の小切手がもらえるまで、彼女に一ドル貸してくれないかって頼みにいったのよ。小切手がくるのはいつも夜の一回めのショーか、もう少しあとになってからでしょう。だから、そう長い間貸してくれってわけじゃないのよ。わたし、そのとき死ぬほどコーヒーが飲みたかったんだけど、いつもお金は実家に送っていたから、週末はいつもオケラだったのよ。もちろんそんなことまでいう必要はなかったんだけど、あの人の財布からお金を出させるのはそれはもう大変なんだもの。でも、ほら、当たって砕けろっていうじゃない？」

「なるほどね」巡査部長は確認するようにいった。「つまり、ラ・ヴェルヌを最後に見たのはいつなのか正確にはわからないということだね？」

「ええ、そういうこと」サンドラはあっけらかんと答えた。巡査部長はなおも鷹揚にかまえている。どうしてそんなことができるのかわからなかったが、その声はあいかわらずもの柔らかで、いわないでいいことまでしゃべらせる力があった。

ドリーに質問する口調もきわめて物柔らかだった。ドリーの涙は乾いていたが、ほかのメンバーと同様、ほとんどの質問に対して否定していた。すると彼はこういった。「ミス・バクスター――

いや、失礼ミセス・ロジャーズ――きみにはロリータ・ラ・ヴェルヌを殺す動機があったということはわかってるね？」

ドリーはぽかんとした顔で彼を見つめていた。彼を信頼していいものかわからなくなってきたのだ。わたしは彼女に同情を禁じ得なかった。この巡査部長は人をやけに不安にさせるようなところがある。もし犯人だったら、秘密を打ち明ける相手には絶対したくはないタイプだ。

「わたしはそんなことしてません」

「だが、きみはネイル用のやすりで彼女に襲いかかったそうだね」彼女がうなずくと、彼はさらにたたみかけるように続けた。「それにきみはご亭主の首を絞めようとしたね？」彼女はうなずきかけてから、自分がおとしいれられたことに気がついた。

ジャニーンが椅子から立ち上がって飛び出してきた。「ちょっと、卑怯じゃない」彼女はドリーを押しのけると、巡査部長の前に立ちはだかった。

「あんたはこの捜査とかいう茶番をおっぱじめてから、みんなにかたっぱしから嫌疑をかけまくってるみたいだけど」彼女は制服警官を睨みつけた。「最初はこのジッピーに」彼女はそういってわたしのほうに首を傾げてみせた。わたしとしては自分の尻ぬぐいは自分でしたかった。だが、ジャニーンはすっかり激高していた。彼女はやおら片脚を机の端にかけると、巡査部長の鼻先に顔を突きつけた。「あたしたちが生きてる彼女を最後に見たのは自分ですっていうとでも思ってるの？ジップが封蠟を取り替えたとしても、わざわざどまんなかに自分の指紋を残したりすると思う？そんなの今時どんな安探偵小説だって採用しないわよ。それにもうひとつ――」

巡査部長が口をはさもうとするのを、彼女は手で制した。その手の動きと声がますます大きくなる。

「ええ、もうひとつあるのよ。たしかに喧嘩だってするわ。でも、それはあくまであたしたちの間だけよ！　その人を傷つけるとわかるようなことを他人にしゃべる人間なんて誰ひとりこの部屋にはいませんからね。あたしたちは固く団結してるのよ！」

「どうか、落ち着いてください。いいですか――」

「あんたはもう一生分しゃべったでしょ！　でも、こっちはまだ終わっちゃいないのよ。そもそも、あんたのなんでも知ってるぞという態度が気に入らないわ。そりゃお偉い方々は、労働者階級ならいくら締め上げてもいいと思ってるのかもしれない。でも、ここじゃそんなのは通用しないんだから！」彼女はそこで息を継いだ。「もしあたしがここで、ラ・ヴェルヌは本当はGストリングで首を絞められたのかもしれないといったらどうする？　実際そうだったんでしょ！　彼女はいつもゴムの紐じゃなくて絹糸のデンタルフロスを使ってたのよ。あたし知ってるんだから」

「どうやらいろいろなことをご存じのようですな」ようやくのことで巡査部長は口をはさむことができた。

「ええ、そうよ。それにこれだけじゃないのよ」ジャニーンはしたり顔の笑みを浮かべると、テーブルから脚をおろした。そのひょうしに部屋着の前がはだけて、白い脚に太腿、お尻のビーズのフリンジがきらめいた。

「ここにいるお利口なおまわりさんは、彼女の預金通帳がなくなってることに気がついたかしら？」彼女は訊ねた。

巡査部長は彼女の脚を見下ろしていたが、そそくさと目をそらした。

「今のは入場料をもらわなくちゃね」ジャニーンはそういいながら優雅な足取りで自分の椅子に戻った。

巡査部長は大きな咳払いをすると、首元のカラーに指を滑らせた。次に口を開いたときには、その口調には先ほどよりも高圧的な響きがあった。

「座りたまえ、ミス・ジャニーン」と彼はいった。

ジャニーンはおとなしく座ったが、巡査部長を見返すその顔には不満げな表情が浮かんでいた。

「わたしは今までじっと我慢してきた」巡査部長はいった。「きみたちショーに携わる人間は過剰反応しやすいし、この……殺人にきみたちもさぞかし動揺しているだろうと思ったからだ。だが、今回のこれはいつもの舞台裏のいがみ合いや喧嘩とはわけが違う。これはあらかじめ計画的に考えられた冷酷な殺人なのだ。きみたちが亡くなったご婦人を好いていたか否かは問題ではない。重要なのは殺人者を逮捕することなのだ。そいつに正義の裁きを下すために、わたしはみなさんの助力を必要としている」

彼は部屋のなかを見回した。「誰か手がかりになりそうなことを覚えている者はいないかね？」

誰も身じろぎもせず、口を開く者もいなかった。突然、プリンセスが立ち上がって、テーブルのほうを向いた。

「わたくし、あることを思い出しましたの」と彼女はいった。「あのパイプからですけれど」すらりとした、浅黒い指で、彼女はさし示した。巡査部長の視線が、高貴な手につられて動いた。「声が聞こえてきたのです。ラ・ヴェルヌと……どなたかはわかりませんが。どちらの声もひどく怒っていました。なぜそれを覚えているかというと、ちょうど最後の場面の直前で、音楽が聞こえてきたものですから急いでフィナーレの支度に取りかからなければならなかったからです。ラ・ヴェルヌが『やれるものならやってみなさいよ』というと、相手は『へえ』と答えていました。それから次に聞き慣れた音が聞こえてきました。ロシア革命で、反革命が起こり、わたくしがまだ小さい子供だったころによく聞いた音です。あれは間違いなく、誰かが絞首刑になるときの音でしたわ」

「その相手の声は……聞き覚えがある人物だったかね？」

プリンセスはしばし口をつぐんでいたが、やがてドリーのほうに目を向けた。ドリーは噛みつきそうな視線でそれを受け止めた。

「相手の声に聞き覚えがあったかどうかと訊いているんですがね」巡査部長が繰り返した。

「さあ、どうでしょう」プリンセスはあいかわらずドリーを見つめたまま答えた。「もう少し時間が経てば思い出せるかもしれませんけれど」

ドリーは睨《ね》めつけるような視線を投げた。「ええ、きっと思い出すでしょうね」

このちょっとした寸劇にも巡査部長はたいして興味を惹かれた様子はなかった。まるで別の女性がしゃべりだすのを待っているかのようだった。

その沈黙を破ったのはアリスだった。「なぜ、わたしには何も訊いてくださらないんですぅ？他の人たちにはあれだけ質問責めにしておきながら、わたしだけ仲間外れにするんなんてひどぉい」

巡査部長は彼女に目をやった。とたんに氷のような青い瞳がやわらいだ。アリスはいつもこうやって男たちをめろめろにしてしまう。あのしれっとした顔なら、殺人もなかったことにしてしまうのではないかと一瞬思ったが、すぐにやめた。今はそんなくだらない考えをもてあそんでいる場合じゃない。とりわけ「殺人」だの「死」という言葉が入るようなものは。

「あなたを除外するつもりなど毛頭ありませんよ、ミス・エンジェル」巡査部長はそういいながら、笑みさえ浮かべていた。それは父のような優しい笑みとも取れたが、もっと別のものも含まれていた。

「それではあなたがロリータ・ラ・ヴェルヌを最後に見たのはいつでしたか？」彼は訊ねた。

「きっとあの人が生きているのを最後に見たのは、わたしだと思いますぅ」アリスはいとも無邪気に答えた。巡査部長がさっと顔をあげる。アリスはくすくす笑いながら続けた。「もちろん殺した人以外には、って意味ですけどぉ。つまり、こういうことなんですぅ。わたしたちがフィナーレのために全員楽屋から出たときぃ、あの人はちょうどわたくしの後ろから階段をおりてきました。そのときに、あの人ったら変なことを――わたしには変に思えたって意味ですけど――いったんですぅ。お母さまの写真のことを。どこかの汚らわしいシラミが……」あたかもそれが最大級に汚らわしい言葉であるかのように彼女は唇に指をあててみせ、顔を赤らめながら続けた。「あの人がそういってたんですぅ――どこかの卑劣漢がお母さまの写真を盗んだって。すぐに答えないでいると、今度は耳元に口を寄せて『どこにやったのよ？』と詰め寄りました。わたしがなおも答えられないでいると、あの人はお願いだから、とおっしゃいました。でも、それがひどく怒っているようなので、わたしすっかり怖くなっちゃってぇ」

アリスが可愛らしく身震いすると、巡査部長はうなずいてみせた。

「いわれもない非難を受けるのはまっぴらでしたから、誰もあなたの写真なんか盗んじゃいないわ、ちゃんとあなたのテーブルにあったじゃない、新聞紙の下に隠れてたけど、といいました。でも、それは本当じゃなくて、わたしは告げ口なんかしたくなかったので、ドリーが彼女を怒らせるためにわざと隠したんだってことはいわないでおいたんです」

「馬鹿らしくて聞いてられないわ」ドリーが椅子から飛び上がって、ドアに向かって一歩踏み出しかけたが、すぐに警官たちに取り押さえられた。アリスは虐待される孤児のように身をちぢめた。

「ねえ？」アリスは巡査部長を訴えかけるような目で見つめた。「あの人はわたしが……何か別のこともいうんじゃないかと思ってるんですぅ」ついには涙声になり、彼女はその場に居合わせる警官たちをいっせいにノックアウトしてしまった。警官たちはドリーをにらみつけ、アリスには愛情をこめた視線を浴びせた。

「きみは全部話してくれなければいけないよ」巡査部長が優しい声でいった。そしてすっかり萎《しお》れたドリーに冷たい視線を向けてから、こう続けた。「きみに危害を加えるようなまねは誰にもさせないからね、ミス・エンジェル」

アリスが下唇を震わせるさまはなかなかの見物だった。そして彼女は続けた。「ラ・ヴェルヌはわたしのいうことをどうしても信じてくれなかったんです。それで、しかたなく一緒に楽屋に戻って、写真が隠されていた場所まで案内しました。そしたら今度は誰が隠したんだと詰め寄ってきたんです。わたしだって本当はいいたくなかったんですけどぉ、いわなければ引っぱたかれそうな剣幕でした。わたしは、ねえ、これはただのジョークだったのよといいましたが、彼女はますます怒りだしたので、急いで楽屋を出ました。そしたら階段を下りている途中で……」

ドリーが肩を押さえていた警官たちの手を振り離し、勢いよく立ち上がった。「わたしを見たんでしょ！」ドリーはほとんどヒステリックに叫んでいた。「あの女はそういいたいのよ。ええ、わたしは楽屋に戻りましたとも。でも、ラ・ヴェルヌとは一言だって口も利いちゃいないわ。そもそも彼女の姿はそこになかったんですもの」ドリーは大きなため息をついてから先を続けた。煙草を取りに戻っただけだと説明する口調は、だいぶ落ち着いたものになっていた。

「サミーのコールが早すぎたのよ」と彼女はいった。「下におりてからそれがわかったので、煙草を取りに楽屋に戻ろうと思ったんです。そして煙草を一本抜いてから、また部屋を出ました」

「ラ・ヴェルヌには気がつかなかったのかね？」巡査部長が訊ねた。

「彼女の姿は見えませんでした」とドリー。「気づくもへったくれもないわ」

「なぜ、そのことをさっきいわなかったのかね」

ドリーは肩をすくめてみせた。それはいかにも完璧なふさわしい仕草に見えた。彼女はしれっと次のせりふを発した。「たぶん、そのときは忘れちゃってたんでしょう」

巡査部長はもじゃもじゃの眉の下から、ぎろりと上目づかいに彼女を見上げた。あんなふうに見つめられたら、わたしが犯人ですと白状してしまいそうな気がしたが、ドリーにはまったく効かないようだった。

「ほかに何か訊きたいことはおありかしら?」彼女は訊ねた。

「いや、今のところは別に」巡査部長はサミーのほうを向いた。「全員の名前と住所をリストにしてもらえるかね?」

サミーはもったいぶった口調で、わたしめがじきじきに用意いたします、と答えた。

解散していいといわれたわけではなかったが、人々は自然に出口に向かい始めた。ジョーイとラッセルが出ていったが、警官はふたりを止めはしなかった。もうこれで終わりにしてほしいとわたしは思っていた。ビフがドリーに「元気出せよ」と小さな声でいっているのが聞こえたが、わたしにはいちばん元気づけが必要ない人物に思えた。だが、それも彼女の顔を見るまでだった。彼女の目はラッセルを追っていたが、本当に彼を見ているのかどうかは疑わしかった。彼女はぼうっとして、何が起こっているのかもわかっていない様子だった。プリンセスはドリーには目もくれずに脇をすり抜けていった。サンドラがそれに続いた。

「さあ、ドリー」ビフが声をかける。「下にいって軽く一杯やって……」

ドリーは怒ったように彼の手を払いのけた。「飲む気になんかなれない」と彼女はいった。「あの部屋にはもう入れないわ、絶対に」彼女は震えていた。

自分でも薄情だとは思ったけれど、ビフが彼女を置いて出ていったので、わたしも一緒についていった。わたし自身もヒステリーを起こす寸前で、これ以上ドリーとやりあったら爆発しかねなかった。

踊り場から見下ろすと、みんなは地下室に向かっておりていくところだった。わたしはビフにいったい何事かと訊いてみた。

「パーティ用の酒は全部地下に運び込んであるのさ」それだけ聞けば十分だった。わたしは決して大酒飲みではないが、今は何をおいても生《き》のライ・ウィスキーを六杯たて続けにあおりたい気分だった。

ビフはそんなわたしの心のうちを読み取ったようだった。「おれもちょっとばかりご相伴《しょうばん》にあずかろうかな」と彼はいった。「けど、その前にちょっと取ってこなきゃならないものがある」

わたしたちの楽屋のドアは閉まっていたが、鍵はかけられていなかった。「犯行現場」だというのに見張りをする警官のひとりもいないのが不思議だった。だが、あとになってトイレのドアには鍵がおろされ、封印されていたことがわかった。警察はいつもの有能ぶりを発揮して、違うドアをロックしてしまったのだった。ビフが鉄製のドアを開けてなかに入った。わたしはドリーと同じくらい、なかに入るのは気が進まなかったが、それでも彼のあとについていった。

ラ・ヴェルヌの死体はすでに運び出され、わたしはひそかに神様に感謝した。写真撮影用の使用済みフラッシュバルブの残骸と、かんぬきのおろされたクローゼットのドアを除いては、ここで起こったことを思い出させるものはなかった。屋根に向かう窓は開いたままで、風が色褪せた更紗のカーテンを吹き流しのように部屋にはためかせていた。部屋は寒く、湿っぽかった。窓を閉めようとして、はじめて雨が降っていることに気がついた。冷たい、霧のような雨だった。わたしが窓と格闘しながらなんとか閉めようとしているところに、ビフがやってきた。

「ちょっと待ってくれよ」と彼はいった。そしてふたたび窓を開けると、窓枠に足をかけ、窓を乗り越えて屋根の上に降り立った。何かを探しているようだ。彼はライターを点け、その炎を手で覆った。外は暗く、わたしには揺れ動く黄色い炎以外何も見えなかった。しばらくすると彼はかがみこんで、ラインストーンがきらめいている布片を拾い上げた。彼はそそくさとそれをポケットにしまい込んだが、わたしはびろうどの裏地と細い絹糸をたしかに見た。それはジャニーンのGストリングだった。わたしがラ・ヴェルヌの首にかかっているのを見たのと同じやつだ！

「ちょっとジップったら、なんてところから身を乗り出してるのよ！」ドリーは楽屋に対する恐怖を克服したようだった。わたしに近づいてくるその足取りは少しばかり酔っぱらっているようだった。彼女もまた窓の外をのぞきこもうとした。

「ビフがいるのよ」わたしは急いでいった。「彼、見つけたのよ。ジャ……」

「あったぞ」ビフがそういいながら窓を乗り越えてきた。彼はわたしに制するような視線を投げた。

「ハンカチが飛んでいっちゃってさ。拾いにいってたんだ」彼はそういいながら尻ポケットを叩いてみせた。「ちゃんとここにある」

「そのペタペタ打ちつけるのやめなさいよ」ドリーがいった。「アシカのショーか何かみたい」彼女はエプロンのポケットからボトルを取り出すと、栓を回し始めた。「水があれば飲み物をこしらえてあげるわよ」

「おいおい、そんなものいったいどこから手に入れてきたんだい？」クォート壜を見たビフが目を輝かせる。

「パーティで残ってた最後のひと壜よ」ドリーが答えた。「どうせひと壜くらいくすねたって気づかれやしないだろうと思って……ま、そういうこと」

ボトルが三周めに回されると、ジージーとサンドラが入ってきた。ふたりは今までルーイの店にいたのだといった。パーティの酒類が切れたので、みんなこぞって一杯やろうと押しかけたらしかった。

「そういえばジガーズもいたわよ」サンドラがいった。「もっともあっちはお仕事だったんだけど」

「仕事って、なんの？」

「ルーイを探しにきたのよ。ちょっと見ないでちょうだい」彼女はビフが顔をそむける前にコートとドレスを脱ぎ始めた。

「誰も見やしないよ」とビフ。「それでやっこさんは見つかったのかい？」

「誰のこと？　ああ、ルーイね」サンドラはボトルを受け取ると、手の甲で飲み口を拭いた。「うん、見つからなかったの」と彼女はいった。「それどころか見つけられないんじゃないかしら」

彼女はもっともらしくつけ加えた。

「なんでそんなことがわかるの？」ドリーが何喰わぬ顔で訊ねる。

「別に警察の邪魔をしようってわけじゃないんだけど」サンドラは神妙な顔つきをしてみせた。「ルーイとラ・ヴェルヌが争ってたことをわざわざご注進に及ぼうという人間なんてどこにもいやしない。あんたとラッセルのことや、ジップのことを垂れこむくらいがせいぜいでしょ。だから、あたし警察にいってやったの。あいつがラ・ヴェルヌにどんなひどいことをしたか、気をつけないともっとひどい目に遭うぞと脅してたことなんかをね。まあ、ちょっとばかり脚色したけど。それをわざとモーィに聞こえるように大きな声でいってやったわけよ。そうすれば絶対にルーイに伝わるから。でもって、さっそくルーイにご注進に及んだってわけよ」

「ルーイは一切合切担いでどこかにとんずらしたらしいわ」ジージーがつけ加える。「車も一緒に。でも、そんなことしたってなんにもならないのにね。ジガーズの話だと、車種だとかルーイの人相や着てる服のことなんかを全部ラジオで流すんだって」彼女はしゃべりながらメイクを落としていた。睫毛からマスカラを注意深く落とすと、小さな皿に戻した。これだけこってり塗るんだから、二度使わないのはもったいない、というのが彼女の言い分だった。

「ちょっと」ドリーが驚いたように口をはさんだ。「まだ夜中のショーがあるじゃない。なんでメイクを落としちゃうのよ」

「夜中のショーは無しですって」サンドラが頭にベレー帽をかぶりながら答えた。「サミーがいってたわ。この期《ご》に及んでショーをやるのは倫理にもとるんですって。モスの留守のあいだは彼の言葉は絶対よ。第一、劇場のまわりは新聞記者たちがうようよしてるわよ。あたしたちも、石炭用のシュートからこっそり出ていかなくちゃならなかったんだから」

ジージーがくすくす笑った。「もうこっちは笑い死ぬかと思ったわ。わたしたちはそこから群衆のまうしろに抜け出したの。マンディにマンホールの蓋を開けてもらって、誰かこっちを見ている連中がいないかどうか見張ってもらってね。みんな楽屋口のほうに気を取られていたから、マンディに誰もいないことを確認してもらってから這い出して、群衆のなかに紛れこんだというわけ。マンディったら、その辺で目をぎょろつかせてる警官をつかまえて『いったい何があったんですかい?』なんて訊くのよ。『バーレスク劇場でご婦人が一人バラされたのさ』って警官が答えると、マンディときたらいつもの『チッ、チッ、チッ』をやってみせたってわけ」

ジージーの「チッ、チッ、チッ」は彼女の十八番であるハーミットの物まね同様見事なものだった。わたしたちの馬鹿笑いにビフまでもが加わった。

ジージーは笑いの合間から「マンディときたら次から次へと野次馬をつかまえちゃ、何があったんですかいと聞いてまわって、その人たちが教えてくれるたびに『どうか魂の平和があらんことを』の牧師さんみたいに信心深そうな顔つきをしてみせるの。『罪の報いは死である』なんて殊勝な口ぶりで、いかにも悲しそうに首を振るところを見たら、もう大爆笑だったわ」

「ちっともおかしくなんかありません!」アリス・エンジェルが戸口に立っていた。彼女の目は泣きはらしたかのように真っ赤だった。目が赤いのはいつものことだが、彼女だと魅力的に見える。たぶんそういうことなのだ。でも、わたしが泣くと顔が真っ赤な風船みたいになってしまう。アリスには涙がよく似合っていた。そして彼女もそれを知っていた。

「あんなことを冗談のネタにするなんてぇ……ひ、ひどい」彼女はすすり泣いた。頰に流れる涙をものうげに拭い、ビフのほうを向く。

「どうかあんなことやめさせてくださいな……」彼女は哀願するようにいった。

ビフはじっと彼女を見下ろした。アリスはいかにもはかなげな風情で、ビフが格別の笑みを彼女に投げるのを見ても、わたしは責める気にはなれなかった。

「きみは今までどこにいたの？　なんで泣いているんだい？」彼は優しげな口調で訊ねた。「ハリガン巡査部長がわたしにもっと訊きたいことがあるっておっしゃって」彼女は弱々しく微笑んでみせた。「あの方ときたらとっても優しくて、わたしもつい、いいたくないことまでいわせられちゃったんですぅ……」彼女は目を見開き、唇を尖らせてみせた。

「どうしてわたしだけを選んだのかはわかりませんけどぉ、巡査部長がおっしゃるには、わたしはこの劇場でいちばん観察眼がすぐれているからなんですってぇ」ドリーが口をはさもうとすると、アリスは彼女のほうを向き、穏やかな笑みを浮かべてみせた。

「わたしは本当のことしかいってませんわ、ドリー」と彼女はいった。「もし、それがあなたにとって良くないようなことでも、わたしのせいじゃありませんから……ねえ、ビフ？」彼女はビフに愛嬌たっぷりの笑みを向けた。いくらなんでもやり過ぎだと思ったが、ビフもほかの男たちと同じだった。彼はわたしの目の前でいとも簡単にとろけていった。

その企みをくじいたのはジージーだった。「ちょっと、これ見て！」彼女はラ・ヴェルヌの化粧台の前で、両手を腰にあてて、驚いたような顔をしてみせた。「ラ・ヴェルヌのお母さんの写真が消えてるわ！」

彼女は化粧テーブルの前に行くと、その上にあったものを次々にどかして、写真を探し始めた。鏡を前に傾けて裏側をのぞきこんだかと思うと、今度はメイク用タオルをどけてその下をのぞきこんだりした。その様子にはどこかのっぴきならぬものが感じられた。例の胆石が入っている壜が明かりを反射して不気味に光っていた。彼女は素早く手をひっこめ、タオルでその壜をつまみあげると、ぽんと屑籠に放り込んだ。ようやく顔をあげたその目には恐怖の色が浮かんでいた。

「もしかして……殺人者が持ってっちゃったとか？」彼女はいった。

その問いに答えられるのはアリスだけだった。「写真のありかをラ・ヴェルヌに教えたのはわたしなんですぅ。ドリーが化粧テーブルの新聞紙の下に隠した写真をラ・ヴェルヌは見つけだしたんですぅ」

「お黙り！」ドリーが叫んだ。「誰もあんたに訊いちゃいないわよ」

アリスはさっとドリーのほうを向いた。「いいえ、黙りません」彼女はドリーに負けじと大声でいった。その唇はこわばっていた。「あなたが奪《と》って、あそこに隠したんでしょう？」

一瞬、またつかみあいの喧嘩が始まるのではないかと思ったが、ドリーは顔をそむけた。「好きに想像していればいいわ」その顔にも声にも疲労の色が浮かんでいた。腰をおろし、肩を落とした。

ジージーが慰めるようにいった。「ごめんなさいね、あたしが騒ぎたてたせいだわ」と彼女はいった。「きっと警官が手がかりかと思って持ってったのよ。今頃『証拠物件A』の札をつけられてる頃かもしれないわ」

見上げるドリーの顔を見て、わたしはあまりの変わりようにショックを受けた。彼女は微笑もうとしたが、逆効果だった。目の下にできた濃いくまは明らかにメイクのせいではなく、その黄色がかった肌はまるで死人のようだった。

だが、ジージーはおしゃべりをやめなかった。「連中が手がかりと称して劇場じゅうのGストリングを集めようなんて気を起こさないといいんだけど。そんなことされたら、みんな風邪を引いちゃうわ」

やっとドリーも小さく笑った。ビフの笑い声が聞こえたので、思わず振り返った。彼はドリーをじっと見つめていた。その笑いにはどこか言い寄るような響きがあった。彼は着替えるのを待っていてくれたら、マンホールのふたを開ける役を引き受けようといった。アリスのかたわらを通りすぎながら、ビフは彼女に腕を回した。

「そんなに可愛らしい顔をしているのに、つまらないことに腹を立てるのはもったいないよ」と彼はいい、それから図々しくも、わたしを見てにやりと笑ってみせた！　わたしも負けじと笑い返してやったが、その形相がよほど恐ろしかったようで、彼はそそくさと部屋を出ていった。階段の途中で彼はわたしに呼びかけた。「パンキン？」

わたしが答えないでいると、彼はふたたび呼びかけてきた。

「腹が減ってるなら〈ピアーレス〉に行って、何か胃袋に入れようや」

わたしの頭はアリスのことでいっぱいだったが、なんとか叫び返した。「オーケー！」

彼女にしてみればいつもの役を演じているに過ぎないのだ。すべての男たちはそんな彼女に夢中になってしまう。男たちにそんな感情を持たせるのは本意ではないが、彼女にはどうしようもない。

彼女の大きな青い瞳は、ビフにそんな気持ちを抱かせて申しわけないといいたげに見開かれていた。

わたしも負けじと自分の茶色い目を見開き、ふざけんじゃないわよと無言で睨み返した。

そうこうしているうちにジージーが着替えを終えたので、わたしも急いで着替え始めた。ドリーは帽子をまぶかにかぶっていた。そのほうが化粧をするより手っ取り早いと考えたのだろう。アリスは髪をとかしている。それは黄金色の波のように彼女の肩に流れ落ちていた。彼女が一緒に帰らないと言い出しても、わたしは驚かなかった。石炭シュートから出るのはたしなみに欠けるし、「それに新聞社のみなさんにもぉ顔を出さないと申しわけありませんしぃ」というのが彼女の言い分だった。顔を真っ白く塗り、目には青いシャドーをあしらい、唇には哀しげな表情を浮かべた彼女はやる気まんまんだった。

これで腕いっぱいに百合の花でも抱えていれば道具立ては完璧だった。ドアの前の野次馬たちは彼女に殺到するだろう。それは間違いない。そして彼女はいつもの「わたしはこんなにか弱くて小さいのに、あなたがたはずいぶんと大きくて強そうなのね」といわんばかりの表情を浮かべ、男たちに彼女を護らざるを得ない気持ちにさせてしまうのだろう。げんにわたしに別れのあいさつをしながら、彼女はそのリハーサルをしていた。

「わたしもあなたみたいに強くなれたらいいのに、ジッピー」彼女はそういいながら、すでに涙声になっていた。

それだけの武器があったら、強くなる必要なんてないわよといってやる気にはなれなかった。階段をおりながら、わたしも自分の演じる役をリハーサルしてみることにした。これからはわたしも弱々しく無防備なふりをしてみよう。そこいらの警官たちよりひと回りは高い身長が邪魔をすることはわかっていたが、あくまでしおらしくふるまおうと決心していた。それもとことんまで。

第九章

石炭シュートからの脱出は、思ったほど楽しくはなかった。どうせならクモの巣や、不気味な音、それに骸骨のひとつやふたつくらい欲しいところだった。

そこに向かう廊下は真っ暗で、妙にじめじめしているように思えたが、そんなのはステージの入口と大差ない。廊下は狭かったので、わたしたちは一列になって進まなければならなかった。先導役はビフだったが、ジージーと何やらくすくす笑いあっていた。ドリーはしんがりで、サンドラとジャニーンはわたしのすぐ後に続いてきたので、しょっちゅうわたしの背中にぶつかってきた。

「死体を隠すのにはぴったりの場所だな」ビフがいつものように場違いなジョークを飛ばし、さらにこうつけ加えた。「まったくどうして今まで思いつかなかったのかな」

「死体」という言葉を聞いて、ドリーがわたしの肩をつかんだ。「殺人犯がここに隠れてるかもしれないわ」彼女は歯をかちかち鳴らし、まるで万力のようにしがみついてくるので、引き離すのに彼女の指を無理やりこじ開けなければならなかった。

たしかにクモの巣やその他のお膳だては欲しかったけれど、わざとらしく怯《おび》えるふりをする女性は願い下げだった。それが見せかけの恐怖なのは間違いなかった。そのとってつけたような演技はいかにも見え透いていたからだ。

それはビフにも同じ印象を与えたようだった。彼はやにわに「コウモリだ！　コウモリだ！」と叫び始めた。

ジージーがわざとらしく悲鳴をあげ、サンドラはわめきたてた。「髪の毛に入っちゃうわ！　助けて！　助けて！」

ドリーの震えがぴたりと止まった。「うるさいわね！」と毒づく声はちっとも震えてはいなかった。

ビフがうんうん唸りながらマンホールの蓋を持ち上げている声が聞こえ、行列が滞《とどこお》った。まるで三日月のような細い光が頭上に見えた。ビフは蓋を脇にのけると、まず自分が外に這い出した。

彼は上から身を乗り出してジージーの腕をつかんだ。わたしはうしろから彼女を押し上げ、ひと苦労の末に、ようやく彼女は地上に這い出した。次に這い出たジャニーンは、ビフと一緒にサンドラの腕をつかんだ。わたしは身をかがめてサンドラの台になることを思いついた。だが、サンドラのヒールの踵が背中に食い込むので、ドリーの番になったときは、靴を脱いでもらうことにした。「ここには梯子をつけるべきだな」ビフが軽口をたたく。「そうすればおれたちの誰かが人を殺したときには助かるぞ」

これを聞いたとたん、ドリーはまたしても恐怖の発作に襲われた。彼女は他の女たちと比べれば体重は軽かったし、靴も脱いではいたが、背中の上で震えられては、たまったものではなかった。

「ねえ、わたしはストリッパーなのよ」わたしは息を切らしながらいった。「バランス芸の台じゃないの。ふざけるのはあとにしてちょうだい、頼むから」

ビフに腕をつかまれ、ようやく外に出るころには、すっかりへとへとになっていた。わたしを見下ろしているみんなの顔がおかしくて、おまけにマンホールから引っ張り出された自分の姿を思い浮かべて思わず笑ってしまった。

ビフも笑いながら指さしていた。最初はわたしのことを笑っているのかと思ったが、劇場の入口のほうを見たとたん、なぜ笑っていたのか合点がいった。おりしもアリスが気取ったポーズで出てくるところだったが、そこには彼女を護ろうとする男もいなければ、慰める男のひとりもいなかった。前の通りは空っぽで、劇場の明かりもすでに消えていた。彼女は空っぽの観客に向かって演技していたのだった。わたしたちが見ているのに気がつくと、アリスは悲しげに手を振り、頭を垂れて通りの向こうに姿を消した。

ドリーは唯一ついている明かりを目ざとく見つけた。それは角にあるルーイの店だった。三人の女たちは彼女に加わった。一方、ビフとわたしはおやすみの挨拶をしてから、地下鉄の駅に向かった。「あんなご大層な脱出をする必要があったの?」

「でも、面白かっただろう、パンキン? いつもどおり正面の入口から出ていたら、殺人があったときにはやるべきでないことの格好の見本を見損なうところだった」

「それってアリスのこと?」わたしはわくわくしながら訊ねた。

「それときみの友人ドリーの尋常ならぬ怖がりようさ」ビフは「きみの」という言葉をやけに強調

した。そっちだってよほど仲良しそうじゃないの、とわたしが言い返す隙を彼は与えなかった。

「あの女は大蛇と出くわしたってあんなに怯えたりはしないぜ」

たしかに彼のいうとおりだった。ドリーはフリンジのついたスカートをまとい、金を払うお客のいる前でなければ、決して体を震わせたりはしないタイプだ。

「警察に質問されていたときだって、全然怯えてなんかいなかったわ」わたしはいった。「まるでリハーサルしてきたみたいな答えっぷりだった」

わたしたちは黙って歩き続けた。角まで来たところで、ビフが立ち止まった。こうこうと照らされた通りを見て、わたしは自分がすっぴんだということを思い出した。だが、ビフはわたしの顔がどう見えようとまったく意に介する様子はなかった。

「ラ・ヴェルヌの預金通帳が無くなっていたというジャニーンの話をきみも聞いただろう?」彼はいった。「ところが巡査部長ときたらその発言にほとんど関心を払わなかったし、ドリーが楽屋のどの辺りに座っていたかも訊こうとはしなかった。あそこでドリーに口を開かせていれば、彼女が煙草を取りに楽屋に戻ったときには、どうしたってラ・ヴェルヌに顔を合わせずにはいられないことがわかったはずなんだがなあ。ふたりはあれだけ近くに座っていたんだから」

しおらしさを発揮するのは今だということはわかっていた。ビフの腕にすがって、そんなことに首を突っ込まないでと訴え、彼の肩にもたれてちょっぴり涙を流したりするべきかもしれない。でも、ドリーと同じように、そのためには周到なリハーサルをしておかなければならなかった。わたしにできるのは、せいぜい彼が〈ダッチマンズ〉で何といったかを思い出させることくらいだった。

「あなた、ルーイみたいな男とかかわるのは賢明じゃないといっておきながら、今になって首を突っ込みたそうな顔をしてるのね。そういうのは警察にまかせておけばいいんじゃない……」

ビフは「うーむ」と唸り声をあげている。女らしくしなだれかかるにはまたとないチャンスだったが、わたしはまたしてもそれを逃してしまった。「あなたはジョークだけ飛ばしていればいいのよ」とわたしはいってやった。「推理するのは警察にまかせて。第一、あなたとはまったく関係のないことじゃない。なのに何でよけいな重荷をしょいこもうとするわけ？」

そのとき、わたしは屋根に落ちていたGストリングのことを思い出した。ビフはわたしがそのことを持ち出そうとしているのに気づいたに違いない。彼はたくみにわたしの考えをそらせようとした。月のせいなんかじゃない。月は出ていなかったし、十四丁目の街灯はとても男にキスをさせようなんてロマンチックな気持ちをかきたてるものではなかった。どちらにせよ男が女にキスするにはインスピレーションなど必要ないのだ。

それは礼儀正しい、耳元への小さなキスだった。それからビフはわたしの腕をつかむと、通りを急がせた。わたしがなんとか彼に遅れないように必死に追いつこうとしていると、彼はこんなことをいった。「警察の連中が厄介なのは、奴らが役者というものをまったくわかっちゃいないからさ」

ビフは相手から訊かれる前に質問をかわすのがとてもうまかった。地下鉄は混んでおり、三十四丁目になるまで席に座ることはできなかった。わたしはもう少しビフに近づきたかったのだけれど、立っている乗客にあいだを阻まれていた。

わたしとしては、それが十四丁目の路上だろうと、彼のキスがどんなにうれしかったかを伝えたくてたまらなかった。それにまだ訊きたいこともいっぱいあった。だが、まさか満員電車のなかで「ジャニーンのGストリングがどこにあるのか知っていたのに、なぜわたしに教えてくれなかったの？」と訊ねるわけにもいかなかった。あのGストリングがなぜ屋根の上にあったかも訊きたかった。誰があんなところに置いたのか？　そもそもなぜ？

ビフとわたしの間に立っていた男の持っている新聞が、たびたびわたしの目の前に突き出された。それを見て、世間がわたしたちの事件にどんなに関心を抱いているのか、あらためて思い出された。

ストリッパー絞殺される。ブルネット美女ご難

わたしは頭のなかに見出しを思い浮かべた。使われている写真は古いもので、たくさんの脚がずらりと並び、その下の小見出しには「いずれ劣らぬ美人ぞろい」とか書かれているかもしれない。もしかしたら、わたしの指紋が封蠟についていたことも……。

「ビフ！」わたしは地下鉄の轟音に負けじと声を張り上げていた。「警察はどうしてわたしの指紋が封蠟についていたことがわかったのかしら？」

新聞を広げていた男がわたしを睨みつけた。「そんなでかい声は、豚を呼ぶときにでも取っとくんだな、姉ちゃん」

突然、列車が停止した。わたしたちは三十四丁目駅にさしかかっていた。ビフはタッチの差で新聞男よりも先に席を確保した。

「いいかい、このお馬鹿さん」彼はいった。「次に何かを思いついたときは、もう少し考えてからしゃべりたまえ」

わたしは無理やり彼の隣に身を割り込ませた。「でも、どうしてあの人たちにわかったの？」先ほどよりも小さな声で訊ねた。「たしかにわたしたちジージーが開ける前にジェイクがそぎ落とすところを見ていたわよね。でも、そんなちっぽけな小片からどうしてわたしの指紋が発見されたわけ？」

ビフはにやりと笑った。「連中は必要なだけの小片を手に入れたのさ、パンキン。それにきみが気絶しているあいだに、目端の利くやつがきみの指にこびりついているのに目をつけたのさ。おれは口紅だろうといったんだけどね。いつも指でつけているからって……」

「ええ、そうよ」

「だが、色が違っていたのさ。口紅は明るい赤だったが、封蠟は茶色がかった赤をしていた。それだけじゃなくて、連中は最初から別の女たちの指紋を取ろうともしなかった。最初から指紋がきみのものだと決めつけてるみたいだった。たぶん、きみがドアに触れるところを誰かに見られたんだ」

「誰が？　そんなはずないわ」わたしはまたしても大きな声を出した。ビフにしっといわれて声を落とした。「楽屋のドアは閉まってたのよ。誰にも見られたりするはずがないわ」

「きみが直接ドアに触れたところを見たってわけじゃないんだ。だが、君が楽屋を出ていく際に指を拭いていたのを見たやつがいるのさ。どうか、怒ったり、わめいたりしないでほしいんだが、目撃者というのは——プリンセスだ」

大声こそ出したりはしなかったが、わたしは腹立たしさでいっぱいだった。あの女がそんなことを警察に密告していたなんて。彼女はわたしに嫌疑がかかるよう、さぞかし話に尾ひれをつけたに違いない。この次巡査部長に会ったときには、わたしもあの女についていってやりたいことがある。

「いったい彼女はどこにいて、そんなにはっきりわたしが見えたのかしら？」わたしは訊ねた。

「階下にいて、偶然バルコニーを見上げたところで、きみが出てくるのが見えたんだそうだ」ビフは片方の眉をあげてみせた。そして低く口笛を吹くと「おれが首を突っ込まざるを得ないわけがわかっただろう、パンキン？」とつけ加えた。

わたしがわかったわ、がんばってねとつけ加えようとしたところに、例の新聞男が割り込んできた。

「なあ、あんたジプシー・ローズ・リーじゃないか？」

「まさか、冗談じゃないわ」わたしはいってやった。「わたしがストリップするような女に見える？」

「服を着てるからちょっとわかりにくかったがね」彼は自分の下手くそなジョークに笑い声をあげた。今度はわたしが相手を睨みつける番だった。

「けど、あんたはこの新聞に載ってる娘っ子にそっくりじゃないか」男はそういいながら、大きな写真が見えるように新聞を差し出してみせた。それはシカゴのリアルト劇場に出演していたときに、シーモア〔写真家。俳優や舞踏家のポートレートで有名〕が撮った写真だった。写真につけられた説明文は端のところで丸まっていたので、わたしには「リー、魅惑的な重要参考人」そしてさらに小さな文字で「行方不明のギャング捜索中」と書かれているのしか見えなかった。

まあ、たしかに間違いってわけじゃないけれど、と心のなかでつぶやいているところに、ビフの怒気をはらんだ声が聞こえてきた。

「おい、きみ、彼女はそんな女じゃないぞ」ビフはあっけに取られている男から新聞をひったくった。「この女性はだな、これから生まれてくるぼくの子供の母親であり、一家の大事な稼ぎ手なんだ」

男は後ずさろうとしたが、深夜の通勤者たちの壁にはばまれてしまった。ビフは立ち上がると、威嚇するように怯える男のコートの襟をつかんだ。一瞬、気の毒な男は気絶するのではないかと思えた。

「なあ、勘弁してくれよ」と男は弱々しい声で弁明した。「おれは別にそういうつもりでいったわけじゃないんだ。おれだって家族持ちなんだ。何も人様の大切な女性にけちをつけようってんじゃない。おれはただ……」

四十二丁目で列車が止まり、修羅場にけりをつけた。ビフは男を突き放すと、わたしたちは人々をかき分けるようにしてプラットフォームに降り立った。遠ざかる列車ごしに、わたしは気の毒な男に目をやった。男はあまりに怯えすぎて、座ることすら忘れているようだった。呆然とした表情を浮かべ、まだ吊り革にぶらさがっている。

「なぜ、あんな大げさに騒ぎたてたりしたの？」わたしは階段を上がりながら訊ねた。「あの人ったら、死ぬほど怯えていたわよ」

「考え事をしたかったのさ」とビフは答える。「それには今考えていることからいったん離れるのが一番いい方法だ」

　わたしは「そんなものかしらね」と答え、アップタウンに流れる人込みに身をまかせた。

〈ピアーレス・バー&グリル〉はいつものようにバーレスクの役者たちでにぎわっている。ジャニーンはエルティンジのコメディアン、スティンキー・スミスと肩を並べて座っていた。彼女は『ミラー』紙の夕方最終版をケチャップの壜に立てかけていた。ジャニーンはほとんど顔もあげず、ビフのために椅子を引いたので、わたしはスティンキーの隣に腰をおろすことになった。

「そっちはそんなに大変なのかい？」コメディアンはビフに訊ねた。「いくら宣伝のためだからって、ラ・ヴェルヌの首をちょん切らなきゃならないなんて」

「あんたに面白くもないジョークをいわせるほどエルティンジは困ってるのかい？」ビフがやり返す。「それに、ラ・ヴェルヌは首をちょん切られたんじゃなくて、絞め殺されたんだ」

「首をちょん切られたり、絞められたり」スティンキーは肩をすくめてみせた。「人間、金より健康が一番さ！」

　セロリをかじっていたジャニーンが、ふたりの会話を遮った。「ルーイのことをもっと知ってたら、きっと生きた心地がしなかったと思うわ」彼女は記事を読んでから先を続けた。「ここには一九二六年に、麻薬の密売で告発されたって書いてある」

「ラジオによれば人身売買にも手を染めてたそうだ」スティンキーがつけ加える。

「そうそう、ここにも出てるわ。『ルーイ・グリンデロ、通称ザ・グリンは人身売買で三年の刑期を食らい、また偽造や重窃盗でも告発されたことがある』ですって」彼女は新聞から目をあげた。「本当、たまげたわ。そんな人だったなんて知らなかった！」

ウェイターが薄っぺらいメニューをテーブルに置きながら、ビフをうながした。「食事？」男は無愛想に訊ねた。「そうだな、とりあえずライ・ウィスキーをもらおう。オールド・グランダッド、チェイサーにはビールを」ウェイターが遠ざかるまで、ビフはそのうしろ姿をずっと見つめていた。「やっこさんは今回の件に関係あるとは思えないな」しばらくしてから彼はいった。

わたしは最初ウェイターのことをいってるのかと思った。

ジャニーンがふたたび新聞から目を上げる。「関係ないんなら、なんで逃げたりするのよ？」

「そりゃあれだけ前科《まえ》がありゃね」ビフは答えた。「警察からまっさきに疑いをかけられると思ったのさ。そもそも、あいつは劇場にはいなかったんだ」

「あんた酔っぱらってるんじゃない？」ジャニーンがなじるようにいった。「いたに決まってるでしょ。でなきゃ、どうやって彼女が殺されたってことがわかったのよ？」

ビフは頬をかきながら認めた。「たしかに、それはいえるな」それからにやりと笑ってつけ加えた。「いやいや、忘れるところだった。モーイがご注進に及んだに決まってる」

「でも、ルーイはたしかにあの場にいたのよ」わたしもようやく思い出した。三人が疑わしげな顔でいっせいにこちらを向いた。

「本当だってば」わたしはいった。「ショーが終わってから、サミーと話し合うことがあって階段をのぼる途中で、ルーイとばったり出くわしたのよ。お酒やビールはちゃんと届いてるかって訊かれたから、わたしはイエスと答えたわ。それから彼がうしろからあがってくる足音がしたの」

「それだけじゃないのよ」ジャニーンが自信たっぷりに話を引き継いだ。「彼はそんなことをしたら殺してやるって脅していたんだから。で、実際に殺《や》っちゃったってわけ。そういうことよ」

　そこにジージーとサンドラがやってきた。ドリーの姿はない。

「完全につぶれちゃったのよ」わたしたちがその理由を訊ねると、サンドラはそう答えた。

　コメディアンは時計を見上げた。十二時半になっていた。彼はジャニーンのほうを向いた。「出番だから行かなくちゃ。おれのショーを観る気があるんならもう出ないと」

　彼は伝票にサインすると、ふたりはそそくさと挨拶して出ていった。

　ジージーがため息をついた。「わたしもあの人たちと一緒に行けばよかった。まともなバーレスクショーなんてここ何か月も観ていないもの」突然、インスピレーションに駆られたかのように、彼女はふたりのあとを追いかけた。「ちょっと、待ってったら！」

　ウェイターが飲み物を運んできたが、三人のお客がいなくなっているのを見ても、さして驚いた様子はなかった。男は飲み物をテーブルの中央に置くと、スティンキーの殴り書きのサインが残された伝票を取り上げると、何もいわずに去っていった。

　指先のマニキュアをこそげ落とそうとしているサンドラにビフが話しかける。「それにしてもラ・ヴェルヌの預金通帳は誰が持っていったんだろうね？」

「えっ？」サンドラはささくれを噛むのをやめて訊ね返した。

「ラ・ヴェルヌの通帳を持っていったのは誰だろうね、と訊いたのさ」ビフが繰り返した。

「ああ、それね。ドリーよ」

とたんにビノのグラスを持つ手が震え始めた。それを止めるために、彼はまず一口飲んでから先を続けることにしたようだった。「どうしてそれを巡査部長にいわなかったんだ？」

「あんたがGストリングのことを黙ってたのと同じ理由よ」サンドラがぴしゃりとやり返した。

わたしはなんとかふたりの間に入ろうと白々しく訊ねてみた。「Gストリングってなんのことかしら」後悔してもあとの祭りだった。

サンドラはわたしのことなどおかまいなしに続けた。「まったくなんておめでたいカップルなのかしらね。ドリーが何も気づかないとでも思ってるの？」

ビフとわたしは互いに顔を見合わせた。

「彼女から聞いたのよ」サンドラはふんと鼻を鳴らした。「ハンカチを落としたなんて笑っちゃうわ。いったい何のつもり？『花咲く頃』の巡業宣伝か何か？」

「サンドラ、それについちゃまだうさんくさいところがあって、おれは……」ビフが言葉に詰まるのを見たのはこれが初めてだった。彼はお宝がまだそこに収まっているのを確かめるかのように、そっとポケットを触った。

「うさんくさいのはそっちじゃないの！」サンドラはやり返した。「証拠をこっそり隠してるくせに。それにわたしにはその理由《わけ》だってわかってるんですからね。さっきは黙っていてあげたけど、いつまでもわたしがそうするとは思わないでちょうだい。それにドリーは預金通帳を返してるんですからね」そういうなり立ち上がると、彼女は茶色と白のポニーの毛皮コートを引っかけた。そして手袋を取って出ていこうとした。

ドアの前で彼女は振り返ってわたしに微笑んでみせた。「今回はおごりということにしてくれるなら」と彼女はいった。「たぶんそうなるだろうからいっておくけど、そこのコメディアンのお友達に、なぜあんなことをしたのか訊いてみるといいわ」

「あんなことって——どういう意味?」

「なぜラ・ヴェルヌのGストリングを窓から投げ捨てたのかをね」そういうなり、彼女はジーン・クルーパ〔アメリカのジャズドラマー。ドラマーを伴奏者から花形スターへと押し上げた〕のドラムよろしくヒールをカッカッと鳴らしながら立ち去った。わたしは彼女が回転扉を出て、大きな窓の外を通りすぎていくまでじっと見守っていた。シェイファーズ・ビールの赤いネオンサインが彼女の顔を真っ赤に染めていた。あれが地獄の業火ならいいのにと思ったが、それは希望的観測というものだった。

「たしかにあれを窓から投げ捨てたのはおれだよ、パンキン」ビフの声は低く、とぎれがちだった。「ラ・ヴェルヌの遺体を楽屋から運び出すのを手伝ったあと、なんとなくポケットに何か入っているような感じがした。重さを感じたってわけじゃなく、何かを突っこまれるような感じがしたのさ。それでポケットに手を突っ込んでみたら、例のものに触れたってわけだ。それが何なのかおれにはすぐにわかった。君はGストリングがなんとかさんざんわめきたてていただろう。だからおれは彼女の首を見てみたが、そこには何もなかった。あの細い、青い線を除いてはね」彼はそこで言葉を切ると、頭を抱え込んだ。

「まずは一杯飲んでからにしましょ」とわたしはいったが、彼は首を横に振った。

「いや、きみに話しておかなければならないことがある。おかげでこっちはひと晩じゅう気が気じゃなかった。彼女の遺体を運んでいる最中に、誰かがおれのポケットに入れたんだということはわかっている。それがほんのちょっと前まで彼女の首に巻きついていたことも。なぜっておれもそれを見てるからさ。楽屋にいた女性たち全員はきみのまわりに集まっていた。きみは気を失いかけながらもラインストーンを見たとかなんとか口走っていた。連中はきみが正気を失ってると思い込んでいたようだが、おれとしてはポケットのなかに収まってるものを誰にも見られたくはなかった。だから男どもが医者だのなんだのと騒ぎたてている隙に、窓辺に行ってそれを投げ捨てたんだ。あとで回収すればいいと思ったんだが――きみも知ってのとおり、そのチャンスがなかった」

「わたしに話してくれればよかったのに」

「きみに嘘をつかせたくなかったのさ、パンキン。なぜならきみを愛してるからだ。第一、きみは嘘をつけない人だろ」

「あなただってそんなに嘘がうまいわけじゃないわ」わたしはいった。「ドリーはそのことを知ってるのよ。サンドラもね。ほかにも誰が知ってるかわかったもんじゃないわ。巡査部長にだってもっとそれらしい言い訳を考えなくちゃ。どう見ても状況はあなたに不利よ」

「巡査部長には本当のことをいうだけさ」

「サンドラを出し抜いてやるのはいいアイディアだと思うわ。でも、彼女のことだからきっと今ごろ警察に電話をかけてるわよ。どうして突然あんなふうに敵意をむきだしにするようになったのかしら？」

ビフは小指でドリンクの表面に浮いた灰をすくい取った。

「どうしてサンドラはあんなふうに敵意をむきだしにするのかしら、って訊いてるんだけど？」

「ああ、聞こえてるよ」ビフはなおも煙草の灰を探し続けた。「たぶん、彼女は妬《や》いてるのさ。前のシーズンでおれたちはちょっとばかし、その……つきあってたもんでね」

「あらまあ、またしても親戚の女性ってわけ？」わたしは自分のコートに手を伸ばした。「こうなったらいっそ年に一回大会でも開いたらどう？〈ビフの元カノの集い〉とかなんとかいう名前で。素敵な集いのためにヤンキースタジアムでも貸し切りにすればいいわ。でも、わたしは招待しないでちょうだいね！」

彼はわたしがコートを着るのを手伝い、ドアまでついてきた。「まあ、待てよ、パンキン。その手のことならもう卒業済みだ。第一、みんなきみと出会うよりも前の話だぜ」

「それがなんだっていうのよ」

彼は回転扉のなかに無理やり身を割り込ませてきた。

「なあ、ハニー」

「気安く呼ばないでちょうだい」わたしはぴしゃりといった。「最初はシュガー・バン・ケリー、次はジョイス・ジャニス。今度はサンドラってわけね」わたしは回転扉を通りながら、指を追って数えあげていった。「考えただけでむかつく《リボルティング》わ」

「それをいうなら回転《リボルビング》だろ。おれたちもうこれで三回ドアを回ってるんだぜ。いまに黄金の輪っかだってつかめるかもしれない〔メリーゴーラウンドで金の輪をつかむといいことがあるといわれている〕」

わたしたちはまた店内に戻っていた。ビフが手を出すと、ウェイターが伝票を押しつけた。「現金にしますか、それともツケで？」男はいった。「お客さんたちがそこでメリーゴーラウンドをやってるのをひと晩じゅう待ってるわけにもいかないんでね」

ビフがドアを押さえてくれたので、わたしはしぶしぶ店内に入った。わたしたちはカウンターに座ると、寝る前の一杯を注文した。

「でも、ご婦人がたのほうから寄ってくるんだから、どうしようもないだろ？　こっちとしてもあんなにしつこくされるのはちょっと願い下げ……」

「さっきわたしのことを嘘をつくのが下手だといったけど」わたしはいってやった。「そっちこそどうなのよ」

「嘘で思い出したんだけど、なんだっけな？　ああ、そうだ！」彼は突然思い出したかのようにパチンと指を鳴らした。「巡査部長にはなんといっておけばいいだろう？」

「いちいち、わたしの顔を見ないでちょうだい」わたしはいってやった。「こっちはつきあいで仕方なく来てるんだから」

「まだ怒ってるのかい？」ビフが訊ねる。「君みたいなスケ《ブロード》――じゃなくて、君みたいな寛容《ブロード》な心の持ち主がだね……」

「ちょっと黙っててよ」わたしはぴしゃりといった。「今大事なことを考えてるんだから。ラ・ヴェルヌの遺体を動かしたとき、あなたの一番近くにいたのは誰だった？」

「ちょっと待てよ。ええと、マンディとサミー、それにフィルがいた。よかった、おれに腹を立ててるわけじゃなかったんだね、ジッピー」

「いいからちゃんと思い出して」

「シギーにラッセル……」

「パーティのときにルーイを見た？」

「いいや」ビフは慎重に答えた。「もちろんいたんだろうが、楽屋にはあのとおり人があふれかえっていたから、誰がいたかなんていちいち覚えちゃいないね」

わたしはそのときの光景を頭のなかに思い描こうとした。ジージーはドアの戸口に立っていた。ジェイクはたぶんその近くにいたはずだ。彼女にドアを開けてやったのはジェイクだったのだから。モーイもいたし、マンディもその前で帽子を突き出していた。アリスと何人かの女性はヴィクトローラを囲んでいた。

サミーはどこにいたのだろう？　思い出せない。ビフにも訊いてみたが答えは同じだった。

「だが、やつだったらおれのポケットに例のものを入れることができたかもしれないよ」ビフはつけ加えた。「誰かに医者を呼びにいかせたあとでね」

「医者へは誰がいったの？」

ビフはしばし考えてから答えた。「モーイじゃなかったかな。たしかじゃないけど。でも、もし彼だったとすれば、サンドラがいってたみたいに、ルーイにご注進に及ぶこともできたってわけだ。つまり、ルーイはあの場にいなかったことになる」ビフはそういってグラスを飲み干した。

「そんな最中に気絶してたなんて、さぞかし間抜けに見えたでしょうね」ビフが飲んでいるあいだにわたしはいった。

「いやいや、むしろキュートだったぜ」彼は慰めるようにいった。「気絶するなんていかにもか弱き女性らしくていいじゃないか。むしろきみを守ってやらなくちゃと思って強くなれたような気がしたな」

「守ってやらなくちゃ、ね。要するにそう思ったのはこれが初めてじゃないってことでしょ」

「おっとその話はもうやめだ」ビフがすかさず答える。「もう勘弁してくれよ。さあ、それを空けて。きみは睡眠をとらなくちゃ」

彼はホテルまでわたしを送ってくれた。そしておやすみのキスをして、明日起きたらまっさきに巡査部長のところに行ってくると約束した。

「できれば午前中にね」わたしは遠ざかっていく後ろ姿に叫んだ。彼は手を振り、そのまま歩き去った。その姿はいかにもお気楽で、ポケットに女を殺したGストリングを忍ばせているようにはとても見えなかった。ホテルのロビーは暗かった。わたしの郵便箱は空だったので、夜勤のフロントやエレベーターボーイを起こすこともないだろうと思った。ふたりとも大きな革椅子で眠りこけていた。フロント係は口を開け、穏やかないびきをかいている。部屋へは階段を二階分上がるだけだし、あれこれ質問に答える気分ではなかった。

わたしは最初の踊り場でいったん立ち止まり、新聞はなぜあんなにも早く殺人事件を嗅ぎつけることができたのだろうと思った。ラジオならわかるけれど。わたしはバッグに手を突っ込んでずっしりした鍵を探った。部屋に近づくと、ドアの隙間から細い明かりが漏れているのが見えた。ためしにノブを回してみるとドアはたやすく開いた。なんと鍵はかかっていなかった！

「おかえり、ジッパー！」ベッドにはドリーがだらしなくのびていた。ベッド脇のテーブルに置かれたライ・ウィスキーのボトルは半分空になっていた。灰皿がベッドカバーの上にひっくりかえっている。

「あんたをずうっと待っててくたびれちゃった」

ドリーはべろんべろんに酔っぱらっていた。靴は脱ぎ捨てられ、片方はベッドに、もう片方は部屋の反対側に転がっていた。ひっくり返った電話にはガーターベルトがだらしなく引っかかっている。

「あんたに話さなくちゃならないことがあったのよ、ジッパー」彼女は起き上がろうとしたが、へなへなと崩れた。わたしは彼女が倒れないように、ベッドの奥にその体を押しやった。「ありがとう、ジッパー。あんたは本物のダチだわ。本当の友人ってやつよ」わたしがウィスキーのボトルを取り上げると彼女は顔をしかめてみせた。「これから大事なことを話そうってのにその仕打ちはないでしょ！」彼女はわんわん泣き始めた。

わたしは「いい加減にして！」といいながら服を脱ぎ始めた。よりにもよってこんな夜に大酒を飲んだあげく、ひとのベッドを勝手に独占するなんて。室内はまるで醸造所のように酒の臭いがぷんぷんした。わたしは着ていたドレスを頭まで引っ張り上げた。

「プリンセスのことなんだけど」ドリーはあくびをした。「でも、あんたのせいで何をいおうとしたのか忘れちゃった」

わたしが頭からドレスを脱ぎ捨てるころには、彼女はすっかり正体をなくしていた。わたしはほとんど泣きたい思いで受話器を取り上げた。夜勤のフロント係の眠たげな声が答えた。

「何の御用でしょうか、ミス・リー?」

「別の部屋を用意してちょうだい」わたしは叫んだ。「もし、これからわたしがいないときに勝手に人を部屋に上げたりしたら……」

カチャッという音がした。相手が電話を切ったのだ。腹立ちまぎれに、ガーターベルトを放り投げてやると、それはシンクに命中した。それがおかしくてわたしは笑い出した。フロント係が別の部屋の鍵をもって上がってきたときも、わたしはまだ笑っていた。彼はベッドに大の字になっているドリーを見た。

「わたしがご案内したわけじゃないんです」と男はもったいぶった口調でいった。「こちらが郵便物をチェックしているあいだに通っていってしまわれたか、もしくは――」

「あなたがぐっすり寝込んでいるあいだにね」わたしはぴしゃりといった。

わたしは歯ブラシとクレンジングクリームを手に男のあとについていき、二、三室先の部屋に案内された。彼は窓を開け、タオルをチェックし、デスクのまわりをそそくさと点検すると、ベッドのカバーを折り返し、わたしの顔をひと目見るなり、あわてて出ていった。わたしは倒れるようにベッドに入ると、翌日の午後十二時半まで泥のように眠りこけた。

第十章

いつまでも鳴り続ける電話のベルにわたしの眠りは破られた。

「おはよう、パンキン」ビフの声は晴れやかだった。「こっちは三十分近くも連絡をつけようと躍起になってたんだぜ。フロントの阿呆はきみが部屋を替えたのを知らなかったみたいで」

「話せば長くなるわ」わたしは小さなあくびをしてから訊ねた。「ハリガン巡査部長のところへはもう行ったの？」

「その必要はなかったんだ。ホテルに戻ったらみなさんお待ちかねだった」

とたんに目が覚めた。ビフが続ける。「きみのいったとおり、サンドラに先を越されてた。ああ……なるほど……わかったよ」

「ちょっと、誰と話してるのよ」わたしはきつい口調で訊ねた。「いったいあなたはどこにいるの？」

「おまわりさんふたりと話してたのさ。今は刑務所にいるんだけどね」

「刑務所ですって？　彼らはあなたをどうしようっていうのよ。そもそもなんであなたをぶちこんだりするのよ」わたしはベッドから抜け出して、服を探そうとしたが、それは元の部屋に置いてきたままだった。

「まあまあ、落ち着けよ。おれは大丈夫だから。連中はいくつか質問がしたかったんだそうだ。結局は無辜《むこ》の傍観者だってことがわかったが、時間が遅すぎたのでここに泊まることになったというわけさ」

「帰れなくなったから刑務所でひと晩過ごしたっていいたいわけ?」わたしはベッドに腰かけて、なんとか気分を落ち着けようとした。

「それほど居心地悪いものでもないぜ」受話器の向こうからさらに上機嫌な声が聞こえてきた。

「きみたちがホテルと称する木賃宿なんかよりはずっとましさ」

わたしが思わず電話を切ろうとすると、彼は急に声をひそめた。

「おまわりがいなくなった。連中はルーイの車を昨夜発見したそうだ」

「なんですって?」

「ルーイの車を発見したといってるんだよ。どうやら、やっこさん、そう遠くまでは逃げちゃいないな。劇場の角ひとつ向こうに止めてあったそうだ。おっとエスコートがやってきたぞ。じゃあ、劇場で」

わたしは架台を何度も押してみたが、それ以上の応答はなかった。

するとまた電話が鳴った。今度はドリーだった。ひどく申しわけなさそうな声だった。

「ジップ、わたしって最低の女よね」と彼女はいった。

「それならOKよ。あ、今のはわたしの部屋で寝たことならOKよ、って意味ですからね。別にあなたが最低の女だっていってるわけじゃないわ」

「コーヒーをわかしてるんだけど」彼女は気まずそうにいった。「もうすぐ入るわ」

わたしはカップとソーサーは化粧箪笥の一番下のひきだしに、ミルクは窓辺に置いてあると教えてやった。

「早く来てね、ジップ」

なんだかひどく気分が悪そうな声だったので、わたしは急いで駆けつけた。廊下を歩いていると、もうコーヒーの香りが漂ってきた。部屋に入るとコーヒーが盛大にぼこぼこ音をたてていた。ドリーはひとつしかないまともな椅子にぐったりと座りこんでいた。彼女はげっそりやつれた顔でわたしを見た。

「まるで鍵穴を通り抜けてきたような気分だわ」と彼女はいい、化粧箪笥の上に置かれたボトルを見て顔をしかめてみせた。「もう金輪際アルコールなんか飲まない」

わたしはコーヒーを注ぎ、昨日のハニーバンズを半分に切った。そしてベッドに足を伸ばして、朝食を膝に乗せた。ルーイの車が見つかったことを彼女にも知らせようかと思ったが、まずは彼女の話とやらを聞いてからのほうがいいだろうと思い直した。

「きのうはいったいなんの話だったの?」わたしはコーヒーにパンをつけながら、さりげなく切り出した。

彼女はコーヒーを吹くのをやめて、眉をひそめてみせた。「えっ?」

「プリンセスがどうとかいってたじゃない」わたしはいった。「なんでもすごく大事なことがあるとか」

「わたしったらすっかり酔っぱらっちゃってたみたい。わたしが酔っぱらったらどうなるか、あなただって知ってるでしょ」そういうなり、彼女は腕時計に目を落とした。「いけない！　このままじゃ遅刻だわ」彼女はコーヒーを飲み干すと、そそくさと衣服をつけ始めた。

「わたしのことをずっと待ってたっていったでしょ」わたしはなおも続けた。「いったい……」

「どうだったかしら。覚えてないわ。たぶん、いわないほうがいいと思ったのかもしれない」彼女はぞんざいに口紅を塗りたくると、上唇と下唇を重ねた。彼女は鏡越しにわたしを見て、表情をやわらげた。「あんまり余計なことを知らないほうが幸せなこともあるのよ」

そうやってはぐらかすつもりね、とわたしは思った。だったらこっちもルーイの車のことは黙っていよう。でも、こちらも少しばかり彼女をドキッとさせるようなことをいってやりたかった。

「サンドラが昨日警察に爆弾発言をかましたのよ」

ドリーは爆弾発言が何かを訊こうともせず、わたしのほうを振り向いた。「わたしが話したかったのもそのことなのよ」彼女は勢いこんでいった。「自分でもなぜビフが屋根に出ていたことをサンドラにしゃべったりしたのかわからないわ。でも、あんたとビフがおかしな嘘をつくものだから、こっちも頭に来ちゃって」

「その気持ちはよくわかるわ」わたしは答えた。「わたしだって嘘をつかれたらいい加減頭にくるもの」

ドリーはそこに皮肉を読み取ろうとするかのように、わたしの顔を探っていたが、わたしはにっこり微笑んでやった。

「さあ、急ぎましょう」わたしはなおも笑みを浮かべ、彼女をうながした。

地下鉄での気まずい沈黙は、人気《ひとけ》のない劇場の前に来てもちっとも良くならなかった。いつもならマチネともなれば、チケット売り場のまわりにはお客さんがぶらぶらしているのだが、サミーが警告したとおり、バーレスクの観客は警察の手入れだの、お気に入りの劇場で殺人が起きたなどという事実は好まない。わたしは劇場の内部を素早く偵察した。前方にいる数人を除いて、劇場はほとんど空っぽだった。

客席のあいだの通路を歩きながら、わたしはモスに他の劇場に変えてもらおうとひそかに決心していた。ドリーも同じ気持ちだったに違いない。

スタチーが重いドアを開けるのを手伝ってくれた。老人はわたしにおはようをいう代わりにうなずいてみせたが、ドリーのことはまったく無視していた。壁の楽屋掲示板にはH・I・モスが署名した週間予定表が貼られていた。

「すべての大道具、音楽に携わる者たち、また役者たちに告ぐ。当オールド・オペラ劇場は特別な通知がない限り土曜日より一週間休館とする」

それを見てもわたしは驚かなかった。

だが、ジェイクと三人の道具方が、目の前の床にシーツを敷いている光景を見たときは飛び上がるほど驚いた。四人の男たちはシーツの四隅にあぐらをかいて座り、その中央にはバレエで踊り子たちが使った白いオーストリッチの羽根扇が山と積まれていた。どれもぐっしょり濡れて、見るもあわれなありさまだった。男たちはそれらの一枚一枚にアイロンをかけようとしていた。

「昨夜のあの大騒ぎのなかでうちのミニーが子猫たちを生んでね」ジェイクが悲しげにいった。「母猫はすやすや眠っているし、子猫たちもそりゃ元気だ。だが……」彼は慣れた手つきで、羽根の束をなまくらなナイフでしごき、羽根の先がカールするのを見ながら続けた。「お産につきあって彼女の面倒を見てやれなかったのはこれが初めてでね」

「いたわってやるが聞いてあきれるぜ！」照明係のジョージが口をはさむ。「あの猫ときたら、おれの道具箱のなかでお産をしやがった。お次はモスの書類箱。そして今度はオーストリッチの羽根の上ときた、このくそったれが！」彼がナイフで羽根をぶすりと刺すと、ほかの道具方は笑い転げた。

「ミャオー、ミャオー」かたわらの箱にはミニーと新しい家族がおさまっていた。

ジョージは身をかがめると箱にかけられた覆いをそっと外した。「ミニーちゃんや」彼はやさしく呼びかけた。「いい子だから、そんなふうに鳴かないでおくれ。ジョージおじさんが〈リュヒョー〉にレバーを頼んでやったからね。おお、よちよち」そういいながら彼は胼胝だらけの手で子猫を小突いた。

「おい、勝手に触るなよ」ジェイクが警告した。「まだ人間の手で触られるのに慣れてないんだから」

「勝手に触るなだと！」ジョージが言い返した。「悪いがこっちだってあんたらと同じくらいこいつらの扱いには慣れてるんだからな。おお、よちよち」

ドリーとわたしは羽根の山のあいだを通り抜けた。地下室ではオーケストラのチューニングが始まっていた。踊り子の楽屋からぺちゃくちゃしゃべる声が聞こえてくる。幕が開く前のおなじみの喧噪だった。ドリーはわたしの先にたって階段をのぼっていた。彼女は先を急ぎながらすでに帽子とコートを脱ぎ始めていた。黒いサテンのドレスがそのふくよかな体のラインをあらわにし、お尻が左右に揺れていた。うしろから見るとアヒルみたい、とわたしは思った。

「メイクの道具をラ・ヴェルヌのスペースに移そうと思ってるの」ドリーはつぶやくようにいった。「あんな窓の近くで着替えるなんてずっと嫌だったのよ」

わたしたちが楽屋に入ると、サンドラがいかにも嬉しそうな声をかけてきた。警察にチクったことの弁明もなければ、昨夜の暴言に対する謝罪もない。ただの明るい、陽気なおはようだけだった。いっそ引っぱたいてやりたかったが、ぐっとこらえて快活におはようと答えた。今は喧嘩なんかしている場合じゃなかったし、時間が迫っていた。

ジージーに手伝ってもらって最初の衣裳をつけながら、わたしはシンクの上に貼られた新しい進行表に目をやった。ラ・ヴェルヌのストリップはアリスが引き継ぐことになっていた。彼女は歌詞を口ずさみながら、薄いグリーンのスカートのファスナーに手をかけていた。

「もしもぉわたしの体をもう少し見たいならぁ……」シュッという音。「こんなふうに手を叩いてちょうだい」

それは歌のせりふで、そんなふうに歌うもんじゃないわ、とわたしはいってやった。

「どうせあがっちゃってせりふなんて忘れちゃうかもしれませんしぃ」彼女はくすくす笑った。彼女はあまりにも舞い上がりすぎていて、ジャニーンの「脱ぐのさえ忘れなきゃいいのよ！」という声も聞こえてはいないようだった。

「わたしの太腿が見たいならため息をつかないでぇ、ほら拍手ぅぅ！」といいながら、アリスはぱっとスカートを取った。彼女は顔を紅潮させていた。「ねえ、見てよ、ジップ！　わたしストリップするんですぅ！」降ってわいた大役に彼女は動転しているようだった。「それもピンスポットで！」

もうこれ以上我慢できそうになかった。ドリーは新しくせしめた化粧テーブルに喜びを隠そうともしないし、アリスは新しい役を自慢たらしげに言いふらしている。しだいに気分が悪くなってきた。ジージーはひとめ見るなり、わたしの様子を察したようだった。

「ドリーを責めるわけにはいかないわ」と彼女はいった。「もしわたしの家庭を壊そうとする憎い女が絞め殺されたなら、わたしだって大喝采するわよ」

「でも、あの人ちょっとやり過ぎよ」わたしは答えた。

ジージーは古ぼけたウサギの脚で頬の紅を伸ばしていた。明るいオレンジ色は彼女の赤い髪にはマッチしていなかったが、そんなことはどうでもよかった。

「さっさと犯人がつかまってくれれば、もうちょっと気分が楽になるんだけど」

ジージーは椅子に座ったままくるりとこちらを向き、背もたれにもたれかかった。「ねえ、ジッピー。あたしは別にそいつがつかまろうがどうかなんて気にしちゃいないわ」彼女はしばし言葉を切り、眉をひそめてみせた。「そりゃひどい話だとは思うけど、正直、カメレオンが死んだときのほうがよっぽど悲しかったわ」

ショーガールのひとりが、ラ・ヴェルヌの靴袋から銀色の靴を一足取り出した。「あの人には一ドル貸しがあるのよ」というのが言い分だった。わたしたちは彼女がラ・ヴェルヌの靴を試し履きしているのを見守っていた。

「要するにそういうことなのよ」とジージーはいった。「誰もなんとも思っちゃいない。窓を開けて新鮮な空気を入れるみたいなものよ。ドリーを見てごらんなさい」

ドリーとジャニーンは連れだって楽屋をあとにするところだった。ふたりは手をお互いの体に回していた。ドリーはジャニーンが何かいうと、くすくす笑った。

「でもそれってどうかと思うわ」わたしはジージーに訴える。「あなたにも今朝の彼女を見せたかったわ。とても笑うどころじゃなかったのよ。まるであなたのカメレオンみたい。ついさっきまで全世界が敵みたいな暗い顔してたかと思うと、突然、ぱあっと上機嫌になる。昨晩劇場を抜け出したときもそうだったじゃない。わたしたちが逮捕されたときもよ。あの女判事に自分だとばれやしないかと死ぬほど怯えてたくせに、新聞の一面に名前が出たとたんおおはしゃぎしてたわ」

「ああ、それはお咎めなしになったのを聞いたからじゃない？」ジージーがしれっとした口調でいった。

「お咎めなし？」誰もわたしにそんなことを教えてくれなかった。さぞかし仰天したように聞こえたかもしれない。

ジージーが不思議そうな目でわたしを見た。「そうよ」

「でも、ドリーはもうこの街じゃ働けないっていわれてるんでしょ。例の女判事に顔を見られたって死ぬほど怯えてたわ」

ジージーは笑い出した。「モスじゃないけど、わたしたちはいかれた世界で働いてるのよ。きっと何かつてがあるんだわ。でなきゃ、あんなことがあったあとで、どうしてこんなふうに続けられると思う？　警察は彼が興行を続行すると決める前から、ずっと劇場を閉めたがってたんだから」

わたしたちは小声で話していたので、誰にも聞かれていないと思っていた。サンドラの声が聞こえたときには心底から仰天した。

「こんな入りじゃ、ここで働けるのもそう長くはなさそうよ」

ジージーが視線を向ける。「そんなに悪いの？」

「良くはないわ」サンドラはそう答えると、椅子を引き寄せて、わたしたちのおしゃべりに加わった。ジージーが煙草を勧めると、彼女は一本取ったが、そのあいだもずっとわたしを見つめている。

昨夜のことをあやまりたいのだとわかっていたが、そう簡単にさせる気はなかった。

彼女は煙草の煙を吐き出すと、両脚を化粧テーブルにかけた。「昨日はちょっとばかり飲みすぎちゃったみたい」彼女は煙草の灰をはたきながら、ものうげにいった。

わたしは何もいわず、ただ彼女を見つめていた。ジージーは指ではさまってもいないカスを歯から取り除き始めた。

「わたしだって素面《しらふ》だったら、ビフが屋根でGストリングを見つけたことなんて警察にチクったりしなかったわ」

その口調は少しばかり早すぎるように思えた。彼女が気まずい思いをしているのはわかっていたが、同情する気にはなれなかった。

「なんとなく癪にさわったのよ。ビフのことだけど」

わたしは彼女を気まずい思いにさせたまま、何もいわなかった。それから立ち上がって楽屋を出た。ここから先はジージーにまかせればいい。階段をおりながら、背後でサンドラがいいわけをしている声が聞こえてきた。あとは相方がその鋭い目で睨めつけてサンドラを懲らしめてくれることを期待しよう。

階段の下で、ラッセルが張りぼての木の切り株に座っていた。わたしがかたわらを通ると、彼は微笑みを浮かべようとした。

だが、その効果は惨憺たるものだった。彼はまるで一週間寝ていないような顔つきをしていた。目の縁は赤く腫れ、ニコチン染みのできた指にだらしなく煙草をはさんでいた。

何か慰めるような言葉をかけようとしたが、ふいにこれは演技ではないかという気がした。いかにも憔悴したような表情も、悲しげな、ゆったりとした微笑みも。どれもみな下手くそな演技だった。

「ジップ、行かないでくれ」彼は震える手でわたしの腕をつかんだ。「どうかここに座って話し相手になってくれないか。ぼくは頭がおかしくなってしまいそうだ。今回のことで本当に参ってしまった」

わたしは腰をおろしたが、もし彼がわたしの哀れみを期待していたのだとすれば、この役者はひどく失望するに違いない。

「どうかしたの？」わたしは訊いてやった。「二日酔い？」わたしはサンドラに投げたのと同じ目で睨めつけてやったが、彼は気にもとめなかった。最後まで演技を続けようという魂胆なのだ。

彼はズボンの折り目に煙草の灰を落とし、舞台をじっと見つめていた。「蠟燭のごとく……」

彼はここでアプローチを変えることにしたようで、再び言い直した。「まだ人生の盛りに、彼女の命は蠟燭の炎のごとく吹き消されてしまった……」

彼がこのまま陳腐な演技を続けるなら、わたしも乗っかってやるつもりだった。「そうよ」とわたしはいった。「まだまだ輝かしい人生が待っていたのに……」わたしは彼にあわせてため息をついた。さらにすすり泣きをこらえるように息を震わせてみせた。

彼がさらに感傷的な演技をするだろうと予想はついたものの、首をうなだれて、うめき始めたときはもうたくさんという気分になった。

「いいこと、ラッセル」わたしは彼の肩に手をかけた。「もういいかげんにお遊びはやめましょう。あなたが本当はどう思ってるかわたしにはわかるのよ。たしかにみんなショックを受けたかもしれないけれど、それほど悲劇とも思っていないわ。人はいつだって死んでいくわ。それももっといい人たちが。だからこれ以上彼女の死にうちのめされたふりなんか……」

ラッセルは肩にかかった手を払いのけた。「触らないでくれ！」彼は叫んだ。「なんて冷たい氷のような女なんだ。今のぼくの気持ちがわかってたまるか」彼は両手で顔を覆うと、むせび泣き始めた。

一瞬、彼の言葉を信じそうになった。自分が本当に冷たい氷のような女に思えた。だが、目をあげた男の目に涙はなかった。自分の出るシーンを終えて、幕がおりたあとのような顔をしていた。次にどんな言葉が飛び出してこようが驚かない自信はあった。だが、彼の言葉はおよそ予想外だった。

「あの女はしこたま金を残してるはずなんだ。ギャラだってよかったし、ルーイだって相当彼女に注ぎこんでたはずだった。ところが蓋を開けたら、雀の涙ほどしか残高はなかった」

わたしはうろたえ、返事すらできなかった。ラッセルの変貌に比べればドリーのカメレオンぶりなんてはるかに可愛らしいものだった。

「こっちはピンチもいいところだ」その声にはもはやラ・ヴェルヌの美点を語っていたときのうやうやしさはなかった。単に自分のことを心配しているだけだった。「彼女はぼくの芝居に金を出してくれることになっていたんだ」

「そんなの知らないわ」わたしは飛び上がった。「それに知りたくもない。もし、あんたの芝居があんたそのものだったら、さぞかし胸糞悪いものだったでしょうね」もっといってやりたかったが、ビフがわたしを呼ぶ声がした。

彼はこれまで見た覚えのない、がっしりした顎の男と並んで舞台の袖に立っていた。彼らに向かって駆け寄りながらわたしは叫んだ。「あのロジャーズを金輪際わたしに近寄らせないで。あの男ときたら自分の傷心ぶりをとうとうと語ったあげく、これで自分は破滅だとか言い出して。ラ・ヴェルヌのお金が……」

ビフはわたしの体に腕を回していった。「きみにマイク・ブラネン氏を紹介したい」彼は早口でまくしたてた。「殺人課の人間だ。きみもぜひ会っておいたほうがいいと思ってね」

男が手を差し出したので、わたしもつられて手を差し出した。彼がポンプよろしく握った手を上下に振っているあいだに、ビフはわたしがいかに性格のいい女であるかをとうとうと述べていた。

「いつも冗談ばかりいっているし」と彼はいった。

わたしは警官にこわばった笑みを向けると、手をひっこめた。ビフが警官にわたしのことを説明する口調が気に入らなかったし、そのとってつけたような笑いはもっと気にくわなかった。それはH・I・モスがギャラを値切るときのやり方にそっくりだった。

「いったいこの茶番は何なの?」わたしの手は叩かれたラウンドステーキよろしくじんじんしていたし、心はまだラッセルにむかついていた。

ビフはわたしを目で制した。それから警官がアリスのストリップショーに夢中で、わたしたちのことなぞ眼中にないのを見てとるとウィンクしてみせた。わたしにはなんのことやらさっぱりわからなかった。

警官は赤らんだ手に緑のサテンのスカートを握り締めていた。アリスのスカートだ。彼女がスカートを脱いだということはもう出番が終わりだということを意味していた。音楽が終わると、彼女は舞台の前に走ってお辞儀をする前に、マイク・ブラネンにシフォンのハンカチーフを投げた。

「わたしのものをそんなに欲しがるなんて欲張りな赤ちゃん」彼女の甘ったるい声に、警官は顔を真っ赤にした。アリスは舞台の前に走り出た。

「ああら、坊やたちぃ、まさかこれまで取ってほしいんじゃないでしょおねぇ？」

何人かの観客たちは明らかにそれを望んでいるような顔をしていた。

アリスは口を尖らせてコケティッシュな笑みを浮かべてみせた。「これまで取ったら、わたし風邪引いちゃう」

彼女がいつそれを取ったのかは、舞台を見なくてもわかった。マイク・ブラネンの顔を見れば一目瞭然だった。彼はひとしきり見惚れていたが、やがてごくりと唾を飲んだ。「いやあ、きれいな人ですねえ。あの顔ときたら、まるで天使みたいだ」

たしかにアリスは天使みたいな外見をしているかもしれないが、彼が今見ているのは彼女の顔ではなかった。どうやらわたしが不服そうな表情を浮かべているのを誤解したらしく、あわててこう言い添えた。「いや、もちろんあんたもきれいですよ」

わたしがお世辞は結構です、自分のことは十分わかっていますから、というとビフは大声をあげて笑った。

「なあ、おれのいったとおりだろう？　いつもこんなふうに冗談ばかりいってるんだ！」

だが、警官は聞いていなかった。彼はアリスにサテンのスカートをつけさせるのに夢中だった。わたしはしばらく耐えていたが、警官がアリスのダンスがどんなに素晴らしかったかとほめそやすのを聞くに及んでその場を去った。

わたしは小道具部屋に向かった。小道具はすべて傾斜路に出されていたので、わたしは公園のベンチから空気袋をどかして腰をおろした。そこへビフがやってきた。

「まったくきみともあろう人が、どうしてあんな馬鹿な真似をしたんだ」彼はうんざりした表情を隠そうともせずにいった。

「そういうあなたこそ、どれだけおめでたいのよ」わたしはいった。「一晩じゅうおまわりにつき合わされて。おまけにそれだけじゃ足りなくて、劇場にまで連れてくるなんて。馬鹿で思い出したけど、あそこにいるおまわりさんだってウドの大木みたいじゃないの」

わたしたちは大道具の陰にいたが、ビフはわたしたちの声がブラネンの耳に届かないように身をかがめなければならなかった。「別に頭脳明晰である必要なんかないのさ。なんたって警官なんだからね」とビフはいった。「それに連中につきあっていたことだって、新たにわかった新事実を知れば、きみだって決して無駄じゃなかったと思うだろうよ」

彼はわたしの煙草の火をつけてから、自分の煙草にも火をつけた。

「まず、警察はラ・ヴェルヌの預金通帳に関して興味深い事実を発見した。彼女は殺された当日、一万ドルの金を銀行から引き出していたんだ」

「それってラッセルのお芝居のためよ！　ラッセルのためにお金を引き出したのよ、絶対に！」わたしには確信があった。

「警察もそう見ているようだ。だが、連中はルーイがその金を持っていったんじゃないかとみている。やつが自分の店から持ち出せたのはせいぜい二百ドルだったし、車もなしじゃ、ジャージー・シティにたどり着くことだってできない。それだけじゃない。警察は写真のフレームも見つけだしたらしい。

いや、写真じゃない」わたしが驚いたのを見てとった彼は、あわてて言い添えた。「フレームだけさ。それもひどく昔ふうの写真用フレームでね。裏側にはびろうどか何かの布地が貼られていたようだが、すっかり剝げ落ちていた。そこにランチ・バスケットが入るほどでもないがちょっとしたスペースがあってね。警察はその裏側部分をしきりに調べていたが、何が出てきたと思う？ まるで破り取ったみたいな紙の切れっ端が……」

ビフもわたしと同じようにかすかな物音を聞きつけたようだった。誰かが忍び足で通りすぎようとしていく。ビフがわたしの腕をつかみ、わたしはじっと息を殺した。まるで舞台裏でかくれんぼをしているときと同じような、喉が詰まる思いがした。

突然、わたしはそれが誰なのかわかった！

わたしの嗅覚が――やがてはそのせいであやうく盛装した死体になりかけるのだが――舞台監督のサミーだと告げていた。彼が盗み聞きをしようとしているのだ。彼の《ツイード》の香りは間違えようがなかった。

いささか卑劣なやり方かもしれないが、人の会話を盗み聞きするなどという不快な習慣はやめさせなければならない。わたしは先ほどよりも大きめな声でこういってやった。「モスはサミーを首にするらしいわね」

ビフもそれに合わせてくれた。「ああ、おれも聞いてる」

すると忍び歩く音はどこかに消えていった。

わたしは笑い出したくなるのを必死にこらえなければならなかった。

次にやってきたのはジェイクだった。彼はしきりにあやまりながら、公園のシーンにベンチが必要なのだといった。わたしも次が出番だったので、着替えるために楽屋への階段を急いだ。

衣裳に着替えている最中に、わたしはドリーがどこで預金通帳を見たのか訊いていなかったことを思い出した。発見されたという紙片についても。わかっているのは、ラッセルが一万ドルの行方をめぐってやきもきしていることだけだった。

第十一章

その日の午後はいつものような鉄壁のパフォーマンスができたとはいえなかった。一幕目はとほうもなく長く思えた。ショーの出来はひどいものだった。なんとしてもピンが見つからず、八小節ほど遅れてようやく探りあてたときには指を刺してしまう始末だった。観客の反応も鈍く、「さっさと脱げ！」の声すらかからなかった。

ようやく休憩時間になったときは嬉しくてたまらなかった。

アリスと警官のブラネンは、階段の下に座り、まるで何年来もの知り合いのように頭を寄せあっていた。

「ジッパー！」アリスの声にわたしは振り返った。「この素敵なぁ紳士がぁ、わたしたちにぃビールをご馳走してくれるんですってぇ」

男の顔を見れば「わたしたち」ではないことは一目瞭然だった。わたしが彼らの隣の木の切り株に座ったときも、あまり嬉しそうな顔はしなかった。

「ビールはぁ大好きぃ」アリスは甘ったるい声でいった。「そんなにぃしょっちゅう飲むわけじゃないのよぉ……」彼女は意味ありげに語尾をぼやかした。

「あら、それはわたしも同じよ」わたしはいった。「でも今日みたいに暑い日にはねえぇ……」わたしも負けじと語尾をぼやかしてやった。

舞台ではモーイの口上が始まっていた。わたしはアリスのため息や警官の荒い息遣いを聞く代わりに、そちらに耳をすませることにした。

「諸君、わたしはカリフォルニア州はロサンジェルスのカリフォルニア製菓会社のご厚意によりちょっとした読み物を用意した。刺激に富み、衝撃的かつ魅惑的な内容だ。諸君はすでに子供ではない。したがって賢い大人にふさわしい読み物が必要だ。愉しい時間を過ごしにきている諸君にうってつけのものがここにある」

彼が先週も売りつけていた例の小冊子ではないことを祈るばかりだった。警察の手入れは一週間に一度で充分だ。

アリスがくすくす笑った。「いやだわぁ、ブラネンさんたら面白いんだからぁ」

彼らの会話をちゃんと聞いていたわけではなかったが、「面白い」の内容は想像がつくような気がした。

「さて、諸君」モーイの声が一段と熱を帯びる。「これにある小冊子は、いっけんしたところありきたりの本と何ら変わるところはない。だが、中身はそのようなものではないことは保証しよう！　これはありきたりとはほど遠いものである。試みにこのなかのページをどこでもいいから、明かりの下にかざしてみたまえ。もしくはマッチの火をその裏にあててみるといい。諸君は、男性と女性のさまざまに繰り広げられるむつまじき姿態を目にすることだろう。そう、むつまじき姿態を！」

「あらぁ、ブラネンさんったらぁ！」

わたしは警官がモーイの口上につられてよからぬことをしているのではないかと振り返った。だが、そんな心配は無用だった。

「殺人のお話なんてやめましょうよぉ」アリスはべそをかくような声でいった。「それにぃお巡りさんがみんなあなたみたいに賢かったらぁ、ルーイもきっとぉすぐに捕まっちゃうわよぉ」

「いやいや、みんながみんな腕っこきってわけじゃないんでね」

「あらまあ、ずいぶんとご謙遜ね」わたしはあまり低いとはいえない声でいった。まったく、こんなやつらのために税金を払ってるなんて。

警官は少しのあいだけげんな顔でわたしを見ていたが、やがて笑い声をあげた。「まったくビフのいうとおり、面白いお嬢さんだ」

わたしは数をカウントし始めた。もし十まで数えてビールが来なければ、この場をおさらばしよう。こんなふざけた会話を聞かされた日にはこっちの神経がまいってしまう。

「……十セントだよ。一ドルのわずか十分の一で諸君はこの愛すべき小冊子と、カリフォルニア製菓の美味なるボンボンを手に入れることができるのだ。ひとたびこの小冊子を見れば、たとえ十ドルもらっても手放せなくなること請け合いだよ」

「ブラネンさんは、いつもぉそんなふうに拳銃を持ってらっしゃるのぉ？」

「まあ、ほとんどの場合はね。僕の考えじゃ、やっこさんは車を捨てて、国外に逃走をくわだてたんじゃないかと思うんだ。カナダかどこかにね」

「七、八、九」

するとステージドアが開き、呼び出し係の男が入ってきた。このときばかりは彼がサンタクロースに思えた。

われらが気前のいいホスト役はもったいぶった手つきで容器の蓋を開けた。「これはきみに」そういいながらビールの甕をわたしに手渡す。「そしてこれはあなたに」彼はうやうやしげに身をかがめてアリスにビールを捧げたので、あやうく顎が床をかすめそうになった。

アリスは目をぱちぱちさせると、お上品な仕草で口をつけた。

呼び出し係はいつもの儀礼が行われるのを待っていた。だがついに痺《しび》れを切らして踵を返した。「いつもはお使いのたびに十セントいただくことになってるんですがね」と彼は明言したが、警官は自分が悪党どもを捕まえたときの武勇伝を吹聴するのに忙しかった。

アリスはビールとホラ話にすっかり夢中だった。わたしが歩き去っても彼らは気にもとめなかった。

わたしは袖にたたずんで、モーイの口上に耳を傾けた。

モーイはビジネスに新たな手法を取り入れたようだった。「発売中止！」そう叫ぶと観客席を回っていた助手たちが立ち止まって、彼を見上げた。

「そこの三列めにいる紳士の声が聞こえたぞ」モーイは心底から傷ついたような声を出した。それから今度は怒気をにじませた。「なんとくだんの紳士は今日は景品なんぞつかないとおっしゃる。

そんなのは見せびらかしだけで、まったくの嘘っぱちだとな！」

わたしはのぞき穴から様子をうかがってみた。モーイは舞台にあがる階段の一番上に立っていた。彼は手をあげると、大仰な動作で観客席の奥に控えていた助手のひとりをさし招いた。助手は通路を歩いてくると、モーイに大きな箱をいくつか手渡した。モーイはそのなかのひとつを開けると、観客の前に差し上げてみせた。

「ここにあるのが景品だ。つまりは特典だ。それも本日来ていただいたみなさんだけに与えられる。これがどんなに高価なものかは見てのとおり。どんな娘っこだってもらえば泣いて喜ぶ代物だ。なんと百と十九個の象牙のごときプラリネ〔木の実に糖衣をかけたボンボン〕が、サテンで裏打ちされた箱のなかにおさめられている！」

観客はてんでに煙草を吸い、見向きもしなかった。最前列にいる男にいたっては競馬の出走表の研究に余念がなかった。やらせだと非難する観客すら見当たらなかったが、みなわざわざそんなあら探しをするほどの暇人ではなかった。

「カリフォルニア製菓では、その高級なボンボンをみなさんにも試食していただきたいということで、なんと無償で提供してくれるそうだ。いや、それだけじゃないぞ。正真正銘のフランス製ミニヨンオペラグラスもつけようじゃないか。今日にでも明日にでも、いや毎日使いたまえ。諸君がここに観にきているものをとっくりと鑑賞するために！」

出走表を見ていた男はどうやらその言葉に関心を抱いたようだった。

「さて、これからわが仲間たちが諸君の財布を狙い打ちする」

観客のひとりがモーイの言葉に笑い声をあげた。

「いや、失礼。皆さん方のあいだを回るという意味だ。ご清聴感謝する」

モーイは再びステージにあがると、わたしが立っている袖までやってきた。そのちりちりの毛先はぴんと立っていた。顔には滝のような汗を流している。「あの『発売中止！』のギャグはなかなかいけただろう？」わたしを見ながら彼は訊ねた。

わたしがいいんじゃないといってやると、彼はわたしの手から缶ビールを奪い取った。一口あおると、のぞき穴から売れ行きをチェックした。あいかわらずビールをつかんだままだったが、わたしが彼についていったのはそのためではなかった。

ルーイにご注進に及んだのは彼だとジージーがいっていたのを思い出したのだ。

わたしはさりげない口調でルーイを知ってるかと訊ねてみた。

「知ってるも何も」彼は答えた。「やっこさんはおれの親戚だぜ。だが、どういうつながりかと訊かれても困る。おれはそういったことには興味がないんでね」そういいながらも彼はその小さな疑い深い目を売り子に光らせていた。彼らが十セントでもちょろまかそうものなら、ただではおかないだろう。

「ルーイが彼女を殺したんだと思う？」わたしは訊ねてみた。

彼は答える前にさらにひと口あおった。「やっこさんが殺《や》ったなんておれには信じられんね。おれが誰を疑ってるか教えてやろうか？」

わたしはええ、と答えた。

「あの中国人ウェイターの誰かだね。ほかに女の首根っこを絞めるような奴がいるか？　中国人ってのは絞殺が得意なんだろう。それにあの晩やつらもあそこにいた。そうさ、間違いない！」

舞台裏からはアリスが例の警官をたらしこんでいる声が聞こえてくる。楽団員たちがどやどやとオーケストラ・ピットにおりてきた。地下室からマリファナの黴臭《かびくさ》い匂いが漂ってきた。トランペットのベニーが吸っているに違いない。

「絞殺が得意なのは東インド人だと思うけど」わたしはいってやった。「中国人と混同してるわ」

だが、モーイには「中国人」という言葉しか聞こえていなかった。「そうさ、奴らが殺《や》ったのさ。まあ、その程度にしか信用してないってことさ」彼はそういってわたしのビールを手にしたまま歩き去ろうとした。

「待って！　わたしのビール返してよ！」わたしは彼に叫んだ。するとモーイはさらにひと口あおってからビールを返した。

そこへサミーがこちらに向かってステージ上をすっ飛んでくるのが見えた。ひどく息を切らし、その目にいつもよりさらに激高した光を浮かべ、プリンセス・ニルヴァーナはどこにいると訊ねてきた。

「わたしに訊いてるの？」まるで人が腺ペストの病原だといわんばかりの口ぶりだったので、わたしは自分を指してみせた。

「あの女はオープニングの次に出るはずだったのにいやがらないんだ！　おまけにどこに沈殿してるのかも見当がつかない。それに——おお、ビールじゃないか！　こいつはありがたい」彼は残りを飲み干すと、空の缶をわたしに返してよこした。「モスが戻ってきたんだ。どうやらホットスプリングスから飛行機で飛んできたらしい」

彼は長い脚を使って三歩で階段をのぼった。モーイとわたしも負けじとあとを追った。わたしたちが踊り場にたどり着くと、サミーはノックもせずに楽屋に飛び込んだところだった。女性たちがいっせいにキモノやガウンに手を伸ばした。

「これじゃ金魚鉢のなかで着替えてるのと同じだわ」ジージーはそういってからつけ加えた。「われながら独創的な表現ね」

サミーは彼女を睨めつけた。「プリンセスがいないんだぞ！」彼は叫んだ。「ノックをするかしないかどころの騒ぎじゃない」サミーは怒りに燃える目で部屋を見渡した。「誰か彼女の住所を知ってる者はいないのか？」その口調が切実さを帯びた。

誰も知らなかったし、気にかける者もいなかった。するとジャニーンが、プリンセスは豚どもに真珠を投げ与えるのに飽きて、ルーイと駆け落ちしたんじゃないかといった。

「いい加減にしろ！」サミーはそういうなり、ドアを叩きつけるように閉めた。

彼が行ってしまったことを確認すると、わたしたちは顔を見合わせて笑い出した。

「だったらこんなありがたいことはないわ！」ジージーがいった。

ドリーがつけ足す。「たった二十四時間のうちに二人ともいなくなっちゃうなんて！　まったくこんな結構なことはないわ」その目に悪賢そうな光が浮かぶ。「もしプリンセスも殺されたんだとしたら」彼女は意味ありげな口調でいった。「警察だってわたしたちの誰かに嫌疑をかけられなくなるでしょうね」

ジャニーンはドアのノブに手をかけたまま立ち止まった。「どうして彼女も殺されたと思うの?」

ドリーは答えなかった。彼女は髪にブラシをかけるのに忙しかった。あるいは忙しくしているように見えた。

「もし本当にそうだったとしても、どうして警察があたしたちに嫌疑をかけられなくなるわけ?」ジャニーンは引き返すと、ドリーにぐっと顔を近づけた。ブラシの先が顎にぶつかるのではないかと思えるほど。

わたしだったら誰かがそんなふうに顔を近づけてきたら不快に思うだろう。でも、ドリーは笑いながらブラシをかける手を止めようとはしなかった。

「だって彼女がどこに住んでるのかなんて誰も知らないでしょ? それにわたしたち、昨夜は一緒にここを出たんじゃなかったっけ? おまけにここはわたしたちの一挙手一投足に目を光らせてるおまわりさんで一杯なのよ」彼女は優雅な仕草でブラッシングを終えると、テーブルにブラシを投げた。「どうやってわたしたちにそんなことができるというの?」

その目から悪賢そうな光が消え、勝利が取って代わった。

ジャニーンは鼻を鳴らして、部屋を出ていった。そしてドアにさしかかったところで彼女は振り返った。「ずいぶんと頭が回るじゃない」そういってから、思い出したようにこうつけ加えた。「あたしだったらラッセルみたいな男のためにそこまで入れあげたりはしないけど」

第十二章

結局、一回目のマチネにプリンセスはあらわれなかった。わたしたちはなんとか彼女なしでやりおおせた。ルーイはあいかわらず行方不明だったが、それはまた別の話だった。それでも彼の行方を本気で探している者がいた。警察だ。

ビフはピノクル〔四十八枚のカードを使い二〜四人で遊ぶ日本の花札に似たゲーム〕をやるための四人めが欲しいからだと言い張ったが、アリスはまっこうからそれを否定した。

「だってぇ、あの人ぉ、ピノクルの遊び方なんて知りませんものぉ」というのが彼女の意見だった。

最後の幕がおりるやいなや、サミーはリハーサルのために全員を招集した。ステージではコーラス隊がいつもの通し稽古を始めたので、わたしたちは女性用ラウンジでリハーサルをした。そこは心地よさげな籐の家具が置かれた、広い、風通しのいい部屋だった。壁には一面に細い鏡が並び、窓にはオールド・オペラ華やかなりし時代の遺物とおぼしき、サテンのダマスク織りのカーテンがかかっていた。

サミーはわたしに結婚式のフィナーレの花嫁役を割り当てた。おかげでわたしは衣裳の心配をしなければならなくなった。わたしはジージーにストリップ用のコスチュームを作る約束をしていた。自分の分も二着作らなければならないのに、その上に花嫁衣裳まで！

「それと魔法の箱《ガジーカボックス》をやる」サミーはいった。「きみは前に三番目の女性を演じたことがあったから、今度も同じ役をやってもらう」

これについては衣裳の心配はなかった。シフォンが三メートルと、ラインストーンのクリップがあれば事足りる。

ビフとマンディは「スローリー・アイ・ターン〔ある特定の言葉にキャラクターが激しい反応を見せるギャグ〕」のリハーサルをしていた。鏡にうつる彼らの姿を見ていると、まるでビフが六人いるみたいだった。最初はそうだったらどんなに素敵かしらと思った。けれど、すぐに警官たちのことを思い出し、ひとりで充分だと思い直した。

「なあ、パンキン」六人のビフのひとりがわたしに近づいてきた。「『魔法の箱』にひとひねり加えてみようかと思うんだ。フィルが一番目の女と『アラ・ガザム・アラ・ガザム』と言い出したら、すぐにわれわれは『ピクルズ使い』のコントに入るというのはどうだ」

どこがひとひねりなのよ！　わたしは冷ややかな目で彼を見たが、いっこうに相手には通じていないようだった。

「お客というのは、舞台いっぱいの出し物が好きなのさ。ちょうど『魔法の箱』の旧バージョンをやったばかりだし……」わたしがその先を続けてやると、ビフはにやりとした。

「だから今台本を新しく直してるってわけ？」

「そうさ」彼はまだにやにやしていた。ビフ相手に遠回しに訊くなんて時間の無駄だ。

そこにフィルがやってきたので、わたしたちはシーン全体を通して話し合った。それはモスが好きなシーンのひとつだった。大道具の『魔法の箱』はとりわけ彼のお気に入りだった。まるで古代の石棺みたいじゃないかと彼はいうのだった。わたしもそのひとつに入らなければならないのだ。それはなんとミイラの棺だった。まったくろくでもない思いつきだ！

だが、わたしは一つの点だけはモスに同意しないわけにはいかなかった。ジェイクが外側にペンキを塗り、赤いサテンで内張りしたその箱は、まさに若い女性が入るのにふさわしかった。旧バージョンでは「彼女は二千年前に死んだ」という設定で始まる。コメディアンが一番目の女性を見ると、彼女はウィンクをしてみせるのだ。

そして男は「二千年前の女でも、男っぷりのよしあしはわかるんだなあ」という。

もちろん、すべてのコメディアンたちは自分流のバージョンを持っている。『ピクルズ使い』をくっつけてしまおうというビフのアイディアも悪くはなかったが、いつものようにやってみましょうよと賛同することはできなかった。

「それで最後の暗転はどうするの？」わたしは冷ややかな口調で訊ねた。

「炭酸水をきみのパンツにぶちこむ」

いわんこっちゃない！　パンツのなかに炭酸水を流し込まれるなんて！　だからビフはひとりで充分だというのだ。

その顔に浮かぶ無邪気な表情から見て、わたしが癇癪を爆発させるのを待っているのは明らかだ。

だが、その手には乗らない。わたしは冷静さを崩すことなく、そんなことはほかの裸の女にやらせてちょうだい、といってやった。

「ついでにいっておくけど、これからは金輪際あなたの舞台に出るのはごめんですからね！」

それはまさしく退場にふさわしいせりふだったので、わたしは芝居がかった動作でキモノの前をかきあわせ、彼の横をすり抜けるようにしてさっさとドアに向かった。彼と口論してもらちが明かないのはわかっていた。今回もそれは同じだ。

わたしが手をノブにかけるとほぼ同時に、ドアが穏やかとはいえない勢いでぱっと開いた。わたしは思わずバランスを崩し、次に鼻をぶつけた。あるいはその逆だったかもしれなかったが、そんなことはどうでもよかった。せっかくの退場シーンが台無しになってしまったのだ。ビフが腹を抱えて笑い出す。そしてドアの向こう側に立っている人物に気がついた。

黄金色の紐を編んだ肩章をつけた濃い紫色のミリタリーコートに、これまた紫色のブーツ。〈ミス・やり手女〉またの名をプリンセス・ニルヴァーナがご帰還あそばしたのだ。

彼女はわたしたちには目もくれず、まっすぐサミーのもとに向かった。「ミスター・モスとお話をさせてもらったんですけれど」その「ミスター」という響きに明らかに皮肉がこめられていたが、サミーはしごく冷静にそれを受け止めた。まるで嵐の前の静けさのような。わたしたちは内輪で「じり火《スローバーン》」と呼んでいる。

「何をだね？」サミーは彼女が続けるのを待った。

彼女は鏡にうつる自分の姿をたっぷり一分間眺めてからこう続けた。

「次のショーでは一幕のフィナーレの前にわたくしが出させてもらうことになりましたの」

これは聞き捨てならないニュースだった。本来フィナーレの前に踊るのはわたしのはずだった。そのときすぐに抗議すればよかったのだが、てっきり彼女のはったりかと思っていた。

代わりに訊ねてくれたのは、楽屋の一番奥にいたドリーだった。「じゃあ、ジッピーの出番はどうなるの？」

その言葉でサミーはわれに返った。「おまえなんぞにいわれる筋合いはない」ちなみに最後の「ない」はいつもよりひときわかん高かった。

「そんなふうに声を張り上げなくてもいいじゃない」ドリーはすねた声を出した。「わたしの着替えに影響があるかもしれないから知りたかっただけよ」

サミーは擦り切れた絨毯の上に台本を叩きつけたが、気づいたときはあとの祭りだった。台本は部屋中にちらばり、彼は床にかがんでそれらを拾い集めなければならなかった。

「あそこはジップの見せ場なのよ。時間だって長くとって……」ドリーはそれ以上続けられなかったが、彼女を責める気にはなれなかった。サミーの顔は蒼白になっていた。

「変更なんぞくそったれ！　ショーがどうなろうと構うものか！　モスのくそったれが！」

床によつんばいになってわめいている姿は笑いを誘ったが、ドリーはすっかりお冠のようだった。彼女は立ち上がるなり楽屋を出ていこうとしたが、サミーはその後ろ姿にまたしても叫んだ。

「ストリッパーなんぞに劇場の経営を教えられるくらいなら、おれは屋台のホットドッグ屋でも開くさ！」彼は両手の拳で床を叩いた。

「劇場の経営ですって？」ドリーは小馬鹿にしたような笑いをあげた。「たかだか舞台監督のくせに！」

最後の捨てぜりふを残して彼女は出ていった。ドアがサミーの怒鳴り声よりも大きな音をたてて閉まる。これまでサミーが怒るところを見たことはあったが、ここまで怒るのは初めてだった。いっそ頭から水をかけて冷ましてやったほうがいいんじゃないかと思ったほどだ。

この一連の騒ぎをよそに、プリンセスは籐椅子のひとつにしどけなくもたれかかっていた。そして無頓着に煙草の灰を絨毯に落としていた。

そのエキゾチックな顔にご満悦そうな笑みを浮かべて彼女はいった。「あのバクスターさんとやらはたいそうな癇癪もちのようですね」長く薄い舌で下唇を湿す。「まるで殺人者みたいな癇癪ですこと。そう思いません？」

ビフは小さく口笛を鳴らすと、顔をしかめてみせた。「本気で怒ったときの彼女はあんなものじゃないけどね」

プリンセスはひとしきり騒ぎがおさまったところで出ていった。わたしたちはなおもリハーサルを続けた。自分でもよく頭に内容が入ったものだと思うが、これまでさんざん繰り返してきたので寝ていても演じられるくらいになっていたのかもしれない。

その日は昼も夜も雨が降っていた。地下室はすっかり水に浸かり、プリンセスは新しいショーが始まるマチネの前にわたしたちの楽屋に引っ越してきた。彼女は窓際に座ったが、自分で選んだわけではなく、ほかのスペースはすべて埋まっていたからだった。

彼女はふたことみことしゃべるだけで、すっかりその場になじんでしまった。「雨がやんだあとで地下室から何が出てくるかお楽しみにね」とか「水攻めにしてネズミを溺死させるんですってよ」とか。

わたしの知る限り、これほどまで鉄面皮な女にお目にかかったことはなかった。そしてわたしは彼女のことを知っていた。どれくらい知っているか彼女に教えてやる前に、それは起こったのだ！彼女はいけしゃあしゃあとした顔で着ていたローブを脱ぎ捨てた。部屋じゅうの女たちが、いっせいに目をむいた。目が飛び出すのではないかと思えるほど。昨日ちらりとみせた萎んで垂れさがった乳房は、ぴんと張りつめて立っている。それはこれまで見たこともないほど見事な乳房だった。氷とココアバターを使ったサンドラのテクニックをもってしても、これほどまでに素晴らしい結果は望めなかっただろう。

プリンセスは自分がもたらしたセンセーションを十分に計算しながら、これみよがしに部屋のなかを歩いて回った。それからひび割れた鏡にうつっている自分の姿を鑑賞した。お気に入りの『ブリチキ』の最初の八小節をハミングしながら。

軍隊用の寝台に寝そべっていたジージーがクロスワードパズルの本から目をあげ、プリンセスのパフォーマンスをじっと見つめていた。そしてしばらくしてからこう訊ねた。「ねえ、ジッピー。パラフィンの代わりの四文字単語って何かしら？」

プリンセスの顔がさっと青ざめたが、わたしにはまだその理由がわからなかった。

「ラード《LARD》じゃない？」とわたし。

プリンセスのハミングがやんだ。彼女はジージーに怒りに燃えるまなざしを投げた。「何をおっしゃりたいのかしら？」

ジージーは薔薇の蕾のような乳首と褐色の巨大な乳房に目をやった。「別に」彼女はしれっとした顔で応える。「ただ、昔、顔の皮のたるみを直すのにパラフィンを注入してた男の人がいたのよ。おかげで素晴らしく若返ったわ——いっときだけね」

プリンセスがそそくさとローブで胸を隠した。あまりに慌てていたので、反対側の袖に腕を突っ込んでしまう始末だった。

ジージーは容赦なく続けた。「そう、たしかに効果はめざましかったわ。ある晩、うっかり暖炉のそばに近づきすぎちゃうまではね。当然溶けるに決まってるじゃない！」ジージーは陽気な笑い声をあげた。「あれは見物だったわよ。顔の皮膚が襟までだらんと垂れ下がっちまったんだもの！」

プリンセスが無意識に両手で乳房を覆った。ジージーは満足げなため息をつくと、クロスワードパズルに戻った。

プリンセスがマチネを休んだ理由がこれで判明した。

二回めのマチネはそうでなくとも少々出来が悪くなるものと決まっている。だが、今回はあまりにひどすぎた。まずショーガールがふたり休んだ。大道具が書割りを出すのを二度間違えた。魔法の箱はまだ未完成だったので、宮廷のセットの前で演技をしなければならなかった。ラッセルはひどく酔っぱらってせりふの半分が出てこない始末だった。わたしはついに堪忍袋の緒を切らした。組合があろうとなかろうと、化粧道具をまとめて出ていくつもりだった。

今回は本気だった。わたしの出番は二幕目に変えられてしまった。プリンセスはわたしの本来の出番を奪っただけではなく、最後のフィナーレにまでしゃしゃり出ることになったのだ。

モスは路地でわたしをつかまえた。わたしはそのまま止まらなかった。荷物はまとめてあったし、エルティンジで新しいストリッパーを探しているはずだった。だが、路地の楽屋側出口に接するオフィスのドアを開けるモスの態度には、何か有無をいわせないものが感じられた。

そこは机と椅子が二脚あるだけのひどく狭い部屋だったが、それだけでも満杯だった。モスはアップタウンにも交換台を備え、油絵がいっぱい飾られたオフィスをかまえていたが、彼はこの部屋で業務を行うことを好んだ。「わたしの原点はこのバーレスクにあるのでね」というのが彼の口癖だった。

壁には『一九二一年の旋風』というショーの額に入れられたプログラムや新聞の切り抜きが飾られていた。モスはたった三回しか興行が行われなかったこのショーのために巨額の金を注ぎ込んだ。彼は自分の生業《なりわい》であるバーレスクを忘れないために、これらを身近に置いているのだといっていた。だが、今はオフィスにも新聞の切り抜きにも目がいかなかった。わたしは怒り、荷造りも終え、もはや未練はなかった。それでも、彼のあとについて部屋に入った。

彼は回転椅子に背をあずけると、わたしにけげんな目を向けた。

「きみが二週間の予告期間を置いてやめると聞いているんだがね?」

「今すぐやめたいんです。訴えたければ訴えればいいわ」彼が勧める椅子を断ってわたしはいった。「誰かの二番手になるなんてまっぴらよ。あのプリンセスみたいなぽんこつ女の二番手なんて!」

彼は何もいわず、一瞬わたしは不安を覚えた。たしかに彼は契約違反で訴えることができるのだ。しかもわたしときたら、わざわざそれを相手に教えてやるまで気がつかなかった。立ったままでいるのも居心地が悪くなってきた。自分がひどく偉そうに思えてきたし、バッグの重さがこたえていた。でも、ここで椅子に腰かけたら負けだとわかっていた。そうなったらなんとでもいいくるめられてしまう。前にもそんなことがあった。

モスは眼鏡を外し、ピンク色の小さな布でていねいに拭き始めた。その所作にはどこか品の良さがあり、眼鏡を取った顔には一種の貴族的なものさえ感じさせた。だが、同時に疲労困憊しているように見えた。それだけでなく、ひどく苦しんでいた。

これまで彼がしてくれたことが脳裏によみがえってきた。わたしはトレド時代を、当時どれだけ困窮していたかを思い出した。食糧切符はあと一回分しか残されていなかった。そして彼はわたしとの約束を守ってくれた。わたしはスターになった。髪にダイヤモンドこそ飾ってはいないが、年間の収入は保証されている。とりあえず、ここは座ることにした。

「わたしだってあの女《ひと》があんな傍若無人な態度を取らなければ怒ったりはしません」

モスはふたたび眼鏡をかけると、きれいに片付いた机の上に目をやった。脚の長さが足りなかったので、椅子の背に寄り掛かると、子供のようにぶらぶらさせていた。まるでぶらんこに乗っている子供みたい、とわたしはひそかに思った。

するとプリンセスのことが頭に浮かび、またしても怒りがこみ上げてきた。「あの女ときたらまるで劇場の主みたいにふるまっているわ。ショーを無断欠席しても、誰ひとり彼女にどこにいたのかと責めやしない。劇場をわがもの顔で歩きまわって、わたしたちのことを見下しているのよ。もうこれ以上我慢できません。この上あの女と顔をつきあわせていたら、いまに彼女にとんでもないことをするかもしれない。でも、今日ばかりは彼女に好き勝手させるチャンスは与えてやらなかったわ。こっちは楽屋を疾風のごとく飛び出してきたんだもの。わたしのそばにいた人はまともに風を食らって肺炎になっちゃったかもしれないわ。とにかく、わたしはあそこへは戻りません！」

わたしは泣き出すまいと唇をかんだ。自分のために何かを主張しようとすると、いつもこうなってしまう。肝心なことは何ひとついえないまま、プリンセスがわたしのことを見下しているなどと、どうでもいいことを持ち出して、結局は自分の首を絞めてしまうのだ。そんなこと誰が気にするだろう。

モスはじっと黙って、わたしに吐き出させるがままにしていた。この手の苦情には慣れているし、その沈黙作戦はいつも功を奏していた。

「わたしだって本当は出ていきたくないんです」わたしはがらりと口調を変えた。「わたしとしては、すべてがいつものように運んでいればそれでいいんです。わたしはこれまでと同じ立ち位置にいたい。フィナーレで彼女の前になんかなりたくない。他の女性たちが全員『ハッピー・デイズ・アー・ヒア・アゲイン』に合わせて出てくるなら、彼女だってそうするべきよ。なのにあの女だけ最後にフィナーレにしゃしゃり出て『ビューティフル・レディ』を十六小節も歌うなんて。ストリップにしても、彼女が最後に自分の歯まで取り出そうが、わたしの知ったことじゃありません。ただ、彼女の前にされるのだけはいやなんです！　それに彼女と同じ部屋で衣裳に着替えるのも！」

いうだけいってしまうと、わたしは椅子に背をもたせかけて、相手が応じるのを待った。自分が理不尽なことをいったとは思わなかったが、モスは何もいわなかった。

「あの女《ひと》がどんなしたたか者なのかあなたはご存じないんだわ」思わずそういってしまってから、あることに思い当たった。それと同時になぜモスが沈黙を貫いているのかも。

「ごめんなさい、モスさん。わたし……そんなつもりで……」

「きみも彼女に気づいたんだね」彼は静かにいった。わたしはうなずいた。「ずいぶん昔のことだし、彼女もすいぶん変わってしまった。だが、彼女は美しかった。そう思わないかい？」

それほど昔のことではなかった。二年という月日は決して長くはないし、当時の彼女がそれほど美しかったとは思えなかった。あの頃の彼女はブロンドだったし、モスが彼女にぞっこんなのはみんな知っていた。むろん彼の妻やふたりの成人した息子への愛とは性質が違っていたが、それでも十分に素晴らしい愛だった。当時の彼女にはもったいなすぎるほど。わたしはトレドで一緒に働いていたことがあるが、当時の彼女はコーラスガールのひとりに過ぎず、それもしばらくしてからやめてしまった。モスが彼女にアパートメントを借りてやったのだという噂だった。

「あれから彼女は南アメリカに行った」モスの声はうつろだった。彼は眼鏡の具合を直すと、机の書類をもてあそんだ。

「そして戻ってきた、というわけなのね」わたしはいった。

「ああ、そうだ」彼は力なく答えた。「手紙だの不渡りの小切手だの、ホテルの請求書の写しだのを携えてね。あの女は……」そういって彼はわたしを見上げた。その顔にものうげな微笑がよぎった。「舞台熱に取り憑かれてしまったんだ」

わたしには彼が何をいってるのかわからなかった。「舞台熱ですって?」わたしは訊き返した。

「あの女はバーレスクの世界から抜け出して、自分のために本格的なショーを演出してくれというのだ。わたしは少し待ってくれといい、彼女はいまだに待っている」彼は太鼓腹の上で手を組むと頭を垂れた。

バーレスクの世界から抜け出したいという気持ちはわからないでもないが、それにしてもショーなんて! 彼女にいったい何ができるというのだろう。きっとせりふだって満足にしゃべれないだろうし、あの体型ではどさ回りのコーラスガールにだって雇われないだろう。わたしはそのことをモスにいってやった。

「彼女はコーラスガールなんぞに今さら加わるのはいやだといっている。わたしがスターにしてくれることを望んでいるのだと! そして明日までに返事をしないと、わたしの……」

「奥さんにいいつける、というのね」代わりにわたしが補足した。

彼はのろのろとうなずき、すでに消えた葉巻を灰皿でねじり潰した。その目が額に入れられた新聞の切り抜きに向けられる。その視線には深い嫌悪がこめられていた。それがブロードウェイでの失敗に対してなのか、プリンセスのことを考えているからなのか、わたしにはわからなかった。

わたしは立ち上がった。「サミーのところに行って、やめないと伝えてきます」そういってから部屋を出ると、静かにドアを閉めた。

第十三章

プリンセス・ニルヴァーナの死体が発見されたのはその夜のことだ。やはりデンタルフロスで首を絞められていた。そして右耳の下にはGストリングのラインストーンが輝いていた！

発見したのはジェイクだった。彼は小道具部屋から『魔法の箱』を運び出し、わたしたちが明日から使えるようにペンキ塗りを急いでいる最中だった。後の証言によればいつもより少し重いような気もしたが、底には車輪がついていたので、たいして気にもとめなかったとのことだった。

彼は側面の真っ赤なペンキを塗り終え、正面のパネルに手をつけたところだった。最初はペンキが流れているのかと思ったそうだ。ドアの底の隙間からひと筋の赤い液体が流れ出ていたのだ。箱のドアを開けたとたん、死体が倒れこんできた。その血は腕の傷から流れ出たものだった。肩から肘にかけて深い切り傷が走っていた。

わたしは死体を見ることはなかった。というより、警官たちに男たちの楽屋まで上がってくるよういわれるまで、彼女が死んだことを知らなかった。

巡査部長は前と同じテーブルに座っていた。部屋は前と同じ汗とコメディアンの衣裳の臭いでむせかえらんばかりだった。質問までが同じだった。まるで同じ場面を前にリハーサルしたような気がした。あのときの死者はラ・ヴェルヌだったが、こんどはプリンセスだった。

ラ・ヴェルヌのときはいわば衣裳をつけたリハーサルだったが、今度は本番だった！

だが、今回は最初のおふざけはなかった。ジージーは『母の旅路』ごっこをすることはなく、ジャニーンが巡査部長にいちゃもんをつけることもなかった。みな顔をこわばらせ、互いに顔を見合わせようともしない。巡査部長はわたしたちにメーキャップを落とす時間も与えてくれなかった。ドリーの顔は化粧崩れしかけていたし、マンディのパテでくっつけた鼻にはへこみができていた。

巡査部長はビフに質問していた。「きみは死体を発見した小道具係に呼ばれていったそうだが」

ビフはうなずいた。

「なぜそいつはきみを呼んだのかね？」

「たまたま通りかかったのがおれだったからでしょうね」ビフは答えた。「ちょうどフィナーレが終わって男連中は全員楽屋に上がっちまったんですよ。おれはジェイクにさっさと魔法の箱を完成させてくれないと、舞台がうまくいかないとはっぱをかけにいったんです。何せああいうシーンでは小道具がないとどうにもならないんでね。

そういうわけで、おれはジェイクのところに向かっていたんです。ちょうど四十メートルそこらいったところで、やっこさんの声が聞こえました。最初はおれを呼んでたわけじゃありません。ひいっと息を呑む音に続いて『なんてこった』という声がしました。それからおれに気がついてすぐに来てくれといったんです。やっこさんはペンキのブラシを持って立ってたんですが、そこから赤いペンキがぽたぽた垂れ落ちていました。

最初はてっきり怪我でもしたのかと思いましたが、すぐにそうじゃないと気づきました。やっこさんは死ぬほど怯えて、まるで石のように動けなくなっていました。何もいえず、ただ口と目を大きく開けて棒立ちになっているばかりで。そのときはじめて、彼女が血だまりのなかに倒れているのを見たんです」

ビフはそこで言葉を切った。しばらくのあいだ、カチカチという音だけがやけに大きく響きわたった。わたしはそれが懐中時計の音だということに気がついた。ビフはそれを手にするとじっと目をやっていた。

「彼女が殺されたのが五時半から六時までの間だとしたら、死後六時間は経っていたことになりますね」

巡査部長がちらりと彼を見た。「どうして検視報告の内容を知っているのかね?」

ビフはにやりと微笑んだ。「いや、おれなりに調べてみただけですよ」ジガーズが困ったような顔をするのが見えた。

ビフはさらに続ける。「死体のことなんておれには何もわかりゃしませんよ。でも、あの血を見ればね。あれはもう固まっていたんでしょう?」

巡査部長はそれに答えず、ジガーズにじっと目をやっていた。

脇でそんな芝居が進行中とも知らず、ビフはさらに続けた。「なぜ、おれがこんなことに首を突っ込む気になったかをお話ししましょう。血のことですが、最初、おれは箱の底にたまっているものとばかり思っていました。ジェイクが箱を動かすか何かしたひょうしに、ドアがほんのわずか開いたんだと。そこで彼がおまわり——警官を呼びにいってるあいだに、死体を見させてもらいました。彼女の手は掌を上にして脇に垂れていたので、そこに傷ができていることに気づきました。それは長い傷で、親指近くまで届いていました。ただ、血はもう乾いていて、腕の傷のようにまだ新しく、なまなましいものではありませんでした」

巡査部長はテーブルの上の報告書に目を落とした。「その傷については報告を受けている。ジグザグの裂傷とある。だが、こいつは一日前かさらにもう一日前にできたものだ。今回の事件とは関係ないものとみていいだろう。死体とふたりきりだったときに何かほかに『発見』したものはあるかね？」

その皮肉はビフには通じなかった。彼は耳をかいてじっと考えていた。

「もちろんGストリングには気がつきましたよ」彼はそういってから、急いでつけ加えた。「でも、手も触れやしなかった。なんにも触れちゃいませんよ」

「ショーの主役を務めることになっていた出演者がステージをすっぽかすなんていうのはめったにないことなんじゃありませんか？」巡査部長がドアに寄り掛かっていたサミーに話しかける。

巡査部長に話しかけられたことに気づいたサミーは文字どおり飛び上がった。「はあ？　なんですって？」

「ショーの間にプリンセスを見かけた者が誰もいないなんてことがあり得るのかと訊いてるんですよ」

「あの女は前にもやらかしてくれたことがあるんでね。正直いっていなくなってくれてほっとしてますよ」サミーは苦々しい口調でいった。「あの女ときたらまたトラブルを起こそうとしていた。別におれの知ったこっちゃないが。もちろん全員彼女がいないのを不思議がっていましたよ。だから彼女は休んでいるのだとだけいっておきました」

「長い、長い休息をね」ジャニーンがひとりごとのようにつぶやいた。

巡査部長が今なんといったのかと訊ねた。

「長い、長い休息をね、といったのよ」ジャニーンは不機嫌な声で答えた。「あたしもいいかげん休ませてほしいものだわね。そもそもなんだってあたしたちまでここに拘束されなきゃならないのよ。あの人が殺されたのが夕食時だとしたら、あたしたちの誰に殺せたっていうのよ。みんな夕食を食べに出ていたんだから。ジップとビフとドリーはわたしと一緒だったし、あたしがずっとレストランを離れなかったことを知っている。あたしも彼らが出ていかなかったことを知ってるわ。さっさと他の人たちにも誰と食事していたか訊いて、無駄な時間を費やすのはやめたらどう？　別にあたしのために急がせてるわけじゃありませんからね。あんたたちは好きなだけ探しまわるがいいわ。みんなが殺されるまで」

怒って飛び出そうとするジャニーンを誰も止めはしなかった。ドアの戸口で彼女は振り返った。「でも、あたしはみすみす待ってたりはしませんからね」と彼女はいった。「もう二本立て公演が終わったのに、あたしがアンコールに応えると思ったら大間違いよ」

巡査部長は黙って彼女を行かせることにしたようだった。彼女に頭を冷やす時間を与えようとしたのだろう。

ほどなくしてジェイクが咳払いした。「ちょっとお知らせしたいことがあるんですがね」彼はそこで言いよどんだ。「例の魔法の箱のことなんですが」

「あれについてはこっちも訊きたいと思っていたところだ」と巡査部長はいった。「死体を隠すには実に巧妙な場所じゃないかね。小道具部屋は他に比べて涼しいから、死体の腐敗が始まるのもおさえられる。死体はそれまでずっと隠されたまま……」

「ステージであの箱が開けられるまでは、てことか！」ラッセルが吐き捨てるようにいった。

「いや、その前に裏を張り替えることになってたんです」ジェイクが口をはさんだ。彼の指が落ち着きなくオーバーオールのベルトに下げているハンマーをまさぐっている。その取っ手には赤いペンキがついていた。

それともあれは血？　そう思ったとたん、わたしは身震いした。

「けど、おれが知らせたかったのはそのことじゃないんです」ジェイクは先を続ける前にしばし口ごもった。「おれがいいたいのはですね、ショーの間じゅうずっと大道具部屋にいたってことなんです。今日のショーに間に合わせなくちゃならないものがあって、こっちはてんてこ舞いしてた。だから、誰にも箱のなかに死体を入れたりすることはできなかったはずなんです。もしそうだったとしても、おれの目に触れないはずがない」

「死体はショーが行われているあいだに入れられたわけじゃない」巡査部長が忍耐強い声でいった。

「プリンセスが殺されたのは五時半から六時の間だ。ショーが終わったのは五時二十五分だった」

ジェイクはうなずいた。「そうです、おれがいいたいのもそこなんです。あんたは六時から八時の間だといいましたね。たしかにショーが終わってから、全員外に食べにいきました。おれが出たのはずいぶん後になってからですが、それでもすぐ近くの角までしか行きませんでした。そこでコーヒーを飲みましたが、それにしたって、誰にもあの女性を箱に入れられたはずがないんです。外に出る前におれが鍵をかけていったんですから！」彼のけげんそうな顔がくしゃっとゆがんだ。

巡査部長が身を乗り出した。「だが、それはいつもじゃないんだろう？」

ジェイクはうなずく。「ええ、でもかけないわけにはいかなかったんです。最近になって小道具を盗まれるようになったんで。一週間前にもレストランのシーンの用意をしていたら、使うはずの皿を全部持っていかれちまったんです。そのときはコメディアンのひとりが――名前はあえていいませんが――背負いきれないほどの大きな荷物を抱えていくのを見かけました。それで、その荷物が気になり始めたってわけで。そしたら次の夜も同じやつの姿を見かけたんです。今度は前よりももっと大きな荷物を抱えてやがりましたよ。でもってこっちは舞台で使うはずの皿が一枚もなくなっちまった。そこでおれはそいつのところに行って、その荷物の中身を見せてくれないかといってやりましたよ。そしたら、やっこさん幽霊みたいに真っ青になったあげく、中身は洗濯物だと抜かしやがった。まったく洗濯物が聞いてあきれる！　そいつときたら年がら年じゅう同じ一枚のシャツを着てるようなやつなのに！」

それまでぼんやりと何もない部屋の隅を見つめていたマンディが飛び上がった。

「嘘っぱちだ！」

「嘘っぱちとはなんだ！」ジェイクが怒鳴り返す。「おまえがおれの皿を全部盗んでいったことか、それともシャツを一枚しか持ってないことか？」

マンディは傷ついたような顔をして黙ってしまった。彼に皿を盗むつもりはなかったのはわかっていた。コメディアンときたら、しょっちゅう舞台で皿を割っている。彼は割れた皿を持ち帰って修繕していたのだ。そして新たな皿が届くたびに、それらと交換していた。

ジェイクはこと小道具のこととなると、因業婆さんのように絶えず目を光らせている。だが、面と向かってマンディを盗っ人と非難したのはこれが初めてだった。それがさらに彼の怒りに火を注いだようだった。

「あの荷物が床に落ちたときにゃ、洗濯物が落ちたようには思えなかったがね」彼はなおも挑発的な口調でつけ加えた。

「なるほど、それで道具部屋に鍵をかけるようになったというわけだね」巡査部長が口をはさんだ。

「まあ、そんなところです」ジェイクは答えた。

巡査部長はしばし黙っていたが、やがてこういった。「きみは自分の仕事にたいそうな誇りをもって取り組んでいるようだね」

ジェイクはぐらつくテーブルを拳で叩いた。「そんなのはあたりまえでさあ。H・I・モスのためならなんだってやりますとも。やっこさんには恩義があるんだ。何があっても忘れやしません」

巡査が恩義とは何かと訊ねると、モスから五百ドルの援助を受けたのだとジェイクは答えた。ジェイクの妻が病気になり、アリゾナで療養しなければならなくなった。ジェイクはそのことについて何もいってないのに、給料袋のなかには五百ドルが入っていたのだという。

「恩返ししたくともできるようなもんじゃありませんよ」ジェイクは無邪気につけ加えた。

「だが、恩返しのチャンスが訪れるってこともある」巡査部長がいった。

ジェイクはさっと巡査部長を見た。痩せた、針金のような体がぶるぶる震えだす。

「そりゃいったいどういうことです？」

「たとえば、その恩人が誰かにゆすられていたことがわかったとする。そうしたらきみは恩人のためにそいつを何というか――取り除こうとは思わないかね？　自分では正当な行為だと思っているかもしれないが、それが殺人であることは間違いない！」

ジェイクはまるで撃たれたかのように飛びさがった。「おれはそんなことしてませんよ！」彼は叫んだ。

「たしかにあの女に出ていけとはいいましたが、殺しちゃいない。最初は気がつかなかったが、わかってからは、おまえの正体を知ってるぞといってやったんです。するとあの女は『だから何？』と抜かしました。自分は彼から戻ってきてほしいと嘆願されたのだ、とね。そんなのは嘘っぱちだってことはわかってた。あの高そうな服や態度を見ればわかります。おれがゆすりを非難するとあの女は笑いました」

「きみは六時にどこにいたのかね？」巡査部長が詰問する。

「食事をしてましたよ。ランチボックスに弁当を入れてきたんです」

「誰と？」

「誰とって——ひとりでですよ」ジェイクの肩が力なく落ち、こうべを垂れた。「けど、おれはあの女を殺しちゃいない」

わたしは彼を信じた。ジェイクが人を殺すなんて——絶対にあり得ない。

だが、巡査部長の見解は違うようだった。彼は次々に容赦なく質問を浴びせかけ、ついにはそこから逃れるためには認めるしかないところまで道具係を追いつめていった。

だが、ジェイクは頑強に言い分を変えようとはしなかった。ショーが終わってからすぐ持参したランチボックスの弁当を食べて、角のドラッグストアに行ってコーヒーを飲んだ。そして劇場に戻ってきた。

「きみはすぐに道具部屋に向かったのか？」巡査部長が訊ねた。

「え——ええ、そうだったかもしれません」

わたしはこれ以上我慢できなくなった。これだったら拷問のほうがまだましだ。

「よけいなお世話かもしれないけど、これ以上聞いてられないわ」

巡査部長はけげんな顔でわたしを見た。

「ジェイクにはプリンセスを殺す動機があったとしても、なんでラ・ヴェルヌまで殺さなくちゃならないのよ。同一犯による殺人のようだとご自分でおっしゃってたわよね」

すると巡査部長は警官のひとりに命じて箱を持ってこさせた。それは緑色の、上部が丸みを帯びたごく標準的な形をしたブリキ製のランチボックスだった。巡査部長はテーブルの上にそれを置いた。

「これはきみのものかね？」彼はジェイクに訊ねた。

「待って！　返事をしちゃだめ！」ジージーが叫んだ。「これは罠よ」彼女は巡査部長のほうを向いた。「ランチボックスなんてどれも同じような形ばかりじゃない。どうやって自分のだとわかるのよ？」

「わたしはわかると思いますね」と巡査部長はいった。はたせるかな、その通りだった。

「横にへこみがある。おれのです」ジェイクが抑揚のない声でいった。ジージーが悔しそうな声を漏らした。

巡査部長はランチボックスから何かを取り出した。それはトランプのような四角形の厚紙だった。わたしのいるところからテーブルまでは遠かったのでよく見えなかったが、サンドラは気づいたようだった。

「それ、ラ・ヴェルヌの写真じゃない。彼女の……」そういいかけてから、自分のいったことの重大さに気づいて口をつぐんだ。

「そうです。紛失した写真ですよ。こいつはジェイクが自分のものだと認めたランチボックスから出てきたんですがね」

「見つけただけだ！　本当だ！　おれはそれを拾っただけなんだ」ジェイクは巡査部長の手から写真をひったくろうとした。「ラ・ヴェルヌが死んだ夜、階段に落ちてた。トイレのドアに封蠟をしにいく途中で見つけたんでさあ。もちろん届けようとしましたが、盗まれたとか騒ぎになっているのを見てすっかり怖じ気づいちまったもんで。階段に落ちてた写真を拾ったくらいで逮捕なんかできませんよ！」

　彼はビフのほうを見た。「なあ、そう思うだろう？」

　ビフは慰めるように彼の肩を叩いた。

「あんたを逮捕することなんぞ考えちゃいませんよ――今のところはね。わたしたちが知りたいのは、包み隠さぬ真実だけなんだ。さて、それでだな――」

　彼はそういいながら報告書のページをめくり始めた。

　その書類の束を見ているうちにラッセルのブリーフケースを思い出した。巡査部長にとっては自分をえらくみせるための小道具なのだという気がしてきた。ようやく彼はそのなかから興味を惹くものを見つけだしたようだった。

　しばし目を通してから、彼はいった。「階段に落ちてたのは写真だけかね？」

「ええ」

「写真を入れていたフレームは見なかったかね？　あるいは折りたたんだ契約書のような紙は？」

「いいや」

　巡査部長は彼を下がらせようとした。これ以上何も訊くことは残っていないようだった。だが、その前にジェイクがとんでもないことをいった。

「そいつについちゃスタチーが説明してくれると思いますがね。やっこさんとハーミットは舞台入口に座ってましたから。あの爺さんたちなら、おれのことを見てたかもしれませんや」

「隠者《ハーミット》？」巡査部長は訊ねた。「誰だね、それは？」

「幕を操作する係でさ。天井裏に一日じゅう上がってるのでそう呼ばれてるんです。やつとスタチーはおれが……いや、ちょっと待った！　ハーミットはいなかった。女たちが喧嘩した夜のこととごっちゃになっちまったようだ」

ジェイクは耳をかき、ペンキがこびりついた手で痩せた顔を撫でた。「ああ、いや、どうも頭の調子がおかしくなっちまったらしい」彼は弁明するようにいった。「ふたりともあそこにはいなかった」

「わしのことは見ただろう」

その声がどこから聞こえてきたのか最初はわからなかった。ようやくわたしはスタチーの姿に気がついた。彼は戸口に立っていた。「わしは椅子に腰かけてうたた寝しておった」老人はそういいながら部屋に入ってきた。明かりのもとに来るまでわたしには彼の姿がよく見えなかった。彼の体からは病院を思い出させるような消毒液のような臭いがぷんぷんしていた。

老人の額の血管は青く浮き出ていた。栗色のセーターは肘の部分がほつれていた。首には染みだらけのネルの布を巻き、安全ピンで留めている。

「こいつはドアの前にいたわしの前を通り抜けていきおった」と老人はいった。「さっきもいったようにわしはうたた寝していたが、こいつが階段を上がっていくところはちらっと見たよ。それからまた降りてきたが、途中でかがんで何かを拾い上げた」彼は肩をすくめてみせた。「あれが写真だったんだろうな」

その顔には玉のような汗が光っていた。しゃべりながらも、まっすぐに立っていられない様子だった。

「どこか悪いんじゃないの」わたしは声をかけた。「何か薬をもらってきましょうか？　アスピリンか何かでも？」わたしが立ち上がりかけると、スタチーはあとずさった。

「いいや、大丈夫だ」彼はそういって踵を返そうとしたが、そのときになって巡査部長が初めて声をかけた。

「ちょっと待ってくださいよ」彼は優しい口調でいった。「あんたは先ほど居眠りをしてたといった。そうやって眠ってるあいだに、あんたの前で入口を通ることは可能かね？　外に出ていったり、あるいは入ってきたりすることは？」

スタチーは振り返ると、まともに巡査部長を見た。そしてしばし考えてから答えた。「たしかに居眠りしたとはいったが、ぐうすか寝込んでいたわけじゃない。あそこにいるのがわしの仕事なんでね。だから夜はずっとドアを離れなかったことはたしかだ」

「では、もし誰かが前を通ったら、あんたにはわかったということだね？」

「当然だ。そして誰も通った者はいなかった」

老人が出ていこうとするのを、警官のひとりが肩に手をかけて止めようとした。だが、巡査部長は首を横に振った。「やっこさんとは、またあとで話をすることにしよう」警官は明らかにほっとした様子だった。

なんとそれはアリスにぞっこんの警官だった！　制服を着ていたので全然わからなかった。彼はどちらかといえばおどおどした様子で室内を見回していた。その視線がアリスの目と合うと、彼はにっこり微笑んだ。

　アリスは笑みを返そうとしたが、涙がこぼれ出てきそうになったのであきらめたようだった。そして薄っぺらいハンカチをビリビリに引き裂いて目にあててみせた。

　愛情と義務の板挟みになった警官がいるとすれば、それはまさにそのときのマイク・ブラネンだった。彼は巡査部長を、そしてアリスのほうを見た。愛が勝利したようだった。

「どうか、そんなに泣かないで。いとしい天使さん」彼はつかつかと歩み寄り、ベッドシーツほどの大きさもあろうかというハンカチを差し出した。そして巡査部長にすまなさそうな視線を投げ、アリスの黄金色の頭をやさしく叩いた。

　アリスは鼻をすすり、恥ずかしそうにありがとうと答えると、なかば不敵な、なかば勝ち誇ったような視線で部屋のなかを見渡した。

「完全にやられちゃってるわね、あれは」ジージーがつぶやく。アリスはようやく晴れ晴れとした笑みを浮かべてみせた。

第十四章

「ジプシー・ローズ・リーさんに代金引換小包だよ！」呼び出し係の声が楽屋中に響きわたった。「デイジアンから！」彼はそれでわかるだろといわんばかりにつけ加えた。

「来週の衣裳のための小包だわ」わたしは説明した。「すぐに戻るから、取りにいってもいいかしら？」

巡査部長はなるべく早く戻るようにといった。

階下におりると呼び出し係は好奇心に目をきょろきょろさせて部屋のなかを見回している。「ここに死体があったんですか？」彼は急きこんだ口調で訊ねた。

「いいえ、でもそのことは話したくないの」彼があまりにがっかりした顔をするのでこういってやった「死体は『魔法の箱』のなかに入っていたのよ」

彼は小包を渡し、さらにサインするための伝票をよこした。「へええ、『魔法の箱』ですか。さぞかし……」

「そこまでよ」わたしはぴしゃりといった。

彼はぶつぶつ言い始めた。「けどドラッグストアの連中ときたら、しょっちゅうおれに訊いてくるし、おれは何も知らないんですよ。おれだって朝から晩まで働いているのに。こんなの不公平じゃないですか」彼はなおもぶつぶついいながら出ていった。

ずっしりとした包みは椅子の上に置かれていた。ミートペーパーに包まれている中身を思い出したとたん、わたしは現実に引き戻された。新しいショーのために四着の衣裳を作らなければならないのだ。明日からさっそく取りかかろう。でも、わたしはそれを着るまで生きていられるのだろうか。それをいうなら衣裳を作るまでだって怪しいものだけれど。

それは身の毛もよだつような予想だったが、そう思わずにはいられなかったのだ。劇場全体が破滅の予感に包まれていた。なんとなく殺人はこれで終わりではないような気がした。

誰かが階段をおりてくる足音に、わたしは早く戻れといわれていたことを思い出した。ちょうど階段の途中でわたしは見知らぬ警官と行きあった。

「巡査部長殿が早くと……」そういいかけたとたん警官は口をつぐんだ。その目が煉瓦の壁伝いに梯子をおりてくる姿をとらえた。やにわに拳銃を抜くと、警官は叫んだ。「止まれ！　今すぐに！」

わたしは警官の腕をつかんで、あれはハーミットだから大丈夫だと伝えようとしたが、あまりに大きな声を出しているので聞こえていないようだった。

ハーミットは仰天するあまり、思わず足を踏み外した。老人は片方の足を梯子からぶらさげ、もう一方の足は力無く震えていた。その姿はクリスマスツリーにぶらさがっているおもちゃの飾りを思わせた。

「大丈夫よ、ハーミー！」わたしは叫び、彼を助けるために階段を駆け下りた。

わたしがバックステージを通り抜けるころには、彼は体勢を立て直し、ゆっくりと梯子をおりてくるところだった。警官はあいかわらず銃口を上に向けたまま、彼が梯子を完全におりてくるまで待っていた。ハーミットの青白い顔がわたしに向けられる。

「ありがとうよ。さっきは一瞬ひやっとしたがな」それから老人は警官を見た。「まったくわしらには肝が潰れそうなほど脅かされずに帰らせてもらう自由ってものはないのかね？」

「二日間たて続けに殺人があったような場所じゃ、誰にも自由に帰る権利なんかないのさ」そういいながら彼はハーミットの腕をつかんで、階段に引っ張っていった。

ふたりのあとについていこうとしたとたん、光がわたしの目を捕らえた。それは舞台天井で一度だけ光ってまた消えてしまった。

「待って」わたしは声をかけた。「上を見て。あそこで何かが光ってたのよ」わたしが指さすとふたりは首を上に向けた。

そこには暗闇があるばかりだった。光はもう瞬かなかった。

「また光るかもしれないわ」

警官は懐疑的な顔でわたしを見た。ハーミットが首を振った。

「そんなものが見えるはずはない。わしはちゃんと消してきたからな」彼はいった。「いつも点けっぱなしには気をつけておるんだ」

あれはわたしの見間違いだったのかしら？　それとも早くここを去らせたい理由でもあるのだろ

うか。老人はさっさと先に立って歩き出した。警官はしばし戸惑っていたが、やがて老人のあとに続いた。

「懐中電灯の明かりみたいに見えたんだけど」わたしはなおも言い張った。

「いいかい、お嬢さん」警官が言い含めるようにいった。「わたしたちも忙しいんだ。殺人犯をつかまえなくちゃならない。それももしかしたら二人。あれは懐中電灯の光だったってことでいいじゃないですか！　さあ、行きましょう。よけいな時間を食っちまった」

警官がしゃべるのを聞きながら、わたしはあることを思い出していた。ラ・ヴェルヌが殺された夜に見たものを。わたしはハーミットと警官を追い越して、階段を駆け上がった。おかげで楽屋に入ったときは、ぜいぜい息を切らし、しゃべることもままならなかった。

巡査部長は座るようにといったが、すっかり興奮していたので座るどころではなかった。

「ラ・ヴェルヌの殺された夜のことだけど……」

みんながいっせいにわたしを見ていた。ビフがシンクに駆け寄ってコップに水を一杯持ってきてくれた。だが、あまりにも震動が激しく、わたしの前に差し出すころにはほとんど空っぽになっていた。みんなの注目に比べて、自分のいおうとしていることはさほど重要ではない気がしてきた。

「もしかしたら大したことじゃないのかもしれない」わたしはつかえながらいった。「ただ、ビフとわたしが踊り場に出て天井のハーミットにパーティに加わらないかと誘ったときのことなんだけど――ラ・ヴェルヌが殺された晩に。いちいちおりていく気はないけれど、ビールは欲しいって彼がいったのよね。それでわたしたちビールを取りに戻って……」

「その通りだ」ビフがうなずいた。「おれはビールを二本取りにいった」

「ビフがビールを取りに戻ってきたところにエレベーターがおりてきたの。それが壁にぶつかった拍子にやっぱり何かが光るのを見たのよ」

巡査部長がハーミットをつかんでいる警官に目をやった。

「そのときはフリンジか何かの一部だと思ったんだけど」

だが、巡査部長はさほど関心を抱いたようには見えなかった。警官がやれやれといいたげな顔で上司を見た。「さっきも天井で光を見たって言い張ってるんですよ。わたしは何も見ませんでしたがね」

「わたしはたしかに光を見たわ。ラ・ヴェルヌが殺されたときも、彼女を絞め殺したGストリングを見たのよ！」そこまでいう気はなかったのだが、警官の顔にあからさまに浮かんでいる不審の色を見てついかっとなってしまった。「エレベーターから垂れ下がってたのはそれだったのよ」わたしはきっぱりと断言した。

もしその場で大道具係が叫び出さなかったら、誰もわたしの話を信じてはくれなかっただろう。

「わしは知らん！　そんなものは何も知らん！」そういうなり老人は警官の腕のなかにへなへなとくずおれた。「やつは自分がそこにいることをばらしたら、脳天をぶち抜いてやるといいおった。拳銃を持ってるんだとな。だが、もう我慢できない。やつはまだ上にいる。光の正体はそいつなのさ！」

巡査部長は老人が先を続けるのを待った。だが哀れな老人は心底から怯え切っており、ただ「あいつは銃を持ってるんだ。銃を」とくり返すばかりだった。

「誰が拳銃を持ってるんだね？」巡査部長が訊ねる。

「見たことのない顔だ。わしの知らん男だ」恐怖にすすり泣いている老人を尻目に巡査部長が部下にそいつを連れてこいと命じた。

「待ってくれ！」ハーミットが突然われに返ったように叫んだ。「あそこに上がるには二通りの方法がある。警官に二手に分かれてもらい、一方は舞台のこちら側から、残りはあちら側の梯子をのぼっていけばやつを挟み撃ちにできる」

ビフと同僚のコメディアン、マンディとジョーイも警官のあとに続いた。わたしはバルコニーから一部始終を見守っていた。

ハーミットが天井に舞台を横切るようにしてわたされている狭い通路の説明をしていた。「何しろひどく狭いのでな」と彼はいった。「わしらでも背景の修繕でもない限りは使わない。手摺りのようなものもなくてな。先頭はわしにつとめさせてくれ」

「あの爺さんときたらさっきまでがたがた震えてたくせに、まるでヒーロー気取りじゃない」ジージーがわたしの耳元にささやく。彼女はわたしの背後に立っていた。「あの爺さんはそいつが誰だかいったの？」彼女の質問にわたしはノーと答えたが、なんとなくその正体はわかっているような気がしていた。

ビフを見つけるには手摺りから身を乗り出さなければならなかった。彼は舞台天井に通じる壁の梯子に手をかけてのぼり始めるところだった。

「ビフ！」わたしは叫んだ。「行っちゃだめよ。あいつは銃をもってるのよ……」

「ちょっと！」ジージーの長い爪がわたしの腕に食い込んだ。

天井から声が聞こえてきた。「おまえたちなんぞに捕まってたまるか！　電気椅子送りはごめんだ！」

それはルーイの声だった！

続いて巡査部長が呼びかける声がした。「おまえはもう包囲されている。抵抗はやめて大人しくおりてくるんだ」

舞台の向こう側では警官たちがおっかなびっくり壁をのぼっているところだった。一方の手に拳銃を持ち、片手で梯子をつかんでいる。

警官のひとりがルーイに叫んだ。「拳銃を捨てて降参しろ！」

それに対してルーイは銃弾で応えた。銃を撃つ音を聴いたのはそれが初めてだった。それは「バンッ！」というよりは「ピシッ」という音に近かった。すぐに「カンッ」という音が続いた。

「壁に当たったみたい！」ジージーがつぶやく。

「恐ろしいわ」ドリーが食い縛った歯のあいだからいった。「まるでネズミを追い詰めてるみたい」

ドリーの言葉どおり、いまや警察官たちは両側の梯子に取りついていた。

「上がって来たやつは誰だろうと遠慮なく頭にぶちこむぞ！」ルーイが叫ぶ。

またしても銃声が響いた。誰かが毒づき、うめきを上げる声がした。それから静かになった。

巡査部長が部下に何事かをささやくと、突然電気が消えた。警官たちは暗闇のなかを上へ上へとのぼっていく。煉瓦の壁に真鍮《しんちゅう》のボタンがこすれる音を聴いて、わたしの腕をつかむジージーの爪がさらに深く食い込んだ。

ピシッ！　ピシッ！　天井の通路からたて続けに銃声が響く。ルーイは狭い通路からむやみに撃っていた。ふたたび銃声が聞こえたかと思うと、ガラスが砕ける音がした。

「きっと束光《バンチライト》を撃ったんだわ」ドリーがひそめた声でいった。

ピシッという銃声に続いてカチッ、カチッ、カチッという音が続いた。

「弾丸《たま》切れだ」巡査部長の声が響きわたる。「ライトをつけろ、ライトを！」

バックステージのライトがいっせいに点いた。天井のボーダーライト、フットライト、束光、ありとあらゆる赤と青の電球、そしてトラックの明かりにいたるまで。舞台上はバレエ用の照明で照らされていた。壁の両側から、青い制服の警官たちがわらわらと蝿のようにのぼっていく。彼らは、笑っているような顔に絶望的な表情を浮かべ、膝を折ってうずくまる男に向かってじりじりと近づいていた。彼は左右に頭を巡らし、通路に最初に踏み込む警官があらわれるのを待っていた。

ステージをはさんだ反対側の天井通路から、そろそろと近づいてくる人影があった。ハーミットだ。

ルーイは役に立たなくなった銃の引き金を何度か鳴らしてから、罵り声とともに、老人の頭めがけて投げつけた。狙いは外れ、拳銃はステージに落下して派手な音をたてた。

ハーミットがさらに距離を縮め、反対側からは警官がじりじりと近づきつつあった。

ルーイは交互にハーミットと警官を見た。

「捕まってたまるか！」彼はそう叫ぶなり、身を躍らせた。

背景幕がびりびりと引き裂ける音に続いて、大きな塊がステージに叩きつけられる音がした。ジージーが悲鳴をあげる。ドリーは気を失った。とっさにジージーが支えなければ、階段を転がり落ちていたに違いない。

ステージに長々と伸びた男の身体をライトがこうこうと照らしていた。わたしはわけのわからない衝動に駆られて階段を走り下りた。警官たちが拳銃を抜いたまま、ゆっくりと近づいていくところだった。

だが、その必要はなかった。ルーイは引きちぎれた黄金色の背景幕の切れ端をずんぐりした手に握りしめて絶命していた。

第十五章

「だが、死せるギャングの体から一万ドルはついに発見されなかった」ビフは朝刊の朗読をやめて、わたしに訊ねた。「もっと先まで聞くかい？　パンキン」

ドラッグストアのカウンターの奥から呼び出し係の声が聞こえてきた。「でもっておれ、そこにいたんだよ。あいつ、あやうくおれの上に落ちてくるところだったんだぜ！」

彼の話に聞き入っている人々の興奮は、ぶ厚い皿の上からわたしを見つめ返している目玉焼き同様、食欲の助けにはならなかった。

わたしは朝食の皿を押しやると、ビフに最後まで読んでといった。

「小銭を除いて、彼の財布には三百ドルも入ってはいなかった。その金はグリンデロに貸したのだとバーテンダーは語っている。『ジャーナル』紙独占ジョージ・ジョンソン氏の特別談話は一〇ページに……」

「それがバーテンダーの名前？」わたしは訊ねた。

ビフは一〇ページめをめくると、記事の続きに目をやった。「こいつはたまげたね！　誰が載ってると思う？」

「わたしに新聞をよこしてくれればわかるんだけど」わたしはすねた口調で答えた。

「なんとあのハーミットだよ。ところで寝不足なのはわかるけどね、そんなに不機嫌な顔をしなくてもいいじゃないか」

「ごめんなさい、ハニー。でも……」わたしはそれ以上続けることができなかった。カウンターの向こう側から漂ってくる皿洗いの水の匂い、コカ・コーラのシロップや、エッグ・サラダ、アイスクリームの香りが混然一体となり、胸がむかむかした。

ビフはカウンターに小銭を投げてこういった。「おいで、パンキン。ちょっとこのあたりを散歩しようじゃないか」

彼は革のスツールをくるりと回し、わたしに手を差し出した。そして公園に向かう途中で**ストリッパー絞殺魔、墜落死**というなんとも煽情的な見出しが躍る新聞を角のごみ箱に投げ捨てた。

わたしたちはルーイの店の前を通りかかった。黒人の男が昨晩のプレッツェルの残骸や煙草の吸殻やその他のごみを掃き出してちり取りに集めていた。男はビフに笑いかけると、おはようの挨拶をした。

ビフが「それどころじゃないだろう」なんて言い返したりしないでよかった、とわたしは思った。

「ルーイがいなくなったら、誰がこの店をやってくんだろうな？」と彼はいった。

ラ・ヴェルヌの死体が発見されたときもラッセルが同じようなことをいってたけれど、意味合いがまったく違って感じられた。わたしはしばし考えた。ビフに訊かれたからというだけでなく、なぜラッセルのときみたいに腹が立たないのだろうと。それはビフは自分が店を引き継ぐことなど考えていないからだ。

「モーイじゃないかしら。前に親戚だとかいってたし。いとこだとか何とか」わたしはそう答えた。

わたしたちはビリヤード場と理髪店の前を通りすぎた。突然、あたりの風景が一変した。木を植えたコンクリートの函が正面に置かれた豪壮なアパートメントが軒を連ねて並んでいた。ぱりっとした制服を着たドアマンが気をつけの姿勢で立っている。何もかもがリッチな匂いがした。

「いつかお金持ちになったら、こんなところに住んでみたいわ」わたしはいった。

「ああ、そしたらおれはドアマンだな」ビフは笑った。

それからわたしたちはドアマンの制服をじっくり見て、どれが一番いいか品定めをした。ビフはダークグリーンの制服がいいといった。「あの色は酒のボトルみたいでいいね」と彼はいったが、わたしは栗色に真鍮のボタンがついた制服がお気に入りだった。

目の前には青々とした公園が広がっていた。雨が木々の葉を洗い流し、まるでつや出しスプレーをかけたみたいにぴかぴかと輝かせていた。

わたしたちは高いフェンス越しに遊んでいる子供たちを眺めていた。みな糊のぴんときいた服を着て、髪はきれいに梳《と》かされ、そばにはおつきの女家庭教師がいた。

「金持ちの子供たちにしちゃ、貧血みたいな顔つきをしてるな」とビフがいう。

「わたしがあの子ぐらいの年頃には」わたしは七歳くらいの少女を指さした。「とっくにショービジネスの世界に入ってたわ」

きみは貧血の子供には見えなかっただろうな、というのがビフのひねりだした見解だった。彼は内側にあるベンチに目をやった。「外にもベンチがあってもよさそうなものだとは思わないか？　こういう格差が革命の元になるのさ。自分が座って、あいつらを眺めてやりたいと思い始めるんだ」

わたしたちはしばらく黙って歩き続けた。こんなにも安らいだ気持ちになるのは何日ぶりだろう。今はこの穏やかな気分にただ浸っていたかった。わたしは帽子を脱いで、そよ風に髪をなびかせていた。

「きみがそうやって気持ちよさそうにしているのを見るのは嬉しいよ、パンキン」

「本当に？」

そういってからなんて馬鹿げたやり取りだろうと思った。ビフも同じことを感じたらしかった。

「ああ、まったく」と彼は答え、ふたりは声を合わせて笑った。

わたしたちは申し合わせたようにぴたりと笑うのをやめた。まるで頭上を雲が通過したみたいだった。わたしは寒気を感じた。

「ビフ？」

「なんだい」

「もしかしてルーイのこと考えてた？」

「そればかりってわけじゃないが」とビフはいった。「やつがGストリングをおれのポケットに入れられたはずがないんだ。それにどうやってプリンセスを『魔法の箱』のなかに入れたんだ？　そもそもなんで彼女を殺したんだろう。それをいうならラ・ヴェルヌ殺しも同じさ。あの男がうしろから忍び寄ってGストリングで絞殺する場面なんておよそ想像できない。あれが銃だったら話はわかる。だが、絞め殺すなんて！　それに彼が問題の金を持っていなかったのなら、誰が横取りしたんだろう？　彼には金を隠す暇なんてなかったはずだ」

わたしたちは縁石に腰をおろし、ビフは二人分の煙草に火を点けた。彼は一本をわたしによこし、ふたりはしばらく煙草をくゆらせていた。あの安らかな気分はどこかへ行ってしまっていた。もう二度とあんな気分は味わえないのではないかという気さえしてきた。

ルーイに決まってる、わたしは自分に言い聞かせていた。ルーイしか考えられない。

「じゃあ、誰だっていうの？」わたしは訊ねた。

エジソン・ビルの大時計が十二時を打った。ビフはわたしの問いには答えず立ち上がり、わたしを立ちあがらせた。彼はわたしのドレスのお尻を払ってくれ、わたしたちは劇場に向かって引き返した。

わたしたちは先ほどよりもさらに豪奢なアパートメントの前を通ったが、今度はドアマンの品定めはしなかった。

「ここにはプリンセスが、〈ピープルズシアター〉でコーラスガールをしていたころ住んでいたの。誰かがペントハウスだっていってたわ」わたしはなんの気なしにいったつもりだったが、ビフは突然立ち止まった。

「どうかしたの？　早く歩きすぎてお腹でも痛くなった？」

ビフは煙草を投げ捨てた。「いや、ちょっと別のことを思いついてね。さっき、そもそもなんでプリンセスまで殺すんだといったとき、おれには誰も思いつけなかった。だが、プリンセスが死んで一番利益を得るのは誰だ？」

「わからないわ。見当もつかない」

「プリンセスがゆすっていた相手のことは？」

彼の問いはあまりに突飛すぎて、考えてみたこともなかった。

「でも、ラ・ヴェルヌが殺されたとき、彼はホットスプリングスにいたはずよ」わたしはいった。

「それに警察ではふたりを殺したのは同一犯人だっていってるし」

「ホットスプリングスにいたといってるのは本人だけだ。誰かそれを見た者はいるか？　誰もいやしない。われわれにわかっているのは、彼がそこから電話してきたというサミーの言葉だけじゃないか。サミーが彼のために働いてることを忘れちゃいけないよ。彼はホテルにチェックインしていない。列車に乗った形跡もない。これまで彼があんな遠いところまで運転していったなんて話は聞いたこともない」

たしかにそうだけど、彼の言葉をうのみにする気にはなれなかった。「モスは女性を殺すような人じゃないわ」

「ほらね、そうやってすぐに結論に飛びつきたがる。おれは彼がふたりを殺したとはいってない。ただ、片方が死んでくれたらさぞかし喜ぶだろうっていってるだけさ」

「たしかに片方ならあり得るわ」わたしはいった。「だったらなぜ彼がラ・ヴェルヌを殺したのか、その理由がひとつでもあるというのなら、わたしもあなたの説に賛成する」

十六丁目とアーヴィング・プレイスの角でビフは文字どおり棒立ちになった。もし誰かがあらわれていきなり百万ドルを差し出したとしても、これほどまでに驚き、かつ嬉しそうな顔はしなかっただろう。

「そうだよ、きみのいうとおりだ、パンキン」と彼はいった。「彼にはラ・ヴェルヌを殺す理由などない」

さっきわたしがそういったでしょ、と指摘するのはやめておいた。ビフの目があのような表情を浮かべているのは彼の頭がめまぐるしく働いている証拠だった。そういうときは何を話しかけても無駄だということはわかっている。

彼があまりにもさっさと大股で歩き始めたので、わたしは話しかけたくてもできなかった。ただ、彼のあとをついていくのがやっとだった。彼と話をするのはドラッグストアに着くまでお預けになりそうだった。コーヒーを飲みにドラッグストアにたどりついたときも、わたしはぜいぜい息を切らしていた。

ジェイクがカウンターの前に座っていた。彼はドーナッツをコーヒーに浸していたが、なかばうわのそらといった様子だった。

ラッセルとふたりのコメディアン、マンディとジョーイもカウンターの前にいた。わたしたちがおはようの挨拶をすると、彼らはスツールをひとつ移動して、わたしたちのためにスペースを開けてくれた。

わたしはジェイクに「おはよう」と声をかけた。すると彼は文字どおり飛び上がった。「ごめんなさい、驚かせるつもりじゃなかったのよ」わたしはあやまったが、ジェイクは何もいわずにドーナッツを浸す作業に戻った。

マンディは唇の端だけを動かして、先ほどドリーがやってきて、ジェイクに楽屋のドアにかんぬきをつけろといってきたと伝えた。「そいつがなんとも意地の悪い言い方でさ」マンディはひそめた口調でいった。「なんでも最近やたらものが無くなるんだとさ。だから錠前をつけてくれと――まるでやっこさんにその意味がわかれば、かんぬきなんぞ必要ないんだといわんばかりに」

カウンターのボーイがわたしのコーヒーをテイクアウト用の容器に注いでいるところへ、スタチーが入ってきた。彼は信じられないほど歳をとった老人を連れていた。別にスタチーに挨拶されるような仲ではなかったので、彼が黙ってかたわらを通りすぎていっても何とも思わなかった。だが、その老人にはなぜか興味を惹かれた。

老人はいきなり手にしていたステッキでカウンターを叩いた。相手が誰だかわかると、ボーイはわたしのコーヒーを注ぐのを中断して老人の注文を取りにいった。いつもならサービスの悪さに腹を立てるところだが、今回はむしろ好奇心を抱いた。老人はビーズのような目でカウンターの奥のメニューをじっと睨んでいる。

「あそこにはなんと書いてあるんだね？」と彼は訊ねた。その声は女性のようにかんだかく、本当に読めていないかどうかも怪しいものだった。あのビーズのような目は何ひとつ見逃しはしない。老人はボーイにメニューを全部読ませ、テイクアウト用のハムサンドイッチを注文した。

　ボーイは注文されたものを作ったが、いつもよりハムが多めに入っていたように思えた。老人が出ていくと、スタチーもあとについていった。

　ドラッグストアの客は誰ひとりこのコンビを見ても奇妙に思わないようだった。ビフもボーイたちと小銭をかけたゲームに興じていて、みな目を上げようともしなかった。

「ねえ、あんたが大サービスしてたあのお爺さんは何者なの?」わたしはウェイターに訊ねてみた。

　ボーイはいささか憮然としたおももちで手の五セント貨を眺めていたが、すぐにこう答えた。

「ありゃデアリンプル老ですよ。世界中で一番の金持ちらしいです。通りの向こう側に住んでるんですよ」そういいながら、向かい側の一番豪華そうな建物に首を振ってみせる。「この店にもしょっちゅう来ますよ。とにかく超弩級のどケチでしてね。毎度チップは五セントと決まってる」

　そういって彼はニッケル貨をかざしてみせたが、わたしはそんなことに興味はなかった。わたしが興味を惹かれたのは、あの老人がスタチーなんかといったい何をしているのだろうということだった。

「三人で毎晩、カードゲームをやってるんですよ」わたしが訊ねると若者は答えた。「もうひとりのやつも、おたくの劇場で働いてる人だそうですよ。たしか道具方か何かの。あの爺さんときたら、家までサンドイッチを届けても、きっかり五セントしかくれないんですぜ」

「それほど金持ちじゃないのかもね」とわたしはいってみた。彼はコーヒーをテイクアウト用の容器に注ぎ終えると、茶色い紙袋に入れた。

「まさか！　あの爺さんはこのあたりの地所のほとんどを持ってるんですぜ」若者が手で示した範

囲は街の半分よりも大きかった。「それにあそこ一帯もね」今度は先ほどの残りをさし示す。「なのにチップはたったの五セントときた」

あまりにチップのことばかりいうのでわたしは辟易《へきえき》してきた。あとで悪口をいわれたくないので、二十五セントをふるまうことにした。そしてその場をあとにした。

戸口でビフに手を振ると、彼はこう叫んだ。「あとで劇場で会おうぜ、パンキン。もう少ししたらこいつらをこてんぱんにしてやるからな」

彼は一ペニーを床に弾き落とした。そして唸るような声をあげた。ビフのいう「こてんぱんにする」というのは、たいていの場合、彼自身が帰りの電車賃を借りることを意味していた。

カードゲームに興じる三人の老人たち。うちひとりは世界でも一番の金持ち。もうひとりはドアマン。そして残る一人はバーレスク劇場の道具係の誰か。この道具係にあてはまる人物といえば今回の騒ぎでいちやくヒーローになったハーミットしかいない。

別にいいんじゃないの、わたしはそうひとりごちながら、楽屋のドアを足で蹴って開けた。これこそがわたしがバーレスクを好きな理由のひとつだ。いつも何かしら起こっている。

とたんに劇場独特の匂いが鼻をついた。出演者のなかにはこの匂いが好きだという者もいるが、わたしは不潔な体臭と同様願い下げもいいところだった。

バックステージは暗かった。ライトが灯り、人々がいるときならこれほどまでに陰鬱に感じはしないだろうが、ルーイが墜落した場所なんか見てしまったら、とてもじゃないけどマチネには出られない。

楽屋への階段をあがりながら、どうか血痕なんて残っていませんようにと必死に祈った。入ったとたん、ジージーの声が聞こえてきた。「悪運と死がたて続けに三つやってくる」彼女はわたしを振り返ると同意を求めた。「三度目があるってことね」

それはたわいのない占いを拡大解釈しすぎているみたいに思えた。それに今のわたしはそういうことを話したい気分ではなかった。

「そんなの信じてないわ」わたしは嘘をついた。

「気をつけているだけってこと？」ドリーが訊ねた。目の前にビーズが垂れ下がっているのでその表情は見えなかったが、その声色には奇妙な響きがあった。

だが、ジージーはいっこうに気にする様子はなかった。彼女の頭にあるのがお茶の葉占いでなければ、きっとトランプに違いない。わたしの読みは当たっていた。

「ジッピー、わたしの運勢を占ってよ」彼女はわたしの鼻先にトランプをつきつけた。「本格的なのじゃなくて、簡単なのでいいから」

「あとにしてちょうだい。この笑いの館でこれから何が起こるかなんて、わたしは知りたくないんだから……」

「だからこそ教えてほしいのよ」ジージーの顔は真剣だった。「何かよくないことが起こるような予感がするのよね……」彼女は声を落とし、誰かが聴き耳を立ててはいないかと、あたりを見回した。

アリスひとりを除いては全員メーキャップに余念がなかった。アリスは一心不乱に何かを書いているようだった。ジージーがしゃべるあいだも、さんざん嚙んだ跡が残る鉛筆を走らせていた。

「わたしにはルーイが犯人とは思えないのよ」

わたしはけげんそうに眉をあげてみせたが、それはあくまで彼女を喜ばせるためだった。ビフの話を聞いたあとでは、それほど驚きもしなかった。

「じゃあ、誰だと思うの？」わたしは訊ねてみた。

「中国人のウェイターよ」

最初は冗談をいってるのかと思った。しかし、彼女はあくまで本気だったので、あなた頭がどうかしちゃったんじゃない、といってやった。

「あらそう？　だったらドアの封蠟はそもそも誰のもの？　あの夜楽屋を自由に出入りできたのは？　彼女のことを蛇蝎《だかつ》のごとく嫌っていたのは誰だった？」ジージーがいうには、あの中国人ウェイターはもはや電気椅子の一歩手前にいるのだという。目には、そのスウィッチを入れるのが自分だったらどんなにいいだろうといわんばかりの表情が浮かんでいた。

「たかだか壜を投げつけられたくらいで人を殺す気になるかしら？」

ジージーは今さら何いってるのよ、といわんばかりの表情を浮かべてみせた。

「じゃ、プリンセスはどうなるの？」わたしは訊いた。「なぜ、そしてどうやって彼女を殺したの？」

とたんにそれまでの得意げな表情は影をひそめた。「もうジップったらなんでもかんでもぶち壊すのね」彼女は口を尖らせた。「わたしが一生懸命推理を積み上げても、あんたは風船に針を刺すみたいに粉々にしちゃうんだから」

彼女は化粧テーブルに両肘をついて顎を支えた。どうやらまたしてもろくでもないことを考えているらしい。その想像は当たっていた。

「プリンセスは中国人だったのかもよ」ジージーは目を閉じ、めった切りにされた死体の画像を脳裏に思い描いているようだった。彼女の思い描く画像はなかなか迫真的なのだが、それを見るには強靭な胃袋が必要だ。

「中国人といってもロシア系中国人なのかもしれないわ。きっと誘拐されて、彼が――」

「ねえ、またしても風船に針を刺すようで悪いんだけど、プリンセスはポーランド人よ。彼女の本名はローズ・ヤビロヴシュスキとか何とかいうの」

ジージーはわたしを睨みつけた。さすがにぐうの音も出ないようだった。彼女がさらに回答をひねり出そうと腐心しているところに、また別の国からの声が聞こえてきた。

「ねえぇ、ちょっとぉ、これでぇ法律っぽい感じに見えると思いますぅ？」ようやく書き終えたアリスが、誰かに読んでもらおうと書いたものを掲げていた。だが、誰も手を出さなかったので、彼女自身がそれを読み上げることになった。「親愛なるモス様。これはぁ、わたしの二週間前の退職予告ですぅ。もしぃ、もっとぉ早くやめさせてもらえるならぁ、心から深く感謝いたしますぅ」

彼女はみなの感想を待っていたが、誰も何もいわないので、こう続けた。「『心から深く』は大げさすぎますかねぇ？」

「いいえ、いいと思うわ」とわたしはいった。「でも、ソロで踊れるようになって、これからっていうのに、なぜやめたりするの？」

するとアリスは頬を染めて話題を変えようとしたが、わたしはなおも問い詰めた。

「えっと、それはぁ、わたし結婚することになってぇ。それでもって彼がぁ、もういけないって……どうか怒らないでほしいんですけどぉ、既婚女性はストリップに出るべきじゃないっていうんですぅ」

ドリーは枕カバーに編みかけの刺繍を入れ、端を注意深く安全ピンで留めた。「それは無理もないと思うわ」

「あたしはそうは思わない」ジャニーンが反論する。「そんなの慎みでもなんでもないわ。ただのわがままよ。世界で一番美しい絵画を集めたがる連中みたいにね。あいつらときたらいったんお目当てを手に入れたら、他の者の目には触れさせようとしないのよ。どこかの古い屋敷の廊下にずっと飾っておきたいんだわ」

「でもアリスの旦那様になる人は彼女を廊下なんかに……」わたしは慌てて口に手を当てたが、少しばかり遅かったようだ。

アリスはすでに涙を浮かべていた。

彼女に慰めの言葉をかけたかったが、ドリーがとどめをさした。「例の赤かぶ顔のおまわりね？」

アリスは怒りのあまりすすり泣くのをやめていた。「あの人はぁ、赤かぶなんかじゃありません！」彼女は芝居がかった口調でいった。「それにおまわりなんかじゃなくてぇ、警官ですぅ」

ジャニーンはうんざりしたような声をだした。「やれやれ！　あたしたちの仕事仲間がコサックと結婚するなんて！」

第十六章

その日のマチネが終わっても、わたしは夕食に出ることはせず、ハンバーガーを二個届けさせた。食べるころには冷めきっていたが、衣裳作りに冷めたハンバーガーはつきものだった。

みんなが食事のために楽屋を出たところに、ジェイクがサラ・ジェーンを運んできた。彼女はわたしが衣裳を作るときの人型ダミーで、使わないときはいつも道具部屋に預けていた。ジェイクは床に新聞紙を広げたり、ミシンを設置するのを手伝ってくれた。人形に青いびろうどの布を着せかけてピンで留めているあいだも、彼はひっきりなしに話しかけてきた。

「こんな殺人なんて非常時にこそ、誰が本当の友人なのかわかるってもんだ」

わたしは忙しくてほとんど聞いていなかったが、友情を試すにしても、もう少し穏やかな方法があるんじゃないかと内心では思っていた。

「あのドリー・バクスターがいい例だよ」彼は愚痴っぽい口調でいった。「おれはあの女にはさんざんよくしてやったのに、おれが警察に逮捕されそうになったときには、あいつは眉ひとつ動かさなかった」

「ドリーにはどうしようもなかったからじゃない？」

「まあな。だとしても、かんぬきをつけろだの、鍵は自分で持ってるなんていいやがったときにゃ心底傷ついたぜ。あれだけよくしてやったのに」

彼は戸口でいったん立ち止まった。あまりに静かだったので、もうてっきり出ていったものとばかり思っていた。だが、彼はふたたび口を開いた。

「いいことを教えてやろうか？　おれにはルーイが殺《や》ったとは思えないんだ」

わたしは驚きのあまり、針で指を刺してしまった。「じゃあ、誰が犯人だと思うの？」わたしは彼のほうを見ようともせずに訊ねた。わたしはサラ・ジェーンの前に膝をついていた。人形の下半身は鳥かご型のフレームになっており、その向こうにジェイクの足が見えていた。外反母趾が当たる部分を切り抜いた靴が床の模様を落ち着きなくなぞっている。

「おれの考えはこうだ」彼はいった。「まず第一に、やつがどうやってプリンセスを『魔法の箱』に入れたのかいまだにわかっていない。それにラ・ヴェルヌを殺したあとで現場をうろうろしているなんて馬鹿げてる。やつは決して馬鹿じゃない！　馬鹿じゃなかった、というべきかな。車にしたって、もし、本当に乗ってたんならそのまま逃げてるはずだ。やつが本当にラ・ヴェルヌを殺したんだとしたらの話だがね。

おれが思うにやつはラジオで指名手配されてるのを聞いて、本当の犯人を突き止めようと戻ってきたのさ。それだけじゃない、たぶん本当の犯人を見つけたんだ。だが、証拠が足りなかったので、警察を説得するのはとうてい無理だと考えて、身を隠したのさ。やっこさんはあんなふうに自殺するつもりはなかった。ただ、逃げようとしてただけなのさ」

「ええ、わたしもそう思うわ」わたしは答えた。彼がしゃべっているあいだ、わたしはスカートの裾をピンで留めていた。頭のなかはもはや裁縫どころでなくなっていた。他人の口からルーイが犯人じゃないと聞かされたら、誰だって手元が狂う。

「なあ、ジップ・リー。もし誰かがあれこれ言い訳を始めたら、そいつはなにか腹に隠し持ってるんだってことは賭けてもいいと思う。誰とはいわんが、この劇場には最初から嘘をつきまくってている女がいる。まず、そいつは自分が結婚していないと嘘をついた。その相手というのもここではいわないでおく。さらに、そいつはラ・ヴェルヌが殺された晩に、彼女とは顔を合わせていないと嘘をついた。プリンセスにしても、居場所は知らないとほざいたが、実際は知ってやがったのさ」

「ジェイクったら！」わたしは思わず遮った。「あなた自分が何をいってるかわかってるの？」

「ああ、わかってるともさ」彼は自分の知っている秘密をぶちまけるか、口をつぐんでいるかの二者択一で葛藤しているようだった。だが、自分の言い分を証明したいという誘惑はあまりにも大きかった。

「あの女がプリンセスの居所を知っていたことはお見通しだったんだ。なぜってある晩そいつのあとをつけていったからさ。そいつはラッセルをつけていた。そのラッセルはプリンセスと仲むつまじく腕を組んでいたってわけさ。あれはロリータ・ラ・ヴェルヌが殺された晩だった。最初、あの女は同僚の女の子たちふたりとルーイの店に繰り出した。すっかり酔っぱらったふりをして、ラッセルの姿が見えるやいなや、酔い潰れたふりをした。やがて女の子たちは彼女をスツールに残したまま出ていった。彼女たちの姿が角の向こうに消えたとたん、そいつはぱっと起き上がって、ラッセルを追いかけていったのさ。ラッセルは〈ダッチマンズ〉でプリンセスと出会い、ふたりは手に手を取って歩き始め、ドリーはそのあとを追いかけ、さらにドリーのあとをおれがつけていった。ふたりがタクシーに乗り込むと、彼女もタクシーを捕まえた。そしておれも別のタクシーを捕まえたってわけさ」

「ちょっと待ってちょうだい」わたしは再び彼の話を遮った。「プリンセスを尾行したりして、いったい何をするつもりだったの?」

「何か尻尾をつかんでモスから手を引かせることができればと思ったのさ。プリンセスがラッセルにモスのことを告げ口してるのを聞いていたから、ふたり一緒のところを押さえればなんとか……」

ジェイクは頭を振って、薄っぺらい手で目をこすった。親指で目尻を押さえつけ、中指でしきりに瞼を揉んでいる。

「自分でも何をしようとしているのかわかってなかった」彼はうんざりした口調でいった。「ともかく、やつらをタクシーで追いかけてるうちに、ふたりはリンカーン・ホテルの数メートル手前でおりた。プリンセスとラッセルが最初におりた。ドリーはふたりがロビーに入るまで待っていた。外から様子をうかがっていると、ラッセルはまっすぐエレベーターに向かい、プリンセスがフロントで鍵をもらうのを待っていた。それからふたりしてエレベーターに乗り込んだ。

ドリーはロビーに入るやいなやまっすぐバーに向かい、エレベーターが向かいに見える席について酒を注文した。あの女はエレベーターから片時も目を離そうとしなかったな。そうやって小一時間も待っていたが、だんだん馬鹿らしくなってきて、その場から引き上げることにしたのさ」

「彼女が酔いつぶれちゃう前に、わたしの部屋でいおうとしていたのはそのことだったのね」

「なんだって？」ジェイクが首をかしげてみせる。わたしのいったことがわからなかったようだったが、今はそのほうがかえってありがたかった。「誤解しないでくれよ」と彼はいった。「別にあの女が殺人犯だといってるわけじゃない。殺《や》ったやつを知っていて、そいつをかばってるんだといいたいのさ。そいつに惚れてるからね」

彼はわたしに返事をする暇も与えず、いいたいことだけいうと、踵を返して出ていった。ステージドアが閉まる音が聞こえるまで、わたしは座ったまま微動だにしなかった。それから急いでドアを閉めにいった。かんぬきは壊れたままだったのでつっかい棒代わりに椅子をノブの下にかった。別に恐怖を感じていたわけではない――劇場にひとりきりでいるときは、鍵をかけていたほうが安心できるからだ。窓もしっかり施錠されているのを見て、わたしはほっと胸を撫でおろした。

ジェイクの話に気を取られ間違って縫いつけてしまった箇所の糸をほどくのによけいな時間を食ったので、わたしは作業の手を早めることにした。ピンを刺すたびにサラ・ジェーンがぎしぎし鳴った。彼女は最新のドレスモデルではなく、三十年ほど前に裾の詰まったホブルスカートが流行《はや》っていたころの代物だった。この土台をもとにジージーの衣裳を仕立てるにはかなりの想像力が必要だった。頭のあるべき箇所にはドアノブほどの金色の玉がはまり、黒いストッキングのような素材で覆われている。胸の部分は首からウェストにいたるまでほぼ一直線の寸胴体型だった。でも、わたしは彼女とはすっかりなじみになっていた。わたしたちの仲はうまくいっていた。

「スカートには二枚の布を垂らすことにしましょうね。一枚は正面、もう一枚は背面に。そうすればその下でペチコートを脱ぐことができるわ」口いっぱいにピンを含みながら、わたしはボレロをトップスにするとどんな利点があるかを説明した。「こうすれば下でブラジャーを脱ぐことができるでしょ。これに赤い靴をはいて、赤い薔薇を髪に飾ればばっちり決まりね」

わたしは藁のつまった胴体を愛情こめて叩くと、衣裳のピンを外し始めた。そしてチョークで縫い目の印をつけると、ミシンで縫い始めた。

ミシンのモーター音が大きくなる。それはどこか心地のいい安らぐ音だった。針がぷつぷつ音をたてながら、布地に穴を開けていく。まるで壁紙みたいだと思った。真っ白な地にささやかなデザイン、真っ白な地にささやかなデザイン……。

「みんながみんな勝手に誰が犯人だと決めつけてるわ。サラ・ジェーン、あなたはどう思う？」

わたしは自分の声にびっくりした。ペダルから足を外したひょうしに、ミシンが動きを止めた。

それから自分でも馬鹿らしくなった。

「これじゃラ・ヴェルヌやハーミットのことをいえないわ」とわたしは思った。「よりにもよってモデル人形に話しかけるなんて」わたしは伸びをしてから、室内を見回した。

何も着ていないサラは、古いストッキングにくるまれた胴体がおかしな具合に膨れあがっていたので、衣裳棚にかけている白いシーツをかぶせてやることにした。だが、今度は死体のように見えたので、慌ててそれをはぎ取った。きのうの今頃プリンセスが殺されたことを思うと、死体のことを考えるなんてどうにも気分が悪かった。何かほかのことを考えようとしても、わたしの思考はついつい、殺人や死に舞い戻ってしまうのだった。

「ねえ、サラ」わたしは不安な面持ちで話しかけた。「ひとつだけたしかなことがあるわ。あなたは絞め殺される心配がないってこと」

彼女は答える代わりに、唸るような音をたてたので、わたしは煙草を取ろうと手を伸ばした。それを口にくわえようとしたが、火をつけるのがまたひと苦労だった。睫毛を焦がすか、煙草を吸うかを一瞬のうちに選ばなければならなかった。わたしの手はひどく震えていたので、どちらか一方を犠牲にするしかなかったのだ。結局見栄が勝利をおさめ、わたしは煙草とマッチを、灰皿代わりにしているコールドクリームの壜に投げこんだ。

壜は吸い殻でいっぱいになっていたので、わたしはそれを空けることにした。立ち上がって歩きまわれば、少しは神経も落ち着くだろうと思ったのだが、その考えは正しかった。部屋の奥にある屑箱に灰皿代わりの壜の中身を空けるころには、すっかり落ち着きを取り戻していた。落ち着いてはいたが、なんとなく心もとない気分だった。

わたしは腰をおろすと、青いびろうどの布地をミシン針の下に固定した。だが、ふたたびモーターがかかるよりも早く、階段に足音がした。最初は気のせいかと思った。だが、ドアのかんぬきが動くのをわたしは見た！

人はくしゃみをするときがいちばん死に近づいているという。もちろん本当に死ぬわけじゃない。たしかにそれは真実かもしれないけど、そのときのわたしは間違いなく、どんなくしゃみをする人よりも死に近い場所にいる気がした。人がくしゃみについてなんといおうと、わたしの心臓は文字どおりぴたりと止まった。

ドアの向こうで誰かが叫んでいる。でも、わたしには答えることができなかった。

「ちょっと！　なんなのよ、このバリケードは！」続いて「ここを開けて！」という声がした。かんぬきがガタガタ揺れ、ドアの向こう側から誰かが押してくる重みに、ドアノブの下にかっている椅子がぎしぎしいった。

「ドアを開けなさいったら！」その声は乱れ、うわずっていた。ジージーだった。

「ちょっと待って」わたしは喉から声を絞り出すと、がくがくする足で、ドアに向かった。なんとかドアを開けると、ジージーが目をらんらんと輝かせ、すさまじい形相で立っていた。

「ああ、よかった。無事なのね」彼女は大きなため息をついた。とたんに態度が豹変した。

「なんで返事をしないのよ？」彼女は声を荒げた。「もう、死ぬほど心配したんだから」

「あなただってわからなかったのよ」わたしはとっさに嘘をついた。「それに風でドアがバタバタするものだから、椅子をかっておいたの」

ジージーはしっかりと鍵をかけた窓からわたしの顔に目を移した。「ふうん」彼女はいった。「隙間風が入ってくるから寒かったってわけね」

その視線がミシンにかかったままの青いびろうどを捕らえた。「まあ、ジッピーったら！　わたしのを一番最初に作ってくれたのね！」彼女は嬉しそうに手を叩いた。「ねえ、ちょっと着させてもらってもいい？」

自分でいうのも何だけれど、それは彼女にぴったりだった。ブルーは彼女の赤い髪によく似合い、薔薇はぴったりのアクセントになるだろう。わたしも彼女と同じくらい嬉しかった。

「ジッピー、すごいわ！」彼女は前面のスカートをめくりながらいった。わたしはどうやって脱げばいいかを説明してやった。

「このスリットはわたしのお尻の動きにぴったりだわ」彼女は『黒と茶の幻想』をハミングしながら楽屋を練り歩き、いつもの演技を始めた。わたしはピンが留まったままだから注意してね、といった。

まずはアンダースカート、それからボレロが落ちた。彼女が大股で闊歩するたびに脚が二枚の布のあいだから見え隠れした。

「Gストリングに薔薇をつけるといいわ」わたしは突然のインスピレーションを受けて叫んだ。

「それからブラジャーにも左右ひとつずつ」

「いいわね！　そしたら最後の締めは『オンリー・ア・ローズ』にするわ」

ジャニーンとサンドラが入ってきたときも、まだ彼女はリハーサルの最中だった。わたしはサラ・ジェーンを片側に寄せて後片付けを始めた。煙草の灰は爪先で蹴散らして目立たないようにし、ミシンをシーツで覆った。

「いつも衣裳作りのたびにとっ散らかすんだから」ジャニーンが非難がましい口調でいった。これまで彼女には衣裳を作ったことがないので、ご機嫌が悪いのだ。彼女が新しいブルーの衣裳をみせびらかしているジージーの姿を見る前から、わたしはそれを感じ取っていた。

「ふうん、まあまあじゃない」ジージーに訊かれてジャニーンは答えた。「でも、ちょっとあたしのグリーンのサテンに似てやしない？」

ジージーは「ミャオ」と猫の鳴きまねをしてみせた。そして、わたしたちは夜の部のためのおめかしにとりかかった。

最後に入ってきたのはドリーだった。アリスが観客の入りを訊ねた。

「そりゃもう」と彼女は答えた。「最悪よ！　やっと半分が埋まったくらい」ドリーは椅子にどさっと腰をおろした。下地クリームを塗り、ベースのルージュを塗り始める。なおもルージュを混ぜながら、彼女は椅子の上でこっちを向いていった。「こんなことをいうのもなんだけど、あの掲示が貼られてかえってよかったと思うわ。もうこんなダウンタウンの果てで働くのはうんざりよ」

彼女は巨大なパフで、パウダーを顔じゅうにはたいた。「それに、ショーの最終日の次の日からエルティンジに出ることになっているの」そして最大限にさりげなさをつくろってこう続けた。「向こうじゃラッセルも引き抜きたがってるわ」

「そりゃ結構だこと」ジャニーンがそっけなくいった。「雲行きが怪しそうだと思ったらさっさと環境を変えるのが一番よ」

「それどういう意味よ！」ドリーが嚙みつかんばかりにいった。厚化粧の下でその眼だけがらんらんと燃えている。

ジャニーンは座ったままゆっくりと向きを変え、怒りに燃える顔と対面した。「別にこっちはお天気の話をしてるわけじゃないのよ。わかってるでしょうけど」それから彼女はにっこり笑って肩をすくめてみせた。「今のは忘れてちょうだい」と彼女はいった。「どうせあたしの知ったことじゃないし、ラ・ヴェルヌの次のスパーリング相手になるつもりは毛頭ないから」

この弁明にドリーはすっかり気を良くしたようだった。彼女は真っ赤に燃えるストーブから手を引っ込めるようにさっと話題を変えた。彼女はブロードウェイの舞台に出ることのメリットをあれこれあげ始めた。「たとえばジーグフェルド・フォリーズみたいな。エルティンジよりそっちのほうがずっといいわ」

彼女は煙草に火をつけると、唇にくわえ、蠟燭の炎で化粧品を溶かしていた。「ショーはひと晩に一回、日曜日は休み。なんておいしい話なのかしら」

サンドラは乳房をマッサージする手を止めて、鼻を鳴らしてみせた。「おいしい話ね！　そのために四週間リハーサルして、さらに地方巡行で四週間、ニューヨークに戻ってきたはいいけど四日間で終わり」彼女は椅子ごとうしろにずれると、化粧テーブルに両脚を乗せた。

「おお、やだやだ、わたしはバーレスクに残るわ」

「そりゃ、あんたは残るわよね」ジージーがくっくっと忍び笑いを漏らした。サンドラはジージーの言葉の意味がわからず、頭をひねっていたが、結論を出す前にビフが入ってきた。

彼は簡易ベッドにまっすぐ向かうと、雑誌や楽譜や刺繡や私服やらをどけて、その上に寝そべった。

「なかなかいいところじゃないか」彼はひびの入った天井を見上げながらいった。

わたしは彼のポケットからはみだしている封筒に気がついた。差出人は〈リングサイド・バー&

グリル〉になっていた。

「〈リングサイド〉からまた請求書？」とわたしは訊ねた。

「ああ、これかい？」彼はポケットから封筒をだすと、わたしによこした。

それは今夜行われるステーキ・パーティの案内状だった。封筒の消印を見ると、何日か前には届いていたはずだった。

「行くかい？」ビフは天井を見上げたまま訊ねた。それを聞いたジージーがぴくりと身を震わせたような気がした。

「わたしもってこと？」

彼は気乗りしないようにうなずいた。わたしにイエスといってほしくないのだ。それが癪にさわり、「行くわ」といおうとしたとき、ジージーが口をはさんだ。

「ジップ、今日じゅうにわたしの衣裳を完成させてくれるって約束したじゃないの」一瞬、彼女が泣き出すのではないかと思った。「あんたが〈リングサイド〉に行っちまったら、次の日は二日酔いになるのは目に見えてるわ。そうなったら、わたしは何を着ればいいの？」

ほうっておけば抗議はさらに続いていたかもしれないが、わたしはそれを遮った。わたしはまずビフの顔を、次にジージーの顔を見た。

「わかったわよ。今晩じゅうに仕上げてあげるから」わたしは答えた。

ビフは何もいわなかった。楽屋じゅうの注目を集めている今、せめてもう少し誘うふりくらいしてくれてもいいのにと思った。だが、彼は簡易ベッドから起き上がると、さっさと部屋を出ていってしまった。

わたしは彼が出ていったドアから、ジージーへと目を移した。彼女はうしろめたさにわたしと目を合わせようとはしなかった。そして唇をかみ、ぐいと頭をそらせた。もうたくさんだった。たぶんみんなのいる前で、わたしが恨みごとをいうところを見せようという魂胆だったのかもしれないが、そんな手には乗らなかった。

わたしはメイクに戻り、一番の親友がわたしの恋人と〈リングサイド〉に行こうが、なんとも思っていないふうを装った。

ショーのあいだもいっさいそのことは持ち出さなかった。ビフと二度同じシーンをやったときも、わたしはいつものようにふざけ、道化役を演じてみせた。フィナーレではジージーと手をつなぎ、これまたいつもと同じようにショーの幕をおろした。舞台が終わるやいなや、わたしは新しいトイレに駆け込み、胸が引き裂けるのではないかと思うほど泣いた。

数分後、わたしはトイレから出ると、メイクを落とし始めた。

「目をどうかしたの？」それを見たジージーが訊ねた。「あなた、泣いてたんでしょ」

「コールドクリームが目に入っただけ」わたしはよそよそしい口調で答えた。「第一、なぜわたしが泣いたりするの？」わたしはタオルで顔の皮がはがれるのではないかと思うほどごしごしこすった。

「あなたにビールを届けるようにいっておいたから」ジージーがおずおずといった。

「ありがとう」わたしは彼女を見ようともせずに答えた。

「ねえ、ジッピー。あなたに話しておかなくちゃいけないことがあるのよ。実はね……」

「今さら話してもらわなくちゃならないことなんてないわよ」とわたしはいったが、それは人生最大の失策だった。

第十七章

楽屋を最後に出ていったのはジージーだった。わたしは彼女が身支度を整える様子を目の隅で眺めていた。

彼女は青いサージのドレスの上に、シンプルな男物仕立てのコートをはおっていた。真っ赤なエナメルのベルトだけが、これから遊びに出かける速記係や店員ではないことを物語る唯一の証だった。ニンジン色の髪は青いフェルトのつば広帽子にたくしこまれている。帽子の頭頂部からちょこんとでている小さな赤い羽根がベルトとよくマッチしていた。

彼女はわたしのほうを見ていった。「本当に今晩じゅうに完成させてくれるのね?」うっすらはたいた白粉の下から鼻のそばかすが浮き出している。

「まかせて」わたしはことさら耐え忍んでいるような口調でいってから、少しばかり心配させてやれとばかりに、こうつけ加えた。「ビフにあとから行くからって伝えてくれる?」

ジージーは手袋をはめようとしていた手を止め、何かいいたげに口を開きかけた。だが、かすかに顔をしかめただけで、途中で気を変えたようだった。彼女はわたしに抱きついてきた。

「わたしたち、いつまでも友達よね、ジッパー」そういうなり、彼女はさっさと踵を返して、階段を駆け下りていった。

わたしはバルコニーまで彼女のあとを追って、ステージ入口から出ていくのを見ていた。背後に足音が、続いて荒い息遣いが聞こえた。ふりかえると、ラッセルと目が合った。

「てっきり、もうマンディやジョーイと一緒に出たんだと思ってたわ」わたしは反射的にそういっていた。そうでなくとも苛立っているところに、驚かされたことで、かなりつっけんどんな口調になっていた。

「忘れものだ」彼はそっけない口調で答えた。「取りに帰ってきただけさ」

彼はぎゅっと唇をかんだ。唇の端には煙草の巻紙の切れ端がこびりついている。それを取ろうとした爪が汚れているのにわたしは気がついた。

「どうかしたの、ラス?」

この数日間で驚くほどの変わりようだった。お洒落で、人当たりのいいコメディの相手役《ボケ》というつもの風采はどこへやら、今ここにいるのは目を血走らせたうす汚い浮浪者にしか見えない。襟にピンク色のドーランをこびりつかせ、擦り切れたスリッパをはいた足にいたるまで、ひどく小汚らしかった。

ラッセルはさらに唇をかみしめた。煙草の巻紙はあいかわらずこびりついている。彼は誰もいないことを確かめてからわたしにいった。

「今夜も裁縫仕事かい?」彼はまるで焦点が合わせられないかのように、片目をつぶってみせる。

「ええ。ジージーに約束しちゃったから」彼女の名前を口にするだけで悔しさがよみがえってくる。話題を変えたいあまり、わたしは彼に一杯飲みにいかないかと口走っていた。だが、口に出すと同時に後悔した。ビフがラッセルについて教えてくれたことや、ジェイクの告白を聞いていたのに、わたしから彼を酒に誘うなんて！

彼が逡巡しているうちに、わたしはラ・ヴェルヌが殺された日のことを思い出していた。あのときの彼は、セットの切り株に腰かけ、最愛の人に死なれた男そのものといった風情だった。だが同じ口で彼が心配していたのはラ・ヴェルヌの金のことだと認めたのだった。

彼がわたしの誘いを断って、階段をおり始めたときには、正直ほっとした。

わたしは室内に戻ってドアを閉めた。なんとなく彼がまだそこにいるような気がしてならなかった。やがてステージドアが閉まる音がした。わたしはまたしてもドアノブの下に椅子をかった。窓は掛け金をかけたままで、室内は少しばかり息苦しく感じられたが、絶対に開ける気にはなれなかった。わたしは更紗の垂れ布をめくって化粧テーブルの下をのぞきこんだ。さらには反対側に吊されている衣裳の奥を手探りして確かめた。そして今一度、窓も調べてみた。すべて問題なかった。

サラを明かりのよくあたる場所に引っ張りだしながら、わたしはビフのことを考えていた。彼があんな不実なまねをするなんて信じられなかった。もしかしたら、ジージーとはなんでもないのかもしれない。わたしはそんなことを考えて心を慰めた。相手がジージーでなかったら、これほどまでにやきもきしなかった。

わたしは白いサテン地を広げ、今度はサラに花嫁衣裳を着せるためにピンを打ち始めた。だが、白は彼女には合わなかった。黒いストッキングのような地が透けてみえるし、あちこちから詰め物がはみでている箇所はますます増えていくように思えた。頭の黄金の玉はがくがくしているし、あちこちの継ぎ目がぎしぎし鳴った。そろそろ彼女にも引退のときが来ているのかもしれなかった。

わたしの思いはまたしてもビフに戻っていった。「みんないなくなるのを待ってからふたりだけでおしゃべりしたっていいのに」わたしは口に出していった。「前にもわたしが衣裳を縫っていたときも、隣に座っていてくれたことがあったじゃない。なんでよりにもよって今夜はいてくれないのよ」

わたしはビールをこぼさないよう缶の縁に穴を開け、長いひと口を飲んだ。ひどく裏切られた気がして、もうひと口飲んだ。すると今度は侮辱された気がして、さらにもうひと口飲んだ。

「相手はジージーじゃなかったのかもよ」わたしはいった。「シュガー・バン・ケリーか、ジョイス・ジャニスなのかもしれない」

そう考えるとますます腹が立ち、わたしはビールをテーブルに置くと、ウェディングドレスに猛然とハサミを入れ始めた。ざく、ざく、ざく、という音とともに、白いサテンが床に敷いた新聞紙の上に落ちていく。青いチョークで縫い目の線をつけ、サラから衣裳を脱がせた。

ところが座ったひょうしに彼女に触れるか、ミシンの震動が伝わったせいかもしれないが、サラはめりめりと音をたてながら倒れていった。針金製の下半身はまるで時計のネジのように弾け飛び、豊満な胸は床に投げ出された。

金色の玉はまるでゴルフボールのように弾みながら部屋の向こうに転がっていった。もはやサラの面影は跡形もなかった。彼女はサイドショーの女たちよろしく背中をぺたりと床につけたまま動かなくなった。弾けたワイヤーのぶんぶんという音がまだ空気を震わせていた。

わたしは人形を抱え上げると、そっと椅子に座らせた。安定させるのに苦労したが、なんとか落ち着いた。

「あなたまでこんなことしなくたっていいじゃない」わたしは彼女に話しかけた。「残ってるのはあなたひとりしかいないというのに。どいつもこいつも〈リングサイド〉に行っちゃって、その上あなたまでこんな姿になっちゃうなんて」

わたしはさらにビールをひと口あおり、彼女に目をやった。

「ねえ」わたしはじっと人形を見つめながらいった。「あなたもちゃんとした服を着て、少しばかりメイクしたら、とてつもない美人になるわよ」

椅子にわたしのコートがかかっていた。わたしはそれを取ってくると、サラの広い肩にかけてやった。コートの裾が床に届いた。わたしは一歩さがって、出来栄えを眺めた。

「やっぱり顔がなくちゃね」

わたしはひと口ビールをすすってから、きれいなメイク用タオルを大きなボールの形に丸めた。そして紐を使って金色の玉がはめてあったねじ釘にくくりつけた。口紅で彼女の口を描く。ジージーのウサギの脚をはけ代わりにルージュを頬につける。

「これは魔除けのおまじない」わたしはそういいながら、頬に健康的な赤みを足した。眉墨のペンシルを使って目と睫毛を、それもうんと長いやつを描いてやる。

「今度はアイシャドウで少しばかりミステリアスに見せましょうね」

わたしは帽子掛けから自分の帽子を取って彼女にかぶせた。メイク用タオルの余った部分は帽子のなかに押し込め、瞬きもしない片目に帽子のつばを引き下ろした。

「マダム、これで十歳は若く見えてよ」わたしはさらに帽子のつばをおろしながらいった。「ビフが今のあなたを見たら、きっと〈リングサイド〉まで連れていってくれるわ。彼のお連れさんだって、おつむじゃあなたにはかなわないわ」

わたしはさらにひと口を飲んだ。

「あなたほど機転もきかないし、可愛らしくもないし」

ついにビールの缶が空になった。そこには茶色い泡立つ滓《かす》だけが残っていた。わたしは指でそれをすくいとった。ひどい味がしたので、わたしは歯を磨き、手を洗って作業に戻ることにした。

ウェディングドレスがじっとこちらを見ているような気がした。ふと、これまでに何着のウェディングドレスを着てきたかを思い浮かべてみる。ポーランドの結婚式のフィナーレ、結婚初夜のシーン、わたし自身のナンバーである『ずっと母親だったけれど、花嫁になったことはないの』、そしてまた別のフィナーレ。ウェディングドレスというものは結婚式のときに着るものだ、とわたしは苦々しく考えた。なのにわたしが結婚したいと思っている男は別の女性と出かけてしまい、わたしをひとりぼっちで置き去りにした。

これは完全に思い過ごしかもしれないけれど、サラが憐れみのまなざしで見ているような気がしてきた。もちろん彼女が口を利いたわけじゃない。でも、なんだかそんな気がしてきたのだ。

泣き出しそうになるのをこらえるために、わたしは作業に没頭した。ドレスの片側を縫いあげ、もう一方に取りかかる。わたしは猛然とペダルを踏み続け、むちゃくちゃな速さでミシンを動かした。電灯がやけにまぶしく感じられ、わたしは遮光用の黒い布をかぶせた。それからテーブルを少し動かして、肩越しに光が来るようにした。

戸口を正面にして座り、時折目をあげては、ドアがちゃんと閉まってるかどうかを確認した。サラはジージーの椅子に座り、ゆがんだ鏡にうつる自身の姿に見入っている。室内は煙草の煙でもうもうとしていた。

いいじゃない、とわたしは思った。ここは安全で、守られているという感じがする。たしかにわたしは安全に守られていた——あのドアを開けるまでは。

でも、それはあとの話だ。どれだけあとだったのか、今となってはわからない。一、二度立ち上がって背中と脚を伸ばした。それからヴィクトローラで何枚かレコードをかけた。曲の選択が悪かったのかもしれないが、レコードを聴くたびに、ラ・ヴェルヌの青く膨れ上がった顔を思い出さずにはいられなかった。

だが、それだけではすまなかった。死体に載っているのはわたしの顔だった。みんながわたしの死体をトイレから運び出している。白い衣裳はウェディングのためではなく、葬式のためのものだった。

わたしはレコードから針をあげ、ふたたび猛然とミシンを踏み始めた。

たぶん、そのあとで眠ってしまったのだと思う。ビールを飲むといつも眠くなるので、そのときもほんのちょっとだけ目を休ませるつもりだった。化粧テーブルに伏せって、目をつぶり……。

第十八章

背中と首の痛みでわたしは目覚めた。目を開けたときは、一瞬、自分がどこにいるのかわからなかった。それからしだいに自分のまわりの状況がわかってきた。

わたしは不安な面持ちで室内を見回した。ドアはちゃんと閉まっていたし、ドアの下にかった椅子もそのままだった。窓の締金も閉まっているし、サラはあいかわらず鏡にうつったその不器量なタオルの顔をじっと見つめている。そしてわたしはひとりきりだった。

わたしを目覚めさせたのは、こわばった背中と首の痛みだけではなかった。それは声だった。それとも夢のなかで誰かが歌っている声を聞いたのだろうか？

わたしは立ち上がると、シンクに行って冷たい水を出した。両手いっぱいにすくって、頭や顔にはねかける。まだ顔から水滴を垂らしながら、わたしは椅子に戻った。煙草に火をつけ、腕時計に目をやる。一時半になっていた。どうやら一時間以上も眠っていたらしい。

するとまた声がした。今度はステージからだ！

驚きのあまり、手から煙草が滑り落ちた。それは胸から膝へと転がり、そのときになってようやく布地が焦げていることに気がついた。わたしはエプロンをふって煙草を床に落とした。火の点いている側をそっと踏み消し、そして待った。鉄の階段を上がってくる足音を、ドアの掛け金があがる耳障りな音を、そして椅子がぎしぎしと今にも倒れそうな音をたてるのを。

声は聞こえなくなっていたが、わたしが予期していたような音も聞こえてこなかった。そういうときはじっと部屋にこもっていたほうが安全だったのに、と人はいうだろう。考えようによってはそうかもしれない。でも、わたしにはとてもそんなことはできなかった。この劇場にはわたしと殺人犯のふたりきりしかいないことはわかっている。なのに、おとなしく部屋に座って、そいつが押し入ってきてわたしを絞め殺すのを待っているなんて考えられなかった。それならいっそ、部屋のドアを開けて、階段をおり、「わたしはここよ!」と宣言するほうがまだましだ。

覆いのかかっている電灯ひとつを残し、部屋の明かりをすべて消した。室内はかなり暗くなった。ドアを開けたときに、ステージのほうに光が射しこむことがないようにしたかったのだが、完全な暗闇にするのはあまりにも恐ろしかった。

ドアノブの下にかっていた椅子を外したひょうしに、小さな音をたててしまった。そこでわたしはしばらく待つことにした。するとまた声がした。まるで発声練習をしているように聞こえたが、今度の声はしわがれ、かすれていた。その声が聞こえている限り、わたしの身は安全だという気がした。ステージドアは真っすぐ先だった。わたしは相手に気取られないように階段をおりていけばよかった。あとはドアまで一目散に走っていけばいい。

わたしはドアのかんぬきを外して、そっと開いた。幸いにもわたしが外に出たときも、ドアを静かに閉めたときも、きしむような音はたたなかった。ステージは完全な闇に包まれ、ひと筋の光もさしていなかった。わたしがひとりきりでないことを示すあの声が聞こえているだけだった。

鉄の手摺りを探るわたしの足元で室内履きが柔らかい音をたてた。もしこんな状況でも感謝するべきことがあるとすれば、自分がまだ寝室用の柔らかい靴をはいたままで、ドアの外になんとか出られたということだった。わたしは用心しながら一段目に足をやり、さらに二段目へと足をおろした。ところが、そのときになってステージにおりる階段が何段あるか数えたことがなかったのに気がついた。二十八週間も同じ劇場に通っていながら、階段が何段あるのか知らなかったなんて！

冷たい風がさっと顔に吹きつけ、わたしはローブの前をかき合わせた。もしかしたらステージドアが開いているのかもしれない。そう思うと自然に足が速くなった。だが、もしかしたらステージドアには鍵がかかっているかもしれない。そんなことはこれまで一度も気にしたことはなかった。とたんに、踵を返して楽屋へ駆け戻りたくなった。

どうして窓に考えが及ばなかったのだろう？　あそこなら屋根に直接下りられるし、なんとかして通りにも下りられるかもしれないのに。だが、何かがわたしを前へ前へと駆り立てていた。いつのまにか、階段の数がわからなくなっていた。十二段、それとも百二十段だったかしら。

ようやく手摺りが終わった。「まっすぐ行けばステージドア」わたしは自分に何度もそう言い聞かせた。わたしの手が掲示板に、さらには二週間後の退職告知を留めてある画鋲《がびょう》へ、さらに別の掲示に触れた。

それはバーレスク芸術家組合の掲示に違いなかった。「組合費の支払いは済ませましたか？」とあり、一番下には会長トム・フィリップスの署名が入っていた。

ようやくステージのドアを探りあてたとたん、まだ支払いが済んでいないことを思い出した。きっとみんなはわたしが会費を払うのがいやで殺されたのだと思うに違いない。ようやくかんぬきを探りあてそれを外そうとした。

だが、それは重く、びくともしなかった。両手で試してみたが、だめだった。ドアは固く閉ざされていた。

わたしはドアをがんがん叩いて、わめきちらしたい衝動に駆られた。だが、そうする代わりに冷たい鉄に顔を押しつけた。そうしないと今にもへなへなと崩れ落ちそうだった。

どれくらいそうして立っていたのかわからない。突然、わたしは別の音に気がついた。歌声はやんでいた。代わって誰かが爪先立って忍び足で歩いてくるような音が聞こえてきた。それはしだいに小さくなっていく。まるでわたしのいるところからどんどん遠ざかっていくかのように。

もしかしたら、相手もまたわたしが殺人犯だと思ってたりして？　それともわたしと同じように閉じ込められているのだろうか？

ラッセルのことが思い浮かんだ。もしかしたら彼かもしれない。汚れた爪や、血走った眼を思い出し、わたしはとっさに呼びかけようかと思った。わたしがひとりきりと知って劇場に残ったのだろうか？　わたしが殺人犯のことを何か知ってるとでも思ったとか？　それとも彼が犯人なのか？

爪先立って歩く音がやんだ。わたしはふたたび階段に向かって手探りを始めた。自分のはあはあという息遣いが劇場じゅうに響きわたるように思えた。スパイクシューズをはいていたって、これほどまで大きな足音は立たないだろう。

わたしの手がふたたび手摺りに触れた。そうだ、石炭用シュートから脱出しよう。今楽屋に戻っても閉じ込められてしまいそうな気がした。窓から外に出るにしても、隣の中華料理店はこんな時間にやってるだろうか。むろん、やってるはずがない。それ以外のルートがあるとすれば商店か花屋だが、どちらも早い時間に店を閉めていた。

手が冷水器に触れ、わたしは最初に石炭用シュートから脱出しようとしたときのことを思い出していた──誰かがわたしの喉をとらえた。痩せた力強い手が、わたしの声帯をぐいぐい締めつけてきた。あのときも真っ暗で、その誰かは明らかにわたしを殺そうとしていた。それだけは間違いなかった。ビフはわたしの言い分を笑い飛ばしたが、彼はもっと真剣に耳を傾けるべきだったのだ。

わたしの足が一番上の階段を探りあてた。だが、そこでぴたりと足を止めた。誰かが大声で呼びかける声がした。

「誰だ?」その声はステージのほうから聞こえてきた。

聞き覚えがある声だったが、わたしはすっかり怯えていたので、そこまで判断する余裕はなかった。

「そこにいるのは誰だ?」

わたしは走り出した。楽屋やステージドアではなく、まっすぐその声の主をめがけて。とたんに背景幕にぶつかった。それはびろうどの幕で、掃除のおばさんが清掃しやすいように床を空けるため、大道具方がロープでくくっていた。

あやうく転びそうになるのを、幕にすがってなんとかこらえた。だが、つかみ方が悪かったせいか、布地のけばが幾千もの針のようにちくちくと刺さった。わたしは声の主に気取られないよう、びろうどの布地に口を押しつけた。だが、あまりの黴臭さにくしゃみが出そうになった。

ほんの数時間前まで、わたしはまさにこのステージに立っていたのだ。客席は前のめりになった男たちでいっぱいだった。闇のなかで彼らの煙草の火だけが蛍のようにぼんやりと輝き、スポットライトはもうもうたる煙を貫くようにして、わたしの動きに合わせ、前後左右に動いていた。ワイシャツ一枚の楽団員たちは、ポケットに競馬新聞を突っ込んで『ソフィスティケイテッド・レディ』を演奏し、わたしはそれに合わせてピンをチューバに、ガーターベルトをオーケストラピットに投げた。次にペチコートを投げこむと、それはチューバの演奏者の上にふわりと着地し、演奏者はそれを取ろうとじたばたあがき、それを見た観客はどっと笑った。この手は使える、とわたしは考えていた。

それはほんの数時間前のできごとだった。そして今、わたしは薄汚れたびろうどのカーテンに顔を埋め、殺人犯とふたりきりでいる。

死ぬ前にまだまだやりたいことはたくさんあった。木を植えたコンクリートの函が正面に置かれているような豪壮なアパートメントの一室に住んでみたかった。ビッグなショーに出て日曜日に休みが取りたかった。そして何よりも、わたしはミセス・ビフ・ブラニガンになりたかった。

突然、丸い輪を描くまばゆい光に目がくらんだ。懐中電灯の光が近づいてくる。そして声も。

「なんでさっき呼んだときに返事をしなかった？」声の主はとがめるような口調でいった。わたしにはかろうじて相手の仰天している顔が見えた。それはスタチーだった。老人の顔はわたしと同じくらい怯えているように見えた。

「まったく驚かせおって」と彼はいった。

わたしが彼を驚かせたですって！

ようやく声が出てきたが、それはわたしの声ではなかった。その場にふさわしい、うわずった震え声だった。「ミシンを踏んでるうちにうっかり眠っちゃったのよ。そしたらどこかで誰かが歌ってるような声がしたから。でも、きっと勘違いだったのかも」

するとスタチーの顔にほっとしたような表情が広がった。誰かが馬鹿みたいにくすくす笑っている声がしたが、それはわたしだった。

「そろそろ着替えてきたほうがよさそうね」わたしは小さな声でいった。「みんなが待ってるから」わたしのくすくす笑いはまだ止まらなかった。スタチーが懐中電灯で先を照らしてくれた。階段をのぼりながら、わたしは後ろを振り向いて「ばあ！」といってやりたくなるのを必死にこらえた。

わたしが楽屋のドアを開けてなかに入るまで、スタチーは懐中電灯で照らしていてくれた。室内はあいかわらず暗かったが、わたしはひどく気が急いていたので、わざわざ明かりを点ける暇さえ惜しかった。

わたしは外出用のドレスのチャックを上げ、まだ靴下がついたままのガーターをバッグに突っ込んだ。それから靴に足を入れ、サラ・ジェーンにかぶせていた帽子を取った。彼女の丸い、瞬きをしない目が、鏡に向かうわたしをじっと追いかけてくるように思えた。

わたしの顔と髪はとても見られたものではなかった。どう見ても一番ひどいときのステラ・ダラス〔バーバラ・スタインウィック主演、一九三〇年代ハリウッドの代表的なメロドラマの主人公〕だ。

それに続くわたしの心の動きについては、何か科学的説明がつけられるのかもしれないが、そのときはとてもそこまで考えが及ばなかった。前にも同じような体験をしたことがあるような気がした。それがいつのことなのかは思い出せない。もしかしたら何千年も前のことだったのかもしれない。帽子を直そうと鏡をのぞきこんだとたん、わたしはまたそれを感じた。それはどこか不吉な予感をともなっていた。

知らず知らずのうちに、わたしの手はクローゼットのドアに伸びていた。開けようとしたのではなく、触れるために。わたしの腕は宙に伸びたままだったが、少しも苦にはならなかった。そしてわたしは思い出した！

ステージに通じるドアが開き、そこから男が入ってくることを。だが、わたしにはどうしようもなかった。ただ、待っていた。

ドアが静かに、ゆっくりと開く。暗がりのなかに一本の手が、続いて腕があらわれた。それはほつれた栗色のセーターを着ていた。そして同じ消毒液の匂いが。

「ラ・ヴェルヌが殺された夜、楽屋にいたのはあなただったのね」わたしは振り返らずにいった。

鏡にうつっていたのはドアマンのスタチーだった。

「同じ匂いがしたのよ。あれは消毒用石鹸の匂いだったんでしょう？」

彼はそうだ、と答えた。

「あなたはあのとき、下の階にいたといってたけど、そんなはずはないわ。だって、わたしあなたの椅子にぶつかって転んだんだもの」

彼はうなずいた。

「わたしがフィナーレのために着替えてたときも、あなたはここにいたのね」

彼は答えなかった。ドアは閉まりかけており、わたしは彼の両方の手を見てとることができた。その片手には何かきらきら光るものが握られている。もう一方の手はだらんと脇にたらされていた。彼は足でドアを完全に閉めようとしていた。

「あの人たちを殺したのはあなただったのね？」

鏡越しに見る老人の顔は穏やかで、ほとんど温かみさえ感じさせた。わたしは振り返ると、化粧テーブルに後ろ手をついた。

彼が明るい場所に入ってきたので、眉に細かい汗の玉が浮かんでいるのが見えた。彼はそのきらきら光る何かをわたしの前にかざしてみせた。それは老人の人さし指からぶらぶら垂れ下がって揺れていた。デンタルフロスの先にはびっしりと光をはなつラインストーン。

「わしの指にはある美しいご婦人がつけていた衣裳の一部がある。なんとも小さいものだが」と彼は穏やかな口調でいった。「なんとも物騒なものでもある」

「じゃあ、あなたが……？」わたしの口はからからに渇いていて、声にならなかった。老人は一歩わたしに近づき、その熱い息が顔にかかるのが感じられた。

「わしがストリッパーの絞殺魔さ」と彼はいってから、笑みを浮かべてみせた。「ストリッパー絞殺魔——なかなかおもしろいタイトルじゃないか。気に入ったよ」彼はくっくっと笑った。「もひとつ気に入ったことがある——自分自身のGストリングで殺されたってことさ」

「でも、あれはあの人のGストリングじゃなかったのよ。ジャニーンのだったんだから」

老人はじろっとわたしを見た。その顔から笑みは消えていた。

「彼女のおニューの、びろうどの裏がついたやつよ」わたしはなおもいった。「彼女は階段で落っことしたみたいといってたけど——」

「それをわしが拾ったというわけか」

「あなたは手入れのどさくさに紛れてわたしを殺そうとしたわね」

老人は首を横に振った。

「いいえ、あなたよ」わたしはなおもいいつのった。なぜか、それだけははっきりさせておかなければという気がした。「バックステージの照明が消えて真っ暗になったとき、あなたはその手でわたしを絞め殺そうとしたじゃない」

「照明を落としたのはわしだが、あんたを殺すつもりはなかった。あのときはまだな。あんたが悲鳴をあげるのを聞いて、相手を間違えたことに気づいたのさ」

わたしの手はじっとりと汗ばんでいた。何かが掌にあたるのを感じた。口紅だ。手をずらすと、白粉のパフとアイライナーが。さらに、睫毛をカールさせるための小さなハサミのようなカーラー。裁縫用の大きなハサミがあったはずだ！　このテーブルのどこかに。頑丈で鋭いハサミが。テーブルを探る手が震える。だが、テーブルの上を意味もなく手探りするうちに、わたしの目的をスタチーに気づかれはしないかと思うと気が気ではなかった。

「プリンセスはわしを見ちまったのさ」と彼はいった。「あの女はたまたま戸口を通りかかったのだ。わしがラ・ヴェルヌの背後に立っているところへ。そしてラ・ヴェルヌの首に両手をかけているところをな。だが、ラ・ヴェルヌは――」

突然、老人の顔が一変した。彼は仰天したような表情を浮かべた。それから大きくうなずいた。そのひょうしに汚れた灰色の髪が目に垂れかかった。

「そうか、そういうことだったのか」老人はそういってわたしを見た。まるでこれから何かを打ち明けようとするかのように。だが、途中で気を変えたようだった。

「あなたはどこに身を隠していたの？」わたしは訊ねた。

そんなことは知りたくもなかった。だが、ハサミの曲がった取っ手を探りあてるまでは、なんとか話を続けさせなければならなかった。それを探りあてたときに、どうするかを考えると恐ろしくなった。自分にそうするだけの力と勇気を奮い起こすことができるだろうか？

スタチーは衣裳掛けを覆っている布のほうをちらりと見た。わたしの目も彼の視線を追った。

「わしはあのカーテンの後ろに立っていたのさ」その下にかかっている衣裳のせいで、更紗布はまるで誰かがそこに隠れているかのように膨れ上がっていた。

「ジェイクがドアを封印したとき、死体はトイレのなかにあった。わしはじっと彼の様子をうかがっていた。一度だけ、こちらの気配を悟られたかと思った。どうせならやつも殺してやろうかと思ったが、やつはそのまま出ていきおった。ようやくこれで抜け出せると思ったところへ、またしても誰かがやってきた」

彼の顔つきを見て、その「誰か」がわたしのことだとわかった。

「わしはあんたに見られたと思った」と彼はいい、わたしは首を横に振った。

そのとき、冷たく、曲がった何かがわたしの右手に触れた。わたしはその取っ手までそっと指をずらした。わたしのハサミだ！

「でも、プリンセスのときはもっと大変だったんじゃないの？」思わず声色に興奮が滲んでしまいそうになるのを抑えるのに必死で、胸が痛くなってきた。額を汗が流れ落ちていくのがわかる。

「プリンセスはどうってことはなかったさ」スタチーは答えた。

いまやわたしの手はハサミを握りしめていた。彼が今度向こうをむいたら、わたしは両手で……。

「わしは全員が食事に出るまで待っておった。それからあの女にこういったのさ。『面会人が来てるよ』とな。そしてあの女が階段のてっぺんに来たところで、首に糸を巻つけたのさ。あいつはほとんど抵抗すらしなかったな。ただひゅっという音をたてて、その場にくずれおちた。わしがしっかり糸を握っていなかったら、あの女は階段の下まで転がり落ちてただろうな。腕に傷ができたのはそのときさ――床から突き出た釘に引っかけたんだ」

「でも、大道具部屋には鍵がかかっていたはずよ」わたしはいってやった。「どうやって彼女の死体を『魔法の箱』に入れたの？」

彼はきらきらしたものを握っていないほうの手をポケットに入れ、鍵の束を取り出した。そして目をそらすことなく、指先でくるくる回してみせた。

「夜警とドアマンはこの手の鍵をいつも携帯してるのさ」

なんとかして彼の目をそらすことにも気がつかないなんて警察はよほどの間抜けよ」

「そうよね。そんなことにも気がつかないなんて警察はよほどの間抜けよ」


なんとかして彼の目をそらすことさえできれば！　なんとかして彼の気を引く方法はないだろうか？　突然、わたしは前に観た映画を思い出した。演じる役者の片方はちょうどわたしと同じような立場にいた。彼は相手の肩越しにちらりと目をやり、相手がそちらを向いたすきに、そいつを殴りつけたのだった。

わたしは首を巡らしてスタチーの肩越しに視線を投げてみた。これほどまでに真に迫った演技をしたことはなかった。口を開いて、話しかけるそぶりまでしてみせた。

するとスタチーは笑い出した。

わたしもまた笑ったが、いささかヒステリーじみていた。その映画ならこっちも観たことがある、と彼が言い出すのではないかと思った。それからすでにふたり人を殺した犯人に見つめられていることに気がついた。わたしの笑いはぴたりと止んだ。

「わたしの死体をどう始末するかは考えたの？」

「ああ、考えたともさ」彼の言葉は奇妙に重なって聞こえた。それともわたしの頭がくらくらしているせいだろうか？

「たとえばどんな？」わたしはやっとのことでそれだけいった。みんなで地下から劇場の外に出るときにビフがいった言葉を思い出した。「『死体を隠すのにはぴったりの場所』があるってわけね」

わたしは続けた。「石炭用シュートとか？」

スタチーは首を横に振った。

「階段の下のセット置き場とか？」

「もうひとひねりだ。だんだん近づいてきてはおるがな」彼はからかうような目つきでわたしを見た。それからくすくす笑いながらこういった。「それではヒントをやろう。女のように立ち、女のように服を着ているが女ではない。それは何だ？」

わたしはまじまじと彼の顔を見つめるばかりだった。

「さあ、もうわかったはずだよ」彼はそういいながら、化粧テーブルにぎこちなく座っているサラ・ジェーンを見た。

「ほうら、もうわかっただろう！」彼はにやりと笑った。

わたしが呆けたようにうなずくと、彼はサラ・ジェーンが人間の死体だとわかったら、さぞかし愉快な騒ぎになるだろう、といった。

「あんたの死体が倒れこんでこないように支えておかなければならんだろうな。だが、上にシーツをかぶせてしまえば、しばらくはあんただと気づく者はいない」

ハサミが手から滑り落ちた。それは化粧テーブルの上に音もなく落下し、わたしは二本の手が、喉をめがけて近づいてくるのを見た。それはほっそりとした薄い手で、表面には太い血管が浮き出ていた。その片方の手で何かがきらめいた。

はるか遠くから声が聞こえてくる。「あんたの体はウェディングドレスのように白いシーツに包まれる。その喉元を飾るのはダイヤモンドだ。あんたの首根っこに食いこむほど巻きつけてな」

するとあちこちからたくさんの手があらわれた。どれも青く太い血管が浮き出て、きらきら光るものを握っていた。

「みんながあんたを見つけたら、さぞかし愉快な騒ぎになるだろう」

何かがそっと首に触れるのを感じた。それから小さな含み笑いがした。

「さぞかし愉快な騒ぎにな」

第十九章

劇場はたくさんの手であふれていた。ほっそりとした手、血管が浮き出た手。みんな拍手をしている。わたしはすっかり気分を良くした。

「ずっと母親だったけれど花嫁になったことはないの。それがわたしの悲しい使命。生まれながらの女優だったわたしが、花婿をオーディションで決めようとしたのが、すべてのあやまちだったの」

「パンキン、歌のリハーサルはそれくらいにしておけよ。それからこれを飲んで」その声はひどくなじみがあり、わたしが鼻を押しつけているコートからは、煙草とオールド・グランダッド・ウィスキーの匂いがした。

「ああ、ビフ！　あの男はわたしを人形みたいに隅に立てかけてやるっていってたのよ。愉快な騒ぎになるだろうって……」わたしは泣くまいとしたが、こらえきれなかった。

ビフは濡れたタオルでわたしの顔を拭き、唇に水の入ったグラスをあてがった。「おれたちはみんな聞いていたんだよ、パンキン。やつは自分流に『ドンおじさん』〔一九四〇年代アメリカの子供向けラジオ番組〕をやろうとしていたのさ。『小さなジョニーが七歳の誕生日にシーツの下をのぞいたらきっとプレゼントが見つかるよ。素敵な死体が』ってね」

わたしはますます激しく泣き出した。「ビフったら、お願い。わたしは真剣にいってるのよ」

「わかったよ、ハニー。きみが真剣《シリアス》ならおれはローバック〔アメリカの大手通販会社シアーズ・ローバックに引っかけている〕だ。泣くんじゃない。すべて終わったんだ。これ以上の死体も殺人も何もなしだ」

「じゃあ、彼を捕まえたのね」視界がぼやけてよくわからなかったが、ビフは満面の笑みを浮かべているように見えた。

「ああ、パンキン。おれたちはやつを捕まえた。おれたちはずっとここに待機していて、きみがあわやというときに飛び出してやつを捕まえたのさ」

しだいに、わたしを見下ろしているたくさんの心配そうな顔が見えてきた。わたしはまたしても床に寝かされていた。そしてもうひとつの重大なことに気がついた！

わたしは起き上がって、まともにビフを見た。「教えてほしいことがあるんだけど。イエスかノーで答えて」わたしは慎重な口調でいった。「あの頭のおかしな男がわたしを死ぬほど脅かしていたとき、あなたはすぐ近くにいたの？」

するとビフは真顔になった。「頭がおかしくなんかなかった。あいつは……」

「なかった？」わたしはビフから巡査部長に、そしてジガーズに視線を移した。マイク・ブラネンもいた。彼はビフのあとを引き継いで満面の笑みを浮かべてみせた。

「ええ。もはや過去形の人物ですから心配ありませんよ」彼は陽気な声でいった。

だったら、わたしはハサミを落としちゃいなかったのだ！

部屋を出ていこうとするわたしに、マイクが念入りに詳細を述べ始めた。

「いやはや、あんな痩せっぽちな老人にあれだけの血が詰まってたとは驚きましたね。まるで噴水みたいでしたよ。喉がこうぱっくりと裂けて」

踊り場までたどり着いたところで、ビフがわたしの腕をつかんだ。「行く必要はない」と彼はいった。「そうでなくともきみはもう一生分のスリルを味わったんだ。もう少し休んだほうがいい。死体はこれからモルグに搬送されるところだし、まあ、見て楽しいものじゃないしね」

ビフはまだ水の入ったグラスを手にしていた。わたしは水を飲もうとしたが、むせてしまった。

「やっこさんが自ら命を絶つ前に必要なだけの告白は引き出した。とりたてて必要だったというわけじゃないが……」

「あの人自殺したのね？」今度は安堵のあまり失神するところだった。

ビフはわたしを楽屋に連れ戻すと、椅子を出してくれた。マイクはあいかわらず老人の最期について まくしたてていたが、ビフがしばらく口をつぐんでいるようにといった。

「ジップに何か飲み物を」と彼はいった。「さあ、ハニー。脚をあげるといい」彼は椅子を引き寄せるとわたしの脚の下に枕を入れてくれた。

マイクが鏡の裏に隠してあったボトルをもってあらわれ、三人分の酒を注いだ。それから巡査部長の顔を見ると、自分の酒をわたしとビフに注ぎ分けた。

わたしにはみんなの心遣いがうれしかった。そしてその心遣いにありがたく甘えた。お酒のおかげで体がぽかぽかしてきて、いくぶんか気分が楽になった。巡査部長はまたおじいちゃんみたいに見えてきたし、マイク・ブラネンさえいい男に思えてきた。

これで巡査部長がさっさと部下を連れて引き上げてくれればいいのに、とわたしは思った。そうすれば三人でゆっくり飲めるのに。すると巡査部長はそれまで何かを書きつけていた手帳をぱたんと閉じた。

「さて」と彼はいった。「これで事件にもやっとけりがついた」部長はビフに手を差し出した。「ご協力に感謝する」

ふたりが握手をしているさまは、どちらが大根かを競い合っている役者のようだった。ビフはディック・トレイシー〔アメリカの人気コミックヒーロー。あごの張った凄腕刑事〕のスクリーンテストを受けているかのような顔つきで、巡査部長はまるでジョー・ジェネラスを演じているかのようだった。部長は六週間リハーサルした大根役者よろしく芝居気たっぷりのせりふを吐いた。

「きみの鋭い頭脳と観察力がなかったら、事態はまったく違ったものになっていただろう」

そしてふたりはいっせいにわたしを見た。自分が悲しそうなまなざしを求められていることはわかっていたが、わたしにはできなかった。巡査部長は内心がっかりしたようだった。彼は三角関係のシーンを演じていて、わたしにも一役買ってほしいようだったが、当てが外れたのでビフのほうに向き直った。

「もし、将来きみが警察で働きたいと思ったときには、ぜひともわたしを訪ねてくれたまえ」男たちはふたたび握手を交わしたが、巡査部長はエディ・アーノルド〔アメリカのカントリー歌手・俳優・司会者〕ばりの笑いをあげてみせたので、わたしはわめきちらしたくなるのを必死でこらえなければならなかった。巡査部長は出口に向かって歩き出した。

片方の手をドアのノブにかけると、巡査部長はくるりと振り返って立ち止まった。きっと退場のせりふを考えているんだわ、とわたしは内心つぶやいた。やはり思ったとおりだった。タイミングは合っていなかったが、せりふは当たっていた。

「検視裁判には立ち会っていただきますよ」

「ああ、もうたくさん！」わたしは自分の頭を拳の横で叩きながら叫んだ。「まったくふたりともなんてへぼ役者なの！　よくもあんなくさい芝居ができたもんだわ」

わたしは馬鹿笑いが止まらなくなり、しまいにはマイクに背中を叩かれる始末だった。彼は巡査部長と部下たちが出ていくまで口を利くのを控えていた。

「ジップ、あんなふうに笑ったりするものじゃありませんよ。部長は本気でああおっしゃったんです。あの写真に関してもビフの見事な推理がなかったら、殺人犯はいまだに捕まっちゃいなかった」彼はビフを見上げた。その声には畏敬がこもっていた。「まったく彼はヒーローですよ。まさに真のヒーローだ」

あいかわらずディック・トレイシー面《づら》をしたビフは、一方の足からもう一方の足へと重心を移しながらこういった。「ここにいるパンキンもその栄誉の一部にはあずかっているんだぜ」

「あら、それはありがとう」

ビフはわたしの言葉の意味をはかりかねたようだった。「おれがいいたいのは、きみが、あれこれやつに質問してくれなかったら、事件を解決するのはもっと大事《おおごと》になってたかもしれない、ってことなんだ」

「ええ、あなたのいいたいことはわかりますとも」

マイクはそれとなく危険信号を察知したようだった。バーレスク劇場のバックステージで三日間を過ごしたおかげで、彼にはきっかけを見逃さない訓練ができていた。

「ビフ、彼女にあの写真のことを話しましょう」マイクはわたしのほうを向いた。「そりゃあ、びっくりするようなことがわかったんですよ」

「いや、たいしたことじゃない」彼は控えめな口調でいった。「警察は今回の一連の事件でもっとも重要な手がかりを見逃していたのさ。それをちょっとばかり——掘り下げてみたってわけだ」彼は椅子にふんぞり返って、両方の親指をサスペンダーにかけた。

「ラ・ヴェルヌの母親の写真が紛失したと聞いて、ひょっとしたらそれが重要な手がかりになるんじゃないかと思った。そこで、ひそかに調査をして、ラ・ヴェルヌの本当の名前を突き止めた。ラ・ヴェルヌなんていういんちき臭い芸名でない、本名をね。いったいなんだったと思う?」

「ブレンダ・ゴールドブラットとか?」

ビフは顔をしかめてみせた。「違うよ。スタチャーロさ。これでわかっただろう?」

「わからないわ。最初からもう一度いってみて」

「スタチャーロ、スタチーさ。わかるだろ?」

「ああ、そう」わたしはいささか辛辣な口調で返した。「ラ・ヴェルヌの本名はスタチーなんとかだってことね。つまり彼女はスタチーの血縁で、娘か何か、いいえ、孫娘だわ。娘にしてはスタチーは歳を取り過ぎているもの。つまり、彼はおじいさんにあたるわけね。きっと娘が身をあやまるか何かしてできた私生児がラ・ヴェルヌだったんだわ。

スタチーは怒り狂って娘を絶縁した。その娘とラ・ヴェルヌは餓死寸前にまで追いつめられ、ようやくラ・ヴェルヌはバーレスク劇場に生活の糧を見いだした。スタチーは彼女の正体を知って、恥をさらすくらいならいっそ殺してしまえと思ったのね」

わたしは両手をこすり合わせて、椅子にそり返った。もしサスペンダーがあったら、きっと親指を引っかけていたに違いない。そうする代わりにわたしは酒のグラスに手を伸ばした。

「その通りだよ！」ビフが感心したようにわたしの顔を見た。「どうしてわかったんだ？」

だが、わたしは膝にお酒をこぼしてそれどころではなくなってしまった。

ビフはメイク用のタオルでわたしのドレスを拭き始めた。「どうしてわかったんだい？」

わたしは彼の手からタオルを受け取ると、化粧テーブルに注意深く広げた。「ねえ、ビフ」わたしは落ち着いた、穏やかな口調を心がけた。「わたしはたった今死ぬような目にあったばかりなのよ。それこそ地獄のようなひどい目に。女性をふたり殺した人間にあやうく首根っこをへし折られるところだったんだから。今は冗談につきあう気分じゃないの」

わたしはマイクのほうを向いた。「わたしのバッグをよこしてちょうだい」

わたしはストッキングを留めたままのガーターベルトを取り出すと、留め金をひとつひとつ外した。そして室内履きを蹴り脱ぐと、ストッキングをはき始めた。

マイクは今まで女性がストッキングをはくところを見たことがないような表情を浮かべてまじまじとわたしを見つめていた。わたしが背後のシームのずれを直すと、彼は真っ赤になった。

「たしかにおっしゃるとおりです」と彼はいった。「やっこさん、自分でそう告白しましたよ。例の肉切ナイフを喉に突ったてる前にね。ステージの袖にぶらさがってるやつですよ。『火事の際にはこのロープを切れ』とか書いてあるブリキの札がついた」

わたしは答えなかった。

「防火用アスベストの幕をくくってあるロープですよ」彼はさも重要そうにつけ加えた。「あのナイフで自分を殺《や》ったんです。ぼくはその場に居合わせました。やっこさんは見たところ落ち着いて静かだったので、そんなことを考えてるなんて誰も思いもしなかった。ところが突然、やっこさんはナイフを引っつかんで、それこそ血がどばっと噴き出して。これにはわれわれ警官もおったまげましたよ」

そこにビフが口をはさんだ。「さあ、そろそろここを出よう。さもなきゃ、〈リングサイド〉のただ飯を食い損なっちまう」

わたしはありがとうの代わりに目でうなずくと、そそくさと劇場の外に出た。

通りに出ても男たちが事件の話に熱中しているのを尻目に、わたしはさっさと先に立って歩いていた。気分がむしゃくしゃするのは、彼らの話のせいではなかった。自分でもうまく説明できないけれど、スタチーのことを考えると胸が痛んだ。それはドリーを見たときに感じたのと同じ痛みだった。

ビフが口笛を吹いてタクシーを停めた。タクシーに乗り込もうとしたとき、わたしはマイクのしゃべっていた言葉の最後をふと小耳にはさんだ。

「例のものはやっこさんのポケットにありましたよ」

わたしは乗りかけていたタクシーから降りた。「例のものって？」

ビフとマイクはわたしの頭がどうかしてしまったのではないかといいたげに顔を見合わせた。

「ラ・ヴェルヌの株券さ」とビフがいった。

「ああ、それはまたお気の毒だったわね。これが麻薬か何かだったら、もっと新聞だって書き立ててくれたでしょうに。これじゃせいぜいが**絞殺魔、ストリッパーの株券を強奪《ストリップ》**ってところだわね」

業を煮やしたタクシーの運転手が窓から首を出していった。「あんたら、どっちなんですかね？」

それはわたしがマイクやビフに対して使っていたのと同じぞんざいな口調だった。

「どっちか、ってどういう意味よ」わたしは冷たく言い返した。

「あたしの立派な車に乗るのか、乗らないのかって聞いてるんですよ」

気がつくとわたしは乱暴にタクシーに押しこまれ、ビフが運転手にあやまっていた。マイクがいった。「ぼくは一度この制服を脱いでからリングサイドで合流します。アリスには少しばかり遅れると伝えてもらえますか？」

「例の中国人を連れてくるのも忘れないでくれよ」ビフは答えた。そしてドアを閉めると運転手に行先を告げた。「四十八丁目の〈リングサイド・バー&グリル〉へ」

彼はわたしの向かいの補助席をおろしていった。「ここに足を乗っけるといい、ジッピー。どうせ料金は同じなんだから、楽にしたほうが得ってもんさ」

彼は二本の煙草に火をつけると、一本をわたしに手渡した。彼は窓際の吊り革に手を通してすっかりくつろいでいた。たしかにタクシーに乗ると贅沢な気分を味わえるが、ビフの場合はやり過ぎに思えた。これでもっとお腹がでっぱっていたら、諷刺画家グロッパーが描く「資本家」の完璧なモデルになれただろう。

彼が突然笑い出した。

「どうしたの？」

「さっききみがいってたことを思い出してたのさ。**絞殺魔、ストリッパーの株券を強奪《ストリップ》ってやつを**」

今度はわたしが笑い出す番だった。「たしかに語呂はいいわね」わたしはいった。

「ステージに使えないのがつくづく残念だ」

そのときのわたしはあまりにも凄まじい体験をしてきたので、彼の言葉の意味がすぐには理解できなかった。わたしはものうげに煙草の煙をくゆらせていた。それから身を起こしてこういった。

「なんで使えないのよ？」

「せりふとしちゃ気が利いてるよ。だがね、ラ・ヴェルヌを殺したのはスタチーじゃない」

第二十章

「今回の事件で一番おかしなことは」とビフはいった。「スタチーまでが、自分があの女を殺していると思い込んでたことさ。あの女の体のなかにはすでに一連隊を殺せるほどの毒が……」

「毒ですって？」

「ああ。青酸なんとかってやつさ」ビフはわたしの顔を探るように見つめた。「知らなかったのかい？」

わたしは震える声で、そんなこと知らなかったわと答えた。わたしは心底から仰天していた。

「おれは巡査部長がそのことをみんなにばらしちまうんじゃないかと恐れていた」ビフはいった。「やっこさんがドリーに、ふたりは一杯やって仲直りしたんじゃないかっていったときにはもうだめだと思った。おまけにラ・ヴェルヌの化粧テーブルの下から発見されたグラスの破片を、わざわざみんなに見えるようにデスクの上に置いたりするんだからね」

「指紋は？」

「残念ながら手袋をはめていたらしい」

「それはまたお気の毒なこと」わたしは冷ややかにいった。「あなたや警察にとっては、という意味だけど。犯人にとっては好都合ね」

「そういうわけでもないんだよ。だってわれわれにはもう犯人が誰かわかっているんだからね」

わたしはたっぷり一分間待ってやった。それから運転席を仕切る窓を開けていった。「ここで停めていただけないかしら」わたしはせいいっぱいの威厳をこめていった。「わたしは降ろさせてもらうから」

ビフはつんと上げたわたしの鼻先でぴしゃりと窓を閉めて、わたしの体を座席に引き戻した。

「おとなしく座ってるんだ」彼はきっぱりした口調でいった。

「いやよ！」

「いいから」

ほうっておけば、ずっとその調子で続いていたかもしれない。もし、わたしがその場で癇癪を爆発させなかったら。

「ブラニガンさん、わたしの腕をつかんでいるその手をどけてくださらない？」

どうやらこのやり方は間違っていたらしい。そこでわたしは一オクターブ高く声を張り上げた。

「そもそもわたしを劇場に犯人とふたりきりにしたくせに。あとになって実はみんなあそこにいたなんていうし、今度はスタチーが犯人じゃないというのね。なのに、わたしときたら、彼にわたしの死体をどうするつもりなんて訊いたりして、笑い者もいいところだわ。この手を離してよ！」

するとビフが座席の端に身を寄せた。なんとなく彼が笑っているのではないかという気がした。

彼は肩を震わせ、喉から奇妙な音を漏らしていた。

「もし……」といいかけてわたしはやめた。本当に笑っているのだとしたら耐えられない。わたしは話を切り替えることにした。「さっき青酸なんとかっていったわよね？」

ビフは激しくせき込んでいたが、それがおさまると、自分もくわしくは知らないのだ、といった。「なんでも即効性の毒物なんだそうだ」わたしのように知識のない人間にはそれで十分だといわんばかりの説明だった。

「じゃあ、あの中国人はどうなの？」わたしはわざと陽気な声で訊ねてみた。「まさか彼もスタチーの孫娘だったなんていうんじゃないでしょうね」

彼が答える前にタクシーが停止した。ビフが料金を払おうとポケットに手を突っ込んでいるのを尻目にわたしはさっさとタクシーを降りた。

内心彼がちょっと貸してくれないかというのを期待していたのだが、彼の頼みをすげなく断るという楽しみは奪われてしまった。彼は運転手に二十五セントのチップまで渡していた。タクシーが走り去る前に、ビフと運転手は「女ってものは解せない」という点で一致したようだった。

わたしにとって解せないのは、ビフがどうやってその現ナマを手に入れたかだった。それはメキシコドルではなかった。どこから見ても正真正銘の二十米国ドルだった。

わたしはビフが金をポケットに入れるのを見ていた。「競馬で当てたか何かしたの？」

ビフはちらりとわたしを見た。「似たようなものさ」と彼はいった。「ラッセルのやつが三か月分の貸しを返してくれたんだよ」

〈リングサイド〉の日除けの下には何人かの役者たちがたむろしていて、わたしたちに声をかけてきた。エルティンジ劇場のコメディアン、スティンキーは爪楊枝で歯をつついていたので、もう帰るところだろうとわたしは察した。

「どんな具合?」

「ただメシにしちゃいけるよ」と彼はいった。

たぶんビーフステーキのことをいってるのだろうと思った。彼の満悦しきった表情からすると、もう筋しか残っていないのではないかという気がした。

ビフとわたしはブラインドの間からなかをのぞきこんでみた。「どうやら満杯みたいだな」と彼はいった。「お隣さんで一杯やってからにしようじゃないか」

「そうね」わたしは急いでいった。彼が気がついたかどうかはわからなかったが、入口に近いバーのスツールに、優雅な衣裳に身をつつんだシュガー・バン・ケリーがいたのだ。黒いサテンのドレスを身にまとい、瞳には鷹揚《おうよう》な光を浮かべている。今のわたしはとうてい、ひとりの男をめぐって争うなどという野蛮な行為を働く気分ではなかった――ましてや、みんなが見ている目の前で。それに黒いサテンがビフにどんな影響を及ぼすかもわかっていた。

隣のジョーの店はがらがらだった。店主はカウンターの奥で、グラスを磨いていた。わたしたちが入っていくのを見ると、驚いたような表情を浮かべてみせた。

「〈リングサイド〉でビーフステーキ無料食べ放題をやってちゃ、今夜はお客なんて来やしないと思ってたんですがね」彼はどちらかといえばすまなさそうな口調でいった。

今さら注文をする必要はなかった。ジョーはわたしたちの好みを知り尽くしているので、数分もたたないうちに、わたしたちの前に茶色いボトルが運ばれてきた。

わたしは水の入ったグラスにライ・ウィスキーを注ぎ、唇に運んだ。誰かがいったことがきっかけで、わたしはその夜二度めにウィスキーを膝にこぼすはめになった。今度はジョーだった。

「いやはや」と彼はいった。「あっしはラッセルがラ・ヴェルヌの金を盗ったと聞いても驚きやしませんでしたがね」

彼はそのままくまくしたてたが、わたしはといえばこぼしたお酒に気を取られて、その最後の部分しか聞き取れなかった。

「Gストリングに一万ドルも隠しておこうなんて女は、首を絞められたって当然ってもんでしょうが」

わたしをはなから無視して、ビフはそうだ、そうだとうなずいた。

「そんなことを男に知られちまうなんて、彼女もとんだ大間抜けでさあ。だが、そいつを見せびらかす男も輪をかけた大馬鹿者だ。騒ぎがおさまるまでどっかに穴でも掘って埋めておくんならともかく。だったら預金通帳まで持っていっちまえばよかったんだ。やつだって、急にはぶりがよくなったりしたら警察に目をつけられることくらいわかりそうなもんだ。何しろ一万……」

そこでジョーはようやくわたしに気づいたようだった。「どうかしたんですかい？　酒にでもむせましたか？」

「わたしのことなら気にしないで」わたしは答えた。「あんたたちふたりは勝手にくっちゃべっていればいいわ。わたしいつもこうなっちゃうのよ」

　ビフはわたしの言葉を真に受けたようだった。わたしの背中を叩くこともなく、しゃべり続けた。一度だけわたしが彼のいったことにむせたときに、ちらりとこちらを見やった以外は。

「ラスは自分の芝居を上演したくて、もう待てなくなったのさ。借金を返す代わりにやっこさんの脚本を読んでくれとまでいってきたんだぜ。おまけにおれにうってつけの役があるともね。いやはや、よくいったもんだよ。やっこさんのどうしようもない脚本は前にも読まされたことがあったが、今度のはまさに駄作そのものだった。とりあえずおれは脚本に目を通して、軍資金はどうするんだといってやった。するとやっこさんは自分で出す、相続のあてがあるんだといった」

　男たちにはそれがおかしく聞こえたらしかった。「相続には違いありませんや」とジョーがいい、ふたりはまた声を合わせて笑った。

　ドアが開いたかと思うと、マイク・ブラネンが入ってきた。彼は私服に着替えてきていた。若者はどんな年季の入ったおまわりですら震えあがるような細いピンストライプのスーツを着込んでいた。たとえスーツには驚かなくとも、ネクタイにはおぞけをふるうだろう。それはまるで色を塗り間違えたイースター・エッグのようだった。ポケットからのぞくハンカチーフはまるで砂漠に落ちる夕陽のようだった。

　極彩色に目がくらくらして、隣にたたずんでいる小柄な人物に気がつくまで少し時間がかかった。それはわたしにニンジンをくれたあの中国人ウェイターだった。

「どうもお待たせしました」マイクはみんなが待っていたような口調でいった。

ビフはスツールから立ち上がると、ジョーが渡した伝票にサインした。「さあ、行こう、パンキン」彼は重々しい口調でいった。「きみは貝になれ。どんなことが起ころうと、その口を固く閉じておいてほしい」

「わたしに口を利くなっていうの？　いったいわたしに何をしろっていうわけ？」

ビフの顔に浮かんだ何かがわたしを黙らせた。わたしは笑みを浮かべた。「わかったわ、ドクター」

わたしたちはドアに行くまで誰も口を開かなかった。するとジョーが鍵を手にすっ飛んできてドアに錠をおろした。

「ええい、くそったれ」店主はいった。「あっしも加勢しますぜ。あんなことを隣でやられちゃあ、こっちもどうせ商売あがったりなんだ」〈リングサイド〉に着くまで、彼はずっと文句を垂れていた。

店内は先ほどよりは人が減っていたが、それでもジョーに皮肉をいわせる程度には混んでいた。

「あの野郎、いい商売してやがるじゃないか」それから彼はわたしたちから離れて無料の料理《ロハ》の質をチェックしにいった。

ジージーがバーの端っこにいた。いつもの少女っぽい潑剌さは失われ、赤い羽根をさした帽子を後ろに傾けていた。彼女は心もとなさそうにわたしを迎え、それからビフを見た。

「そこの強くてでっかいお兄さんが絞殺魔からあんたの命を救ってくれたってわけ？」

ビフがビール壜でこつんと彼女の頭を叩きたがっているのがありありと見てとれたが、なんとかこらえているようだった。

「ジップにはもう話してある」ビフは急いでいった。「わかってくれ、ジージー。こうするしかなかったんだ。彼女がおれにむかっ腹を立てなけりゃ、劇場にひとりで残ったりはしなかっただろう。だから……」

「だからわたしとあんたが手々つないで仲良く出ていったように見せかけた」ジージーはまくしたてた。「あんたは証拠さえつかめれば、あの阿呆が彼女を殺そうと殺すまいとどうでもいいってわけね」

くだをまくジージーをよそに、ビフはスツールに絡みついていた彼女の脚をほどかせ、ウェイターが注文を取りにくる暇も与えず、わたしたちを奥の裏部屋へと連れていった。

オーケストラではアコーディオンとピアノが『カンザスシティ・キティ』を演奏していた。床に厚く敷かれたおが屑はビールとまじり、その上を歩いていくのはまるでぬかるみをかき分けていくような感触がした。

シュガー・バン・ケリーとジョイス・ジャニスはエルティンジの役者たちのテーブルに座り、互いに妍《けん》を競い合っていた。彼女たちの腕には、はるかシャトーカ湖までもたっぷり行けそうなほどの帰りの電車賃がはさまれていた。シュガー・バンは自分がどうやってコロンバス・ハウスの動員記録を破ったかをマネージャーのラドニック相手にまくしたてている最中でハローともいわなかったが、ジョイスはぎこちない挨拶を返してきた。

「ほんと、可愛らしい子《キッズ》たちね」彼女たちの脇を通りすぎながらジージーがいった。

「子《キッズ》ですって？」わたしは「子《キッズ》」を強調して言い返したが、ビフは何喰わぬ顔で通りすぎていく。

わたしはテーブルに座っているモスの姿を見て驚いた。だが、彼は葉巻をくゆらし、人生を満喫しているかのようにくつろいでいた。これまで起こったことを考えても、彼を責める気にはなれなかった。

隣に座っているサミーもいかにもくつろいでいるふうを装っていたが、いささか無理があった。わたしたちがテーブルに着くころには、ストレートで三杯あおっていた。その目は潤《うる》み、じっとラッセルに向けられている。

それはドリーも同じだった。ただし向けられているのは目だけでなく、手もだった。片方の手は彼の手を握り、もう一方はその肩にかけられている。まるでレスリングの技をかけているように見えないこともなかった。

ラッセルはそうされていることがあまり嬉しそうではなかったが、それは単に酒を飲むのに邪魔だからというだけのことかもしれない。あるいはバーレスクの業界中に彼がドリーの夫だということが知られてしまったせいだったかもしれない。ドリーは決して〈サーディス〉で食事するようなタイプではない、とわたしは彼に鼻先をこすりつけているさまを見ながら思った。だが、ドリーを袖にできると思ったら大間違いもいいところだ。

マイク・ブラネンとアリスの場合はまた様子が違っていた。彼女はずっとひとりきりにされたことにお冠だったし、彼のスーツも気にくわなかったし、それを胸のなかにしまっておくタイプでもなかった。

「わたしぃ、これまでぇ、エスコート無しにぃ、こういう場所には来たことないんだけどぉ」

彼女を見つめる男たちのまなざしに嫉妬の視線を送るマイクを見て、これがアリス・エンジェルだったらさぞかし楽しんだかもしれないが、ミセス・ブラネンになったらひと悶着が起こりそうな気がした。

わたしたちが近づくのを見てモスが立ち上がった。それを見た男たちもじっとしていられなくなったのか慌てて立ち上がった。

マンディはジージーに席を譲ろうとして、あやうく引っくり返るところだった。彼女はまるで頭でもおかしくなったんじゃない、といいたげなまなざしでマンディを見たが、おとなしく腰をおろした。ジョーイも負けじと立ち上がり、わたしに席を譲ってくれた。

ビフと中国人ウェイターはH・I・モスと並んでテーブルの上座に立っていた。わたしたちの注目を浴びていることに気づいていたとしても、そんなそぶりはまったく見せなかった。ビフが中国人ウェイターを紹介した。

「諸君、こちらはサム・ウェン氏だ」

ウェイターがしゃちほこばったお辞儀をした。

「彼が重要な証言をしてくれるというので、今宵、ここに来てもらった」

マンディがくすくす笑い出した。彼はこれがビフの仕掛けたギャグだと思ったようだ。だが、誰もかれもがしんと静まり返っているのを見ると、きまり悪げに口をつぐんだ。

ビフはしばし間を置いた。

まったく絶妙なタイミングの取り方だわ。わたしはちょっぴり誇らしく思った。そして彼が爆弾を落とした。

「サム・ウェン氏はこれからラ・ヴェルヌを殺した犯人を教えてくださるそうだ」

ジャニーンがつぶやいた。「だってスタチーじゃ……」

ビフはそのつぶやきを聞き逃さなかった。「スタチーはラ・ヴェルヌを殺してはいない」

そのときのみんなの顔が見たかった。だが、わたしの注意はひたすらラッセルに注がれていた。

彼はドリーの手をきつく握りしめたので、彼女が喘《あえ》ぎ声をあげた。もう一方の手が持っていたグラスを握りつぶす。酒はしみだらけのテーブルクロスの上に飛びちり、ガラスの破片で傷ついたその手からひと筋の血が流れだした。

だが、ビフにはそれが見えていなかったようだ。あくまで冷静な口調で彼は続ける。

「ご存じのとおり屋根に通じる窓は開いていた。犯人はそこを出入りしているところを見られたのだ。おれは警察の訊問で聞いたあることから、スタチーが犯人でないことに気づいた。げんに、このテーブルにいるある人物が、みなが出ていったあとにジップが入っていくのを見たといっている。そいつはステージに全員出払っていたといった。

だが、それは嘘だったのだ。人がそうした嘘をつくときというのは、自分の身を守るため、あるいは誰か別の人間を助けるためと相場が決まっている。だが、この犯人は自分の身のことしかまったく考えていない人物だった！」

わたしはひたすらラッセルを見つめていた。その顔の表情にわたしは驚いた。当初の不安げな様子は消えていた。今はただ、当惑し、警戒しているようにも見えた。

「だが、そいつがジプシーを見たはずはないんだ」ビフは変わらぬ口調で続ける。「見ようとしてもできなかった。そいつはステージにいなかった。そいつは男優たちの楽屋の外の踊り場にいた。身を隠し、誰にも見られずに下におりるチャンスをずっとうかがっていた。見られないように隠れていたということは、見ることもできなかったはずなのだ。

では、なぜそいつは嘘をついたのだろう？　そいつがラ・ヴェルヌに渡した酒に毒を入れていたからだ。彼はマチネのあいだに彼女と会う約束をした。そして彼女はその夜、彼の芝居を上演するための金を渡す予定だった。ラ・ヴェルヌのあやまちは、自分をその芝居の主役にしようとしたことだった。ただの愛人で満足していたら、彼女は今も生きていただろう」

ビフはいったん口をつぐみ、水の入ったグラスにライ・ウィスキーを二杯分注いで、それを飲んだ。

わたしたちのテーブルはしんと静まりかえっていた。酒場の喧噪ははるか彼方から響いてくるように思え、まるでホテルの部屋で、ひとりラジオを聴いているみたいだった。

ラッセルは目を半眼にしてビフの顔を見上げていたが、そこに浮かぶ表情までは見えなかった。ビフがふたたび口を開く。ラッセルはテーブルクロスの端で、傷を押さえていた。

「そいつにはラ・ヴェルヌを主役にする意思など毛頭なかった。それどころか彼女に与える役すらなかった。おれはあらかじめ脚本を読んでたからわかっていた。あの芝居の主役は男なんだ。むろんそれは彼自身がやるつもりだった。だが、そのためには金が必要だった。それなら金を手にいれてさっさと彼女を殺してしまえばよかったかもしれない。だが、彼はそれをなんとしても自殺に見せかけたかったのだ。しかしそのもくろみはくじかれてしまった。誰かが階段をあがってきたからだ。そいつは急いでグラスを粉々に割ると部屋を出ていった。

男優の楽屋へあがる階段は暗かったので、そいつはドアの陰にひそんでいた。彼が聞いた足音はジプシーのではなく、ドアマンのものだった。彼は楽屋にいるのがスタチーだと知らなかった。マンディとジョーイの話から、ジプシーが着替えのために上がってきたのだと思い込んだのだ。

ラ・ヴェルヌの死体を置いてきたはずの場所から、いつまでたっても悲鳴のひとつも聞こえてこないことに、彼はさぞかし驚いたに違いない。彼女の顔を化粧テーブルにもたせかけ、その身体を毒で満たし、Gストリングから金だけ抜き取って無造作にその場に投げ落としてきたはずなのに」

ここでビフは初めてラッセルを見た。「さぞかし驚いただろうね？」

わたしはいつもラッセルのことをコメディの相手役《ボケ》としては下手くそだとひそかに思ってきた。だが、このときだけは意見を変えざるをえなかった。彼はまさに名優だった。彼は傷を押さえていたテーブルクロスを離すと、そこに残った血痕をしげしげと観察していた。それからドリーの指からだらんと垂れている煙草を抜き取った。

「おあいにくさま。なんといわれようが、こっちは動じないよ」彼は煙草を深々と吸い込んだ。「ぼくは彼女の死体が発見されるまで、あの部屋には一歩も足を踏み入れちゃいなかった。ぼくにはアリバイがある。そのときは地下のプリンセスの部屋にいたからね」

「プリンセスが証明してくれるっていうのかい？」ビフはラッセルに負けない笑みを浮かべてみせ

た。

「そりゃちょっと無理だろうね。だが、ぼくは誰がラ・ヴェルヌを毒殺したのか知っている。ずっと前からね」

ビフはまさに東洋人のストイシズムを体現しているような中国人ウェイターのほうを向いた。男はずっと微動だにしなければ、表情ひとつ変えなかった。

「彼女のグラスに毒を入れた人間を教えてもらえるかね？」ビフが訊ねる。

中国人はまっすぐラッセルを見た。「この男です」と彼はいい、コメディの相手役《ボケ》を指さした。

ラッセルが立ち上がりかけた。だが、すぐに自分がどこにいて、どんな立場に置かれているのかに気がついたようだった。彼は湾曲した背もたれを握りしめたまま、椅子にぐったりと沈みこんだ。

マイク・ブラネンがつかつかと近づいてきて、その巨体を出口と椅子のあいだに割り込ませた。

「話の続きは外に出てからにするかね？」その手には手錠が握られていた。その突拍子もない服装にもかかわらず、彼は立派に警官らしく見えた。

「いや、ここで結構」ラッセルは落ち着いた口調で答えた。「さっきラ・ヴェルヌを殺した犯人を知ってるといったが、あれは本当だ。あのときぼくが地下室にいたというのも本当だ。だが、ひとりだった。プリンセスはラ・ヴェルヌのところへ行っていた。ぼくは通気パイプを通じて、彼女たちのやり取りを聞いていた。ふたりはまさに恐喝シーンを熱演中だった。ただし脅しているのはラ・ヴェルヌのほうだった。あの女は……」

ラッセルはそこで口をつぐんでモスを見た。

「続けたまえ」モスは静かにいった。彼は葉巻の煙を吐き、酒をすすった。

「女たちはあなたのことを話してた。ラ・ヴェルヌはプリンセスの金の出所を知って、自分も分け前にあずかろうとしたんだ。恐喝者を恐喝しようとしてたってわけさ。ぼくの名前も芝居のこともいっさい出てはこなかった。プリンセスはラ・ヴェルヌが一万ドルの現金を隠し持ってることを知っていた。それにこれ以上モスをゆすれないことにも気がついていた。だが、あの女は利口だった。そしてうまく立ち回る方法を知っていた」

ラッセルの声に感心したような響きが滲んだ。

「ラ・ヴェルヌと戦う代わりに、あの女は手を結ぶことを選んだ。共同戦線を張ろうってわけさ。『お互いもらえるものはたっぷりいただきましょうよ』と彼女はいった。『わたくしたちのパートナーシップを祝して乾杯』とね。それからプリンセスが立ち上がる音がした。声が大きくなったので、ぼくは彼女がグラスを出して戻ってきたのだと察した。ふたりは通気パイプの近くにいた。それからグラスを合わせる音がして、ラ・ヴェルヌが笑い出した。

やがて激しく喘ぐ声がして、グラスが割れる音がした。そして慌ただしく遠ざかっていく足音が。ぼくはプリンセスがやってくるのを待っていたが、彼女はなかなかおりてこなかった。そこにまた誰かが室内に入る音がした。そいつはしばらく歩き回っていたかと思うと何かを引きずっていく気配がした。たぶん、あれがスタチーだったんだろう。そしてぼくは地下室から出て、そのままステージに出ていった。そのあとでジップが上がっていくのを見た。ちょうどおりてくるプリンセスとすれ違うところだった」

「その通りよ」とわたしはいった。「わたし覚えてるわ」ビフの顔を見ると、彼はにやりと笑ってみせた。胸がむかむかしてきた。わたしが大事なことを忘れていたからといって、あんな馬鹿にしたような笑いを浮かべなくたっていいのに。

だが、彼が笑いかけたのはラッセルのほうだった。

ラッセルはまじまじとビフを見返した。やがてじわじわと事態がわかってきた様子だった。「はめやがったな、この野郎」

「なあ、ラッセル」ビフはいった。「我が身が可愛いのなら、そんなふうにぺらぺらしゃべらない方がよかった、とわかっただろう。あの金にしたって、それがラ・ヴェルヌのものと知られたら、手放さなくちゃならなくなるということも。プリンセスがきみを事後従犯として告発したかもしれないってことも」

わたしはただただ黙って驚いているだけだった。それどころか誇らしくさえ思えた。だから、ビフが小難しい言葉や法律用語を使っていることにもろくに気がつかなかった。それほど自然に聞こえたのだ。

「検視報告で毒物が検出されたと聞いたときから、おれは犯人が女性じゃないかと睨んでいた。最初はドリーに疑いの目を向けた。彼女には動機があったし、あの部屋にいたというプリンセスの証言があったからだ」

ドリーは自分の名前が出てきても、顔を上げようとさえしなかった。両手を返して掌を上にテーブルに置き、その目はうつろに部屋の奥を見つめていた。わたしは彼女の肩に手を回してやりたい衝動に駆られた。そして、こんな苦しみはたいしたことじゃないのよといってやりたかった。だが、彼女はこれからも苦しみ続けるだろうし、わたしが何かいったくらいで変えられるものではない。

ビフはさらに続けた。「だが、プリンセスの手の古い傷を見て考えが変わった。もしかしたら自分でグラスを割ったときに傷つけたのかもしれない。彼女には金という動機があった。彼女は自分自身のショーをやりたがっていた。モスがもう彼女の頼みを聞いてくれないのなら、てにするという手もある。ジェイクはある夜、ホテルまでふたりのあとをつけていったとおれにいっていた。だとしたら、そこで芝居の話を出したんじゃないか？　こうしていろいろなことが少しずつわかってきた。プリンセスは自分のステージで、黒い長手袋をはめていた。彼女はラッセルが求めていた金を与えることができる。彼女はモスをゆすっていた。その金をラ・ヴェルヌに取られたくなくて殺したのだろうか？　そうしたところにあの破けた黒い手袋が発見され、おれはすべての真相を悟った」

ラッセルがさっと目を上げた。「彼女は自分で破ったんだといってたぞ」

「彼女はまだ劇場では新顔だったから、トイレに流したりしないほうがいいということを知らなかったのさ。あの劇場の排水設備はとても良好とはいいがたい。彼女が男優用の楽屋まで上がってきたのはそのためだったのさ。巡査部長から犯人は手袋をはめていたという話を聞いたとき、犯人はどうやってそれを処分したのだろう、とおれは考えた。もちろんトイレに決まってるじゃないか！もし、彼女が上階に行ってたのでなかったら、ジプシーにもぶつかるはずがない。スタチーが首を絞めているとおぼしき時間に、楽屋の前を通るはずもなかった。彼女は今もまだ生きてぴんぴんしていたことだろう。トイレのことさえなかったなら」

ラッセルは体を震わせた。彼の頭はラ・ヴェルヌの金を失うことしか考えられないようだった。わたしもそれについて少し考えてみることにした。スタチーが亡くなった今、あの金はいったい誰のものになるのだろう？　誰が彼女の分の株券をもらうのだろう？

株券！　わたしは写真のことと、裏がくりぬかれている額のことを思い出した。「あの写真を持っていったのはスタチーだったの？」

モスが口を開いた。「そうだよ。写真は彼の死体から発見された。遺言書と一緒に」と彼はいった。「きみが考えていたのがそのことならね」

こんなときに金だの株券のことだのを考えていることに、少しばかりきまり悪い思いがしたが、わたしはそうよ、と正直に答えた。「わたしはあそこに入っていた紙切れのことを考えていたの。あれは、もしかして、あなたが彼女に与えた株券じゃなかったのかしら？」

「そうだ。他の株券は金庫にしまっていたが、あれだけはしまう暇がなかったのだろう。唯一の親族ということで、法律上スタチーがすべて相続することになる。スタチーは遺言書ですべてをデアリンプルとハーミットに遺した。これもまた法律上どうしようもないことだ。デアリンプルは彼に株の価値を伝えていた。デアリンプルの不動産会社がどんどん買い上げていたからね。だからスタチーは劇場が閉鎖されることを望んでいた。

彼が望んでいたのはおこぼれ程度の利益ではなく、どかんと利益が入るチャンスだった。おそらくは全員から株を買い上げようとしたんだろう。いったん劇場が閉鎖になればみんなの持っている株券などクズほどの価値もなくなってしまう。そんなときに本来の買値で引き取ってくれるといわれたら、誰だって喜んで手放すだろう。それをデアリンプルに高値で転売しようという魂胆だ。まったく抜け目のない爺さんだよ。だが、彼の筋書きにはたったひとつだけ弱点があった。それはバーレスクだ！

思うにラ・ヴェルヌを殺そうと決めたときはたしかに一時的に正気が吹っ飛んでいたかもしれないが、プリンセスを殺したときは必ずしもそうではなかった――あれはあくまでわが身を守らんがためだった。ラ・ヴェルヌに関していえば、自分が一番忌み嫌っていた類《たぐい》の人間が自分の孫娘とわかって一時的に正気を失ったのではないかな」

ドリーとラ・ヴェルヌが醜い喧嘩をくり広げていたときの老人の顔つきを思い出していた。たしかにあの形相だったら殺人だってやりかねない。

続く沈黙を破ったのはラッセルだった。

「断じてあきらめたりはしないぞ」彼はいった。「あの金はぼくにくれたものだ。誰が手放したりするものか」彼は息遣いも荒々しく、両の拳を握りしめた。「ぼくは戦ってやる」

「まずは顔を貸してもらおうじゃないか」とビフがいった。「そこの裏通りまでつきあえよ。そうしたらおまえさんの腐りきった根性を叩き直してやる。おまえがだんまりを決め込んだおかげで、こっちはさんざんよけいな苦労をさせられた。それだけじゃない、あのGストリングをおれのポケットに突っ込んだのはおまえだろう。この恥知らずな卑怯者が！」

ラッセルがにやっと笑った。だがマイクを見たとたん、その唇がわなわなと震えだした。法が自分の味方をしてくれると本気で思っていたのだろうか。それを確かめるすべはなかった。

次に行動を起こしたのはドリーだった。わたしには何が起こるかわかっていた。彼女の頬には真っ赤なふたつのしみができていた。おかげで彼女が次にやらかしそうなことからビフを救うだけの時間はあった。

だが、どのみち彼女の口をふさぐすべはなかった。

「何よ、さっきから聞いていれば勝手なことばかりほざきやがって！」彼女はわめいた。「もしあんたがこれ以上この人をいじめようってんなら、あたしが黙っちゃいないよ。あんたなんかストリップのあいだのつまみでしかないくせに」

オーケストラの演奏がやんだ。店内に思いがけない沈黙が流れた。どこの酒場でもおもしろそうな喧嘩が優先される。〈リングサイド〉も例外ではなかった。

サミーがもうもうたる煙の向こうからあらわれ、ドリーを押さえるのに手を貸してくれた。さらにラッセルが駆けつけてきた。彼はドリーの腰に腕を回して、もう片方の手で彼女の口をふさいだ。

「エルティンジのボス、ラドニックが来ている」彼はささやいた。「こんなごたごたが彼の耳に入りでもしたら、ぼくたちの出演もパアになるぞ」

それはまさしく魔法の言葉だった。ドリーの目から炎が消えて、計算高そうな光に取って代わった。ラッセルが押さえていた手を放すと、ふたりはまるで四十二丁目の劇場で、四週間の契約が決まったカップルのように、手に手をとって出ていった。

マイクがしかるべき距離を取ってそのあとについていく。

ラッセルは逮捕されることになるのかしら、と訊ねると、モスは肩をすくめてみせた。

ビフはどうだい、といわんばかりの顔で椅子にそっくり返っている。「おれたちが結婚するときも、あれくらいの信頼関係で結ばれたいもんだな」

わたしは彼が何をいってるのかわからなかった。「今何かいったようだけど、よく意味がわからないわ」

「おいおい、もう少し勘というものを働かせてくれよ」とビフはいった。「おれはきみに結婚してくれ、といってるんだよ」

慌ててイエスと答えてしまう前に、わたしはこれから劇場で過ごすことになる残りの人生を考えた。一日四回のショー、ドラッグストアでの食事、二流ホテルでの生活、そしてパンツのなかに炭酸水をぶちこまれるような人生。

そしてわたしは答えた。ただ「はい」と答えるのではなく、こういったのだ。「ええ、愛する《ダー》あなた《リン》」

ビフはわたしの手を取った。「パンキン」やさしく耳もとにささやく。「ミセス・ジプシー・パンキン・ローズ・リー・ブラニガン」

わたしは〈リングサイド〉にいることをすっかり忘れていた。わたしたちがふたりきりではないことさえも。オーケストラが『結婚行進曲』を奏《かな》で、モスにおめでとうといわれて、ようやくわれに返った。

アリスがすすり泣いた。「すっごくロマンチックですぅ。もらい泣きしちゃいそぅ」

それはたしかにロマンチックだった。体じゅうに鳥肌がたっていた。酒場にいる全員がみんなわたしの額にキスしたり、ビフの背中をどやしつけていた。ジージーときたら、結婚式には何を着ていこうかしらと言い出すし、サンドラはわたしの耳元でこうささやいた。

「ビフとは本当はなんにもなかったのよ」彼女はいった。「こっちが一方的に熱を上げていただけ」

わたしは彼女の言葉を信用するふりをした。だが、ビフという人間をよく知っているので、この先も警戒を怠るつもりはなかった。わたしはちらりと彼のほうに目をやった。

ビフはみなの祝福を受けるのに忙しかった。まるでストリッパーを貞淑な妻にした最初のコメディアンであるかのように。

Gストリング屋のシギーが熱弁をふるっていた。きみたちの幸運を祈る、ビフはなんという幸せ者だろう云々。そしていつもの黒いスーツケースをテーブルに置くと中身を開いた。そのなかからさらにご自慢のとっておきが入っている箱を出すと、ルビーをちりばめたGストリングを取り出した。

「おれから花嫁へのプレゼントだ」彼はもったいぶった口調でいった。

「嬉しいわ、ちょうどこういうのが欲しかったのよ」というお決まりのせりふをいいかけようとしたとき、ビフがシギーに飛び掛かった。

彼はセールスマンの手からGストリングをひったくると、もう片方の手でぱちんと指を鳴らした。

「そうか、わかったぞ!」彼はいった。「そういうことか!」

彼のあまりの興奮ぶりにシギーはいささか不安になったようだった。「何がですか?」彼は疑わしげに訊ねた。

「ラ・ヴェルヌが殺された晩に、ハーミットに何か届けなかったか？」

シギーは後ずさろうとしたが、ビフはセールスマンのコートの襟をしっかと握りしめていた。

「コーヒーとか新聞とか、そういったものを届けなかったかと聞いてるんだよ」

「ああ、そういうことなら、たしかに届けましたよ」シギーは答えた。「でも、だからなんだってんです。今までだってやっこさんに頼まれれば、そんなことはしょっちゅうやってましたよ。あの日は嚙み煙草を届けましたが、死んだ女とはなんの関係もありませんよ。第一、あのときはまだぴんぴんしてたんですからね」

ビフはコートの襟を離すと、セールスマンの両方の頰にキスをした。

「愛してるよ、シギー。きみのおかげで最後までもやもやしてた疑問が解けた。エレベーターからひらひらしてたフリンジだが、あれはきみの体からか、もしくはきみのスーツケースからはみ出したものだったんだね。きみはいつもスーツケースを手元から離さず持ってるんだろ？」

シギーはなおも警戒しているようだったが、無理もなかった。

「自分の目が届くところに置いてないと不安でね」セールスマンはいった。「寝るときだってベッドの下に置いてまさあ」

するとビフは腹を抱えて笑い出した。わたしたちみんなも笑っていた。何もかもすべてがおかしかった。

シギーはポケットから手巻き煙草を一本取り出して火を点けた。それからビフのグラスに手を伸ばした。

「まったく寿命が縮むかと思いましたぜ」彼はライ・ウィスキーをあおり、みなに自分の声が届いているか確かめるように見回した。そして自分が注目を集めていることに満足するとこういった。

「警察がおれを疑ってるんじゃないかとずっと思ってたもんでね。なんたってこっちはGストリングを売るのが商売だ。警察が、宣伝のためにやったとおれのことを疑ってるんじゃないかとひやひやしてたんですよ」

［製作総指揮］

山口雅也（やまぐち　まさや）

早稲田大学法学部卒業。大学在学中の一九七〇年代からミステリ関連書を多数上梓し、八九年に長編『生ける屍の死』で本格的な作家デビューを飾る。九四年に『ミステリーズ』が「このミステリーがすごい！'95年版」の国内編第一位に輝き、続いて同誌の二〇一八年の三十年間の国内第一位に『生ける屍の死』が選ばれ King of Kings の称号を受ける。九五年には『日本殺人事件』で第48回日本推理作家協会賞（短編および連作短編集部門）を受賞。シリーズ物として《キッド・ピストルズ》や《垂里冴子》など。その他、第四の奇書『奇偶』、冒険小説『狩場最悪の航海記』、落語のミステリ化『落語魅捨理全集』などジャンルを超えた創作活動を続けている。近年はネットサイトの Golden Age Detection に寄稿、『生ける屍の死』の英訳版 *Death of Living Dead* の出版と同書のハリウッド映画化など、海外での評価も高まっている。

［訳者］

柿沼瑛子（かきぬま　えいこ）

翻訳家。早稲田大学第一文学部卒業。主訳書にパトリシア・ハイスミス『水の墓碑銘』『キャロル』『リプリーをまねた少年』（河出書房新社）、クラーク・アシュトン・スミス『魔術師の帝国《3　アヴェロワーニュ篇》』（アトリエサード、共訳）、ローズ・ピアシー『わが愛しのホームズ』（新書館）、ダスティン・トマスン『滅亡の暗号』（新潮社）、アン・ライス『ヴァンパイア・クロニクルズ・シリーズ』（扶桑社）、エドモンド・ホワイト『ある少年の物語』（早川書房）、共編著『耽美小説・ゲイ文学ブックガイド』（白夜書房）など。

［炉辺談話執筆］

酔眼俊一郎（すいがん　しゅんいちろう）

一九六一年岩手県生まれ。明治大学在学中に「駿台企画研究会」を創設、学内外のイベントＴＶ等で企画立案に携わる。パソコン通信 NIFTY-Serve の「推理小説フォーラム」内で「古典ミステリ倶楽部」を主催。ダグラス・Ｇ・グリーン氏に誘われ、ミステリ愛好家グループ Golden Age Detection に参加。そこで知り合った、ジェフリー・マークス、カーティス・エヴァンス、トニー・メダウォー諸氏と交流を続けている。

奇想天外の本棚　山口雅也＝製作総指揮
Gストリング殺《さつ》人《じん》事《じ》件《けん》
二〇二二年十月十日初版第一刷印刷
二〇二二年十月二十日初版第一刷発行
著者　ジプシー・ローズ・リー
訳者　柿沼瑛子
発行者　佐藤今朝夫
発行所　株式会社国書刊行会
東京都板橋区志村一―十三―十五　〒一七四―〇〇五六
電話〇三―五九七〇―七四二一
ファクシミリ〇三―五九七〇―七四二七
URL : https://www.kokusho.co.jp
E-mail : info@kokusho.co.jp
装訂者　坂野公一（welle design）
印刷所　創栄図書印刷株式会社
製本所　株式会社ブックアート
ISBN978-4-336-07402-7 C0397